南宋詩人論

胡　明著

臺灣學生書局印行

南宋詩人論

目 次

前　言

　　《南宋詩人論》是我近一段時間以來討論南宋詩人文章的結集。議題所及，有九大家（陳與義、楊萬里、陸游、范成大、姜夔、朱熹、嚴羽、劉克莊、文天祥）和兩個詩人群體（江西詩派、江湖詩派）——自認爲將南宋詩人中應該討論的人物都囊括了。我無意將這些論稿弄成面面俱到，刻板周密的斷代（南宋）詩歌史，故不需用一種統一的尺度和架構體系的規模編撰綱目，分列章節；更不願襲用"生平簡歷——創作概況——思想內容的進步與局限——藝術思維的成就與不足——後世影響的積極與消極"這個老掉了牙的模式。我想就南宋詩人的一些有必要討論的議題談談自己的看法：有話則說，無話則缺；巨細無論，詳略不拘。每篇都有一個獨立的議題，都有一個類似結論性的意見提供出來，不需假借而自成面貌。不堆積原始材料，不排比前人撰述，也免去過度、舖墊之類的段落安排，力求達到"說理要簡切，說事要圓活"的文字效果。

　　書稿中的這些議題，有的前人不曾碰過或者說不曾認眞摸過，有的則不僅碰過，而且摸得很有些爛熟了。對於那些"爛熟了"的，儘量不說，少說；說也不拾人智慧，照搬迻錄，而是憑自己隻眼觀照透視，有所發現，有所前進。至於前人沒有多少碰過、摸過，或是論題尷尬，知難而退的，我便有了自由馳騁的餘地。簡言之，則可套用姜白石"人所易言，我寡言之；人所難言，我易言之"四句話——這是我撰寫此書主要遵循的一個原則。還有一個原則便是：無論探討哪一位詩人，都客觀展示他的全人，立體觀照和把握這個人的全部詩歌作品——包括他的理論主張、審美見解。是非褒貶，一孔之見，或不免厚薄之私，但堅決避免以少總多，以偶冒常的流行惡習。力求將前人討論這些詩人時漏說的、誤說的、懶得說的、一時未便說的，或者是說得模糊躲閃的、不盡由衷的，都說清楚，說明白，說透徹，說得更通情達理。當然肯定也會有說錯、說偏、說糊塗的，惟乞讀者慧眼明鑑。

討論南宋詩人的專著似乎至今尚未見着有，單篇討論南宋詩人的文章也寥寥可數，與熱門的北宋詩人、南宋詞人的研究比例嚴重失調。故我不避冷徑，沉潛下來，寫了這一系列文章。此地結集時，鄭重申明：不標榜學力，故作深奧；不刻意追新，故弄玄虛；不用抽象名詞翻筋斗，不以時髦觀念貼標籤。言之有物，言之有據，言必由衷，言必己出，期期然欲成一家之言。古人說：“一家之語，自有一家之風味。”但願讀它的人能體感到這種“風味”。

胡 明

1988 · 9

江西詩派泛論

　　"江西詩派"的名稱之所以會有，是由于北宋末年呂本中寫了一份《江西詩社宗派圖》。這份宗派圖不說它是一時興來的遊戲之作，也至少是思考極不成熟的東西。事實上呂本中很快就發現自己犯了一個大錯誤，對於這份宗派圖後悔不迭。他自認這份宗派圖是態度不很負責的，沒有經過深思熟慮，也沒有什麼既定的理論根據。宋范季隨編的《陵陽室中語》裏記載說，呂本中看見人家書案間有他寫的這份宗派圖，驚訝地說：安得此書？切勿示人，乃少時戲作耳。"曾季貍《艇齋詩話》也說："東萊作《江西宗派圖》本无詮次"。"予嘗見東萊自言少時率意而作，不知流傳人間，甚悔其作也"。但是"甚悔"也沒有用了，它的出現已經掀起了軒然大波，詩壇上下議論紛紛，稱說不已，"江西詩社"名稱已不脛而走。這范、曾兩位都與呂本中深有交往，所記述的當不會有誤。後人無論怎樣費盡心機圓說宗派圖的科學性，恐怕也翻不了這兩位宋人的證詞。

　　呂本中在這份宗派圖上寫了些什麼呢？據宋趙彥衛《雲麓漫鈔》卷十四的介紹，這份宗派圖大略說"歌詩至於豫章始大出而

力振之，後學者同作並和，盡發千古之秘，亡餘蘊矣。錄其名字
曰江西宗派，其源流皆出於豫章也"。並列出了名單："宗派之
祖曰山谷，其次陳師道、潘大臨、謝逸、洪朋、洪芻、饒節、祖
可、徐俯、林敏修、洪炎、汪革、李錞、韓駒、李彭、晁冲之、
江端本、楊符、謝薖、夏倪、林敏功、潘大觀、王直方、善權、
高荷，凡二十五人，居仁其一也。"王應麟《小學紺珠》卷四的
記載也同樣人數並同樣排列。但據胡仔《苕溪漁隱叢話》（前集
卷四十八）說是居仁不算其中一共廿五人，加上呂本中則廿六人，
漏了一位何顗，《豫章志》說是漏了何顒，說法不一（說不定這
何顗、何顒是同一個人）。南宋楊萬里主廿五人說，劉克莊主廿
六人說。這個數字雖發生了些小糾葛（糾葛的原因是被糾葛的人
幾乎沒留下詩作），但大致上拍了板：呂本中算在內共廿六人，
以後明清如胡應麟、吳因喬、李樹滋等都取此說——補上的是何
顗。當然仍還有個別主廿五人說的，如作《江西詩社宗派圖錄》的
張泰來。但這廿五個人是否都願意列入這個"江西詩社"，承認
黃山谷這個"宗派之祖"的權威却又是另一個問題了。首先說陳
師道，他的詩名幾乎與黃山谷平起平坐，他同黃山谷互相推重外
也似乎不無相輕之言，不僅兩人的詩品格調、人品風神（理性精
神、幽默機趣）很不相同，他們的審美嗜尚也大異其趣。比如黃
山谷推崇陶潛，尊仰韓愈，而陳師道對這兩位老前輩則貶詞昭然，
故趙彥衛在《雲麓漫鈔》中又說："議者以謂陳無己為詩高古，
使其不死，未必甘為宗派。"後來清代的錢大昕也說："後山與
黃同在蘇門，詩格亦與涪翁不相似，乃抑之入江西派，誕甚矣"。
並指出呂本中這樣做無非是"意在尊涪翁"。（《十駕齋養新錄》

卷十六）韓駒也斷斷然不肯以宗派自居，對黃山谷似乎也很不以
為然。他說："學古人尚恐不至，況學今人哉！"（《詩人玉屑》
卷五引《陵陽室中語》）劉克莊《江西詩派小序》題韓駒也說：
"學出蘇氏，與豫章不相接。呂公強之入社，子蒼殊不樂。"——
"殊不樂"故有"我自學古人"一類想脫干係的話。詮次排在較
後的夏倪也"以在下為恥"，就是黃山谷的外甥徐俯也怨屈地說：
"吾乃居行間乎？"他好幾次矢口否認受過他舅舅的指點啟發，
人家問他山谷的詩好在哪裏，他說："涪翁之妙天下，君其問諸
水濱，斯道之大域中，我獨知之濠上"（周輝《清波雜志》卷五）。
這是幾位大名列入宗派圖的人的態度。至於名落圖外的，認眞而
好事的後人又多有抱不平，清張泰來《江西詩社宗派圖錄》就說
"考紹興初，晁仲石嘗與范顧言、曾裘父同學於居仁，後湖居士
蘇養直歌詩清腴，蓋江西之派別，坡公謂秦少章句法本黃子，夏
均父亦稱張彥實詩出江西諸人，范元實曾從山谷學詩，山谷又有
贈晁無咎詩……彼數子者宗派旣同，而不得於後山之列，何也？"
劉克莊《小序》還說："同時如曾文清乃贛人，又與紫微公（呂
本中）以詩往還。而不入派，不知紫微公去取之意云何？"——
剔抉鉤考，嚷嚷不已。其實這位紫微公在畫他的宗派圖時何嘗深
思過這麼多的人事問題，又何嘗是根據了某種統一的標準和明確
的條件，經過一番嚴峻的甄別而核準了這廿五人入社入派？他一
再聲明是"少時戲作"，"切勿示人"，正是由於意識到了自己
的輕率。我們倘對這份宗派圖稍加分析，那麼，所謂"江西詩派"
的產生機緣便顯得有些滑稽了，儘管它的"產生"以及後來的顯
赫倒未必是不可思議的。

　　"江西詩派"既以"江西"名詩派，它的代表作家照例都應
是江西籍貫。當然宗派之祖黃山谷以及他的三四位外甥是江西人，
饒節、謝逸、李彭、汪革等四五人也是江西人，但第二號人物的
陳師道却是徐州彭城人，其他韓駒是四川人，潘大臨、潘大觀，
是黃州人（原籍福建），林敏功、林敏修、夏倪是蘄州人，晁冲
之是山東巨野人，王直方、江端本是開封人，祖可是京口人，高
荷是江陵人，而呂本中自己是壽州人，後來被方回扯來列入"江
西派一祖三宗"之一的陳與義又是洛陽人。籍貫串不在一起，那
麼應是詩風或詩法師承上有脈絡可尋了。前面說過，陳師道與黃
山谷詩風不甚相同。《陳後山集》的某一種跋稱陳師道詩"雄健
清勁，幽邃雅淡"，陳振孫《直齋書錄解題》（卷十七）則又說
是"造詣平淡，眞趣自然"——說法雖不同，也不確，但總與黃
山谷的"生澀瘦硬，奇僻拗拙"有差異。其他如徐俯的平易、汪
革的警拔、潘大臨的恬淡、饒節的蕭散、謝逸的輕快、祖可的高
邁、洪朋的壯健、夏倪的悠遠等都與黃山谷的詩風有着程度不一
的差異。就是爲"江西宗派"詩歌總集作序的楊萬里想用"風味"
把這廿五、六個人串連在一起也不得不承認"高子勉不似二謝，
二謝不似三洪，三洪不似徐師川，師川不似陳後山，而況似山谷
乎？"所以"江西詩派"二十幾個人除了幾乎沒留下詩的何顒、
潘大觀、王直方等之外，一般說來他們之間的詩的風格也是很不
相同的，儘管他們都明顯地受了黃山谷的詩歌理論和實踐某一方
面的影響，詩中也事實上留有某種似曾相識的痕跡。再以詩法師
承上來說，更不是同出一脈。張泰來的《宗派圖錄》說："今圖
中所載，或師老杜、或師儲、韋、或師二蘇，師承非一家也。"

當然也有不少是師黃山谷、師陳師道的。——江西派的廿五、六人無論以籍貫、詩風或詩法師承上來說都站不到一條行列上，而為什麼居然“組織”成了這麼一個煞有介事而又聲名大噪的“江西詩社”呢？這個“江西詩社”又為什麼能發軔於北宋，與南宋相始終，著盛顯赫整整一個時代呢？這裏除了呂本中偶爾興到畫了一份《江西詩社宗派圖》這個主導原因之外，必然還有詩歌本身發展上的重要原因可尋。

　　有宋一代的詩幾乎都沉浸在復古主義的風氣裏，三百年中言詩、作詩幾乎都忘不了一個“學”字。嚴羽《滄浪詩話‧詩辨》說：“王黃州學白樂天、楊文公、劉中山學李商隱，盛文肅學韋蘇州，歐陽公學韓退之古詩，梅聖俞學唐人平澹處，至東坡、山谷始自出己意以為詩。”又說：“山谷用工尤為深刻，其後法席盛行，海內稱為江西宗派。”《詩體》篇亦有“江西宗派體，山谷為之宗”的說法。山谷立法席、開宗派後宋人又回到了“學”的老路上來，只不過“學”的對象變了一下。

　　黃山谷本是蘇軾門下的詩人，只是蘇軾異常賞識他，稱他的詩文“超軼絕塵，獨立萬世之表，”聲名才大震，在元祐時便與蘇軾齊名了，世稱“蘇、黃”。蘇、黃雖並稱，同是“自出己意以為詩”，但兩人的天分學力不同，蘇軾詩如行雲流水，如萬斛湧泉，不擇地而出，如子列子之御風，若無所待而自神，超邁豪橫，高妙絕塵。而黃山谷顯然天分才氣和創造性便不及蘇軾了，他的詩是專憑學力養成的，是多讀古人書本子陶冶出來的，故刻板拘謹。他作詩、論詩都忘不了一個“古人書本子”。　劉克莊

《小序》說他："會萃百家句律之長，究極歷代體制之變，搜獵奇書，穿穴異聞，作爲古律，自成一家。雖只字半句不輕出，遂爲本朝詩家宗祖。"爲什麼黃山谷能成爲"本朝詩家宗祖"、被推爲"江西詩社"的盟主而蘇軾反不能呢？道理說來也很簡單：蘇詩不可學而至，全賴先天之秉賦；黃詩則能一規一範學而至，全在學力工夫，故芸芸學詩者皆從黃而不敢效蘇。宋林光朝打過一個絕妙的比喻："蘇黃之別，如丈夫女子之應接。丈夫見賓客，信步出將去，如女子則非涂澤不可。"（《艾軒集》卷五《讀韓柳蘇黃集》）蘇軾作起詩來信心而發，隨口而吟而意態縱橫，無不自如，黃山谷作詩工夫却全在"涂澤"二個字上了。而"涂澤工夫畢竟是可摹效而能的——這正是黃山谷的詩風風靡天下而成爲當時"詩家宗祖"的主要原因，也是他之所以能被推爲"江西詩社"盟主的條件所在。

　　現在讓我們來看看這個"江西詩社"盟主對詩的見解如何了。

　　黃山谷很崇拜陶淵明，而陶淵明又是江西人，後來的好事者便想把陶淵明請來做江西派的遠祖，如替張泰來《宗派圖錄》識跋的"南湖花隱"厲鶚就說："江西之派實祖淵明"，"居仁移其俎豆於山谷。"當然，實際上黃山谷最崇拜的還是杜甫。他的《大雅堂記》說："由杜子美以來四百餘年，斯文委地。文章之士，隨世所能，傑出時輩，未能有升子美之堂者，況室家之好耶？"又說："子美詩妙處乃在於無意於文。夫無意而意已至，非廣之以國風雅頌，深之以離騷九歌，安能咀嚼其意味，闖然入其門耶？"這裡他雖指出杜詩的妙處在"無意而意已至"，但他眞正醉心於杜甫的恐怕還是他在《答洪駒父書》裡強調的那個

"無一字無來處"。《答洪駒父書》中有一段相當著名的話：“老
杜作詩，退之作文，無一字無來處。蓋後人讀書少，故謂韓、杜
自作此語耳。古之能爲文章者，眞能陶冶萬物，雖取古人之陳言
入於翰墨，如靈丹一粒，點鐵成金也。”可見黃山谷最頂禮膜拜
的是老杜詩的“無一字無來處”。

　　黃山谷的詩固然有不少是即景即情，自出機杼而清雅雋爽的，
如《登快閣》、《題落星寺》、《雨中登岳陽樓望君山》、《鄂
州南樓書事》、《題畫》等，但他的大部分詩刻意學杜，講究
“無一字無來處”却很不成功，皮傅形相，殊失本髓。南宋張戒便
說過黃詩怎能與杜詩“同年而語”，清周亮工則直率指出“學杜
者莫不善於黃魯直”（《書影》）虔誠而學却學得最蹩脚，問題
正就出在“點鐵成金”的方法上，尖刻一點的如王若虛乾脆稱黃
山谷這套“點鐵成金”、“脫胎換骨”的玩意爲“特剽竊之點者
耳”（見《滹南詩話》）。

　　然而恰恰是黃山谷的這種模擬剽竊的學杜理論和實踐風靡了
一代人，煽起了一代強大的形式主義詩風。那個時代的詩人在創
作思想上大多受其影響而在具體作品裡又幾乎都留下了所謂“江
西詩派”的痕跡。這一點就連與黃山谷可以分庭抗禮的陳師道也
似乎未能幸免。陳師道的詩歌理論留下來不多，《後山詩話》多
爲後人僞托。他的詩雖歷來評說不一，但同黃山谷一樣，似也是
以搉扯拆補古人尤其是杜甫詩句爲能事，用他自己的一句詩來說
便是“拆東補西裳作帶”，正與黃山谷“點鐵成金”術精神相通。
陳長方《步里客談》（卷下）說他“每下一俗間言語”也很講究
“無一字無來處”。儘管他很瞧不起那些把杜甫詩“一句之內竊

取數字以仿像之"的詩人，但他自己的創作中把杜甫詩"一句之
內竊取數字以仿像之"的現象却十分明顯。宋葛立方《韵語陽秋》
卷二舉過一大堆陳師道詩"點化老杜之語而成"的例子，最後還
說："用語相同，乃是讀少陵詩熟，不覺在其筆下。"這倒不禁
又使人想起黃山谷責備人只是讀老杜詩不熟的話來，這個跡近抄
襲剽竊的"點化"——還美其名曰"不覺在其筆下"——正是黃
山谷津津樂道的"點鐵成金"的實質。由於藝術規律上同樣的原
因，陳師道的詩往往被後人貶責爲"味同嚼蠟，讀之令人氣短"
（李調元《雨村詩話》）。當然陳師道也有一些冲寂疏淡、清新
可讀的好詩，如《野望》、《寓目》、《十七日觀潮》、《小放
歌行》等。

　　基於上述，不難看出黃山谷和陳師道兩人正是在"無一字無
來處"和"點鐵成金"這個相同點走到了一條道上。大概是因爲
這兩位聲名赫赫的大詩人共同標榜學杜，在學杜的理論和實踐上
又有這麼些相同相似之處，呂本中就把他們一同請入他一手扎就
的"江西派"大帳，分坐了第一、第二把交椅，並稱"黃、陳"。
如梁山泊忠義堂前掛起的"山東及時雨"、"河北玉麒麟"的杏
黃大旗一樣，完全出於一種標榜聲氣的原因。對黃來說，是企圖
使他過分突出的詩名不至於孤立、寂寞，尋個一同出風頭的夥伴；
在陳來說，倒眞像是被強拉入夥的"河北玉麒麟"，有點逼上梁
山的味道。所以張泰來說他"爲詩高古，使其不死，未必甘爲宗
派"。

　　於是我們可以看到"江西詩社宗派"一沒有"宗派"組織，
二從不搞任何特定形式的"宗派"活動，偶爾有些酬答唱和，但

不局限在"社"內。名稱爲"詩社",既無明確的立社宗旨,又無統一的理論綱領,二十幾個人之間互相沒有什麼聯繫,(除了血緣上的,如黃山谷同他的外甥們)更沒有約束,彼此也不很認識,有的甚至不知道呂本中爲什麼會把他的名字列入宗派圖。但我們總算可以看到其中還有一個明顯的共同特徵:大家都標榜學杜甫;實際上也確實都在學杜甫,並且不同程度地受了黃山谷、陳師道"無一字無來處"、"點鐵成金"、"拆裳補帶"的學杜方式的影響。比如韓駒,作詩也十分講究字字有來歷,據陸游《跋陵陽先生詩草》說,他的詩稿上都詳細註明着每一字句的出處,所以他的詩也多用力在古人古事的點化上,只不過手法看來比其他的"江西"諸子高明一些,顯得語意貫通、氣脉不滯罷了。一言以蔽之,那個時代的詩人們幾乎都游泳在學杜的潮流裡,並有意無意地摹仿着黃山谷、陳師道那種游泳的姿勢。這恐怕是這個有名無實的"江西詩派"之所以能發生,會興盛最說得通的解釋吧。

杜甫在詩苑盛名之確立似應在韓愈、元稹等人對他的極力推崇讚譽之後,到了北宋後期黃山谷、陳師道時代,杜甫已成了詩家的"絕對權威"。葉適《徐斯遠文集序》說:"慶曆、嘉祐以來,天下以杜甫爲師。"《蔡寬夫詩話》載:"三十年來學詩者非子美不道,雖武夫女子皆知尊異之。"按,杜甫的詩在兩宋聲譽極高,一個很重要的原因便是儒學極盛、儒家詩教彌漫浸染一代的緣故。杜詩的內容意識與儒家的觀念形態最是投合,張戒《歲寒堂詩話》裡一段話很說明問題:"子美詩,讀之使人凜然興

起，肅然生敬，《詩序》所謂‘經夫婦，成孝敬、厚人倫、美敎
化、移風俗’者也。”劉熙載《藝概·詩概》亦說：“少陵一生
只在儒家界內。”北宋後期尤其是南宋前期學杜的歷史趨勢與當
時儒學的發達是相輔並行的，黃山谷之所以能夠在學杜的潮流裡
處於扛大旗領頭的地位亦與他對儒學的首肯和服膺的態度分不開。
杜甫隨着儒學的顯赫成了照耀詩壇上最明亮的一顆巨星，作詩必
須學杜甫幾乎同讀書必須拜孔夫子一樣了。容忍討論的只是如何
學、學什麼的問題。──不管如何學杜、學杜什麼、學杜的方向
則是一致的、爲世公認而毫無疑義的。方回《瀛奎律髓》說：
“江西派非江西，實皆學老杜耳”，“黃、陳號江西派，非自爲一

家也，老杜實初祖也”。黃宗羲《張心友詩序》說：“號爲豫章

宗派者，皆源於少陵。”學杜是當時強大的詩歌風氣，黃山谷、

陳師道竭力提倡，一代詩人也似乎都沒意見。至於學得好不好，
那當然又是另外的問題。沈德潛《說詩晬語》說：“江西派，黃
魯直太生，陳師道太直，皆學杜而未嚌其胾者。”劉熙載《藝概·
詩概》說：“宋西江名家學杜，幾於瘦硬通神，然於水深林茂之
氣象則遠矣。”這是說“江西派“名家還不曾品出杜詩的眞味，
沒學到杜詩的氣象、精神，但學則是認眞的、一絲不苟的，全帶
着一種虔誠的崇敬心理。

　　“江西派”學杜還有許多講究，所謂格高、字響、句活、忌
俗云云。究其實，格高、字響、句活、忌俗也都是圍繞着如何更

好地學杜這樣一個中心命題而深入進行探討的。細辨起來，格高、
忌俗還不出"無一字無來處"的投影範疇，而字響、句活恐怕正
是"點鐵成金"的具體要求。

　　"江西派"學杜的"講究"到南宋初又起了一些新的變化，
呂本中的"活法"（即所謂"句活"）開始在學杜的潮流中生起
一點逆反的漩渦。他的"活法"又傳給了曾幾，他們兩個的一些
用"活法"寫成的詩，輕快巧麗，如《春晚郊居》（呂），如
《三衢道中》（曾）開始在規規學杜的隊伍裡發酵起腐蝕的作用，
彌漫開叛離的風氣。當然他們在大節立場上仍是"江西營盤"裡
的干將，這從呂本中的《丁未二月上旬》、《懷京師》、《還韓
城》等創作表現和曾幾的《東軒小室即事》、《次陳少卿見贈韵》
的理論認識上都可以看出，不需細表。歷來被稱為是南宋"江西
派正脉"的"上饒二泉"——趙蕃（章泉）和韓淲（澗泉）是曾幾
的嫡傳，他兩個主觀上也確實是認真學杜，但他們的創作靈性或
者說才力實在很有限，題材內容狹窄，格調氣韵平平。他們的學
杜學黃沒學出多少心得，沒學出多少成績，却深受了楊萬里的影
響又與"四靈"打得火熱。——學杜的陣營裡這股"不正之風"
斷斷續續一直吹到宋末，連《四庫總目提要》稱為"專主江西"、
自稱立場最堅定，並以"江西殿軍"自居的方回也表現出嚴重的
詩風不純。他在強調學杜學"黃陳學杜"的同時悄悄地留了後路，
所謂"妄希黃陳老杜，力不逮 則退為白樂天、張文潛禮"
《春半久雨走筆五首》自註）。 ——說白了，便是隨時做好被白居
易、楊萬里一派浮虜的準備——這種理論上的重大修正無疑也
正是呂本中、曾幾吹起的那股"不正之風"浸潤、薰染的結果。

　　現在回到我們最關心的那個老問題：“江西詩派”究竟是怎麼一回事？實際上以上的論述已約略作出了回答：所謂的“江西詩派”實際上只是詩歌領域裡歷時近二百年號爲獨盛的學杜的風氣或者說學杜的潮流。寫成於南宋紹興年間的胡仔《苕溪漁隱叢話》已說：“近時學詩者率宗江西。”可見學杜的風氣或潮流——呂本中想出來叫它做“江西詩派”——在南宋初年已風靡天下了。南北宋之際與南宋前期民族矛盾、階級矛盾都極其尖銳，許多詩人都有類似杜甫天寶前後的經歷與感受，呂本中、曾幾、陳與義、洪舀、洪炎、江端本、劉子翬等都寫過反映時代現實、表現憂國哀民思想的詩篇。這種社會歷史的大矛盾給“江西”學杜的潮流注入了強大的動力。儘管“江西派”的質性（包括學杜的方法）已經開始異化蛻變，但學杜的大氣候大趨勢則仍有增無減。這種勢頭一直延續到紹熙、慶元初，在“四靈”“江湖”的沉重打擊下歷淳祐、咸淳益呈寢微，苟延拖到南宋的滅亡。

　　最後爲“江西詩派”作出總結、定出宗旨、立出規法、編出俎豆、列出座次的正是那位“江西派殿軍”方回。也許正因爲是殿軍他才看得清楚近二百年來所謂“江西派”一脉香煙的承胤；又因爲他“專主江西”，故爾最看重“江西陣營”的組織建設。他明確提出：“古今詩人當以老杜、山谷、後山、簡齋爲一祖三宗。”又說：“呂居仁爲四，曾茶山爲五。”“余可豫配饗者有數焉。”他斷言：“老杜爲唐詩之冠，黃、陳爲宋詩之冠。”並規定：“學老杜詩當學山谷詩。”（見《瀛奎律髓》）就是說天下古今的詩老杜最好了，而宋朝的詩則是黃、陳最好，要學老杜的詩先學山谷詩，也就是說要以山谷學老杜——所謂“江西詩社宗派"的全部秘符寶篆恐怕正是這幾句話。而山谷學杜的方式之精核前面已介紹過:"無一字無來處"、"點鐵成金"。——微有點煞風景的是身在宗派圖裏的諸公們却誰也不曾關心過自己所屬的這個"宗派",也不曾爲這個"宗派"認眞說幾句話、題幾個字、撰一篇正經的文章,更不用說全面研究總結了(這一點很可說明這個"宗派"之有名無實,而"名"恐怕也只是呂本中一紙孤證)。倒是南宋的幾位第三、第四梯隊的代表人物如曾幾、趙蕃等倒偶爾還想着題一二首詩,續"燈"記"譜",標榜標榜聲氣。楊萬里晚年想着爲《江西宗派圖》作增補,又爲"江西派"詩歌總集寫序,自稱"將以興廢西山章江之秀,激揚江西人物之美",原因只在他本人是江西人,是與陸象山之倫一樣來湊趣、捧場的。筆者的這篇小稿自然亦遠遠稱不上是深究或論歸,但千言萬語只想說明一個問題:所謂"江西詩社宗派"無所謂詩社、無所謂宗派,也不是二十五、六個人的事,而是整整一代學杜的詩風、近二百年的詩歌潮流。這個詩風或潮流的特徵是:一代人規規學杜而似乎都不免受了黃山谷、陳師道那種學杜方式的影響,帶有黃、陳那種摹擬詩風的痕跡——這大概便是"江西詩派"這個概念在詩史上的實質。需要在這裡提一下的是:隔著淮河與南宋相望的金朝詩壇上的學杜者們却始終不肯承認黃山谷在學杜上的權威地位,更瞧不起"江西諸子"的詩,元好問《論詩絕句》云:"古雅難將子美親,精純全失義山眞。論詩寧下涪翁拜,未作江西社裡人。"王若虛《文辨》直稱"江西諸子"之詩爲"斯文之蠹"。明白了"江西詩派"的究竟,那麼所謂南宋四大詩人尤、楊、范、陸從"江西派"入手而終於跳出"江西派"的說法也好

解釋了，他們只不過早年受了當時的學杜以及學“黃陳學杜”的
風氣影響或潮流的濺濡，而最後擺脫了這個影響、洗掉了濺濡的
泡沫而已（雖然未必全洗乾淨），而所謂反“江西派”的永嘉四
靈和江湖諸君只不過一開始就不想學杜，有意抵制黃、陳詩風的
影響。道理說來也挺簡單，他們出現已值宋季，黃、陳掀起的學
杜浪潮由於弊端百出已呈衰頹寢微，故他們比較地容易避過或頂
住浪潮另闢“學”詩的蹊徑罷了。所謂“江西詩派”沒有什麼宗
派組織形式，被圈在宗派裡的人似乎也從未承認過有這麼一個宗
派──多事只在呂本中“少時戲作”的一紙宗派圖。要是沒有這
張圖，你想是“江西詩派”裡的人就算是，你不想是就不算是，
人人可是，人人不是。很可能根本就不會有“江西詩派”這樣一
個名稱的問世。即使有，也決不僅僅是呂本中等二十六人，可以
說黃山谷後整整一代人──如果他寫詩學杜──都是泛義的“江
西詩派”裡的人，難怪方回要說：“江西派非江西，實皆學老杜
耳”。從這層意義上來說，筆者的這篇《江西詩派泛論》倒很有
點像“泛江西詩派論”了。

關於陳與義詩歌的幾個問題

陳與義詩歌在中國詩史上的地位似乎已用不着再討論了。錢鍾書先生《宋詩選註》說："北宋南宋之交，也許要算他是最傑出的詩人。"其實用不着冠以"也許"兩字這個結論也站得住。南宋兩位影響很大的行家劉辰翁和劉克莊都十分推崇陳與義的詩，一個認爲他超過了黃山谷、陳師道，與蘇軾平起平坐，各有所長；一個認爲南渡後當推他第一❶，正合了北宋南宋之交這個時間界限。陳與義登上詩壇、博得名氣正是黃陳爲首的所謂江西詩派甚囂塵上的時代，他的詩與黃陳的影響淵源暫先不說，其成就是否超越了黃陳還是很有些爭論的。儘管有人堅持認爲陳與義的詩"獨步一代"❷，但尊重傳統的論資排輩觀念的畢竟還是多數，故爾一般人說來還是比較樂意接受"自黃陳之後，詩人無逾陳簡齋"的提法❸。方回的"一祖三宗"說正是順應這種觀念的產物，陳與義被拉入"江西營壘"坐了第三把交椅。清紀昀在讀簡齋詩和批《瀛奎律髓》評點簡齋詩時不止一次驚嘆"簡齋風骨高出宋人之上"、"簡齋風骨高秀，實勝宋代諸公"，然而在他正式評價簡齋詩，爲《簡齋集》寫"提要"時却不得不有所顧忌，故爾別出心裁將陳與義的位子夾在黃山谷與陳師道之間，實在很有意思。他的原話是"《瀛奎律髓》以杜甫爲一祖，以黃庭堅、陳師

道及與義爲三宗，是固一家門戶之論。然就江西派中言之，則庭
堅之下，師道之上實高置一席無愧也。"——這一席話值得注意
的是他默認了方回的派性結論，也將陳與義歸入了"江西派"營
壘，爲他的身分定了性。陳與義有資格當"江西派"的第二把手
紀昀顯然要比方回更注重陳與義的實際成就與社會影響。"一祖
三宗"的排列次序雖作了小小調整，方回的意見在本質上沒有傷
筋動骨，恰恰正是由於紀昀的這一節話，陳與義與"江西派"的
淵源乃得到社會學界的認可，"一祖三宗"說更硬挺了。

　　近時學者對這一點異議甚多，他們不承認陳與義是"江西"
社裡人。他們認爲：方回論詩把陳與義和杜甫、黃庭堅、陳師道
拉在一起，硬派做"江西詩派"的一祖三宗，混淆了後世文學史
家的耳目，一些以耳代目的人擁護"江西"的就眞的把他當做祖
宗一樣來崇拜，反對"江西"的又不加分析地一概加以抹殺，這
是一種歷史性的誤會 ❹。主要理由有兩條：一、陳與義少時學詩
於崔德符，接受並遵循了崔氏的"不可有意於用事"的教導，而
這一條正是與"江西派"奪胎換骨、點鐵成金式的作詩路子相背
反的。二、呂本中的花名册——《江西詩社宗派圖》——沒有列
陳與義的名字，而呂本中與陳與義又是曾聚在一起酬唱過的，即
是說他很有機會揣摩陳與義詩歌的質性。不過這一類意見似乎沒
有引起更多的注意，文學史家與文學研究者們仍遵循方回、紀昀
的成說在編書、做文章，有的還給陳與義起了一個"江西詩派的
後起之秀"的雅稱 ❺，大部分則承認陳與義對"江西派"有所突

破，但這種突破還沒有嚴重到足以改變其"江西派"身分的程度，他們一般也迴避不談崔德符的那則教導。筆者對這個問題有些新鮮的意見，如果一定要非此即彼先表個態，也可以算是站在方回、紀昀一邊的吧，儘管落腳點大不相同。

先來談談崔德符的教導。據徐度《却掃篇》（卷中）稱，陳與義少學詩於崔德符，"嘗請問作詩之要"，崔德符的回答是："凡作詩，工拙所未論，大要忌俗而已。天下書雖不可不讀，然愼不可有意於用事"。主要意見有二，一、忌俗，二、不要刻意用典。這兩條意見在陳與義的創作生涯中確是得到認眞貫徹執行的。他的詩很少用典，詞句明淨，音調清亮。他自認爲的得意之句和備受別人稱賞的名句幾乎都是"多非補借，皆由直尋"的產物，與"江西派"蒐獵奇書、穿穴異聞"、"獺祭魚"、"骨董舖"確是兩種面目。這一點無疑是很要緊的，然而崔德符的話中更要緊的還有"忌俗"一條，這一條偏偏正是"江西"社裡的重要法寶，與"飽參"、"悟入"、"中的"、"奪胎"、"活法"等一樣都可算是"江西社"的專利。在"忌俗"的問題上"江西派"的主要代表人物都發表過指導性意見：黃山谷說"寧用字不工不可語俗"，陳師道說"寧僻毋俗"，而陳與義寫詩"務一洗舊常畦徑，意不拔俗，語不驚人，不輕出也"❻，正是遵循了黃陳教導孜孜實踐的明證。——這似乎是辨識"江西"社裡人的一條重要依據。

至於呂本中《江西詩社宗派圖》不列陳與義名字，其實紀昀的話已很說明問題："與義之生視元祐諸人稍晚，故呂本中《江西宗派圖》中不列其名"（《四庫全書總目提要》）。據考證，呂本中與陳與義詩歌唱酬至早在宣和五年夏❼，即是說宣和五年呂本中三十九歲之前並沒與陳與義有過什麼詩歌往回。建炎四年呂本中與陳與義在賀州見面唱酬（呂有詩《賀州聞席大光、陳去非諸公將至作詩迎之》，陳與義有酬詩《次韻呂居仁》），當時呂本中已四十六歲。——呂本中畫《宗派圖》是在"少時"，宋人范季隨《陵陽室中語》、曾季狸《艇齋詩話》言之鑿鑿，當然可以相信。呂氏生於北宋元豐七年（公元一〇八四年），"少時"畫《宗派圖》大致在二十五歲前後，即便按我們目下"青年"詩人的年齡界限也總不會過三十九歲。——呂本中《江西詩社宗派圖》不列陳與義名字是完全可以說清楚的。

　　筆者這裡更要說清楚的是：呂本中那份《宗派圖》實際上不可看作是"江西派"的花名冊，它有嚴重的隨意性，是一個少年一時興到弄出來的不負責任的東西，呂本中後來（過了"少時"）十分後悔。《陵陽室中語》載：呂本中看見人家書案間藏有這份《宗派圖》，驚訝地說："安得此書？切勿示人，乃少時戲作耳。《艇齋詩話》也說："東萊作《江西宗派圖》本無詮次"，"予嘗見東萊自言少時率意而作，不知流傳人間，甚悔其作也"。呂本中自己便叫人不要（切勿）相信《宗派圖》，我們今天怎麼還可認真拿來當重要典籍用？那麼"江西詩派"的人馬又是為何一回事呢？所謂的"江西詩派"究其實只不過是詩歌領域裡發軔於北宋歷時一百多年的學杜（甫）的風氣或潮流（方回一句話便吐出天機：“江西派非江西，實皆學老杜耳。”），這個詩風或潮流的特徵是一代人規規學杜而似乎都不免受了黃山谷、陳師道那種學杜方式的影響，帶有黃陳那種摹擬詩風的痕跡。故爾黃山谷後整整一代人——如果他寫詩學杜——都是泛義的“江西社”裡人。筆者《江西詩派泛論》❽一文論之甚詳，這裡不擬贅述。筆者有一個比喻是：那個時代的一大批詩人都游泳在學杜的潮流裡，並有意無意地摹仿着黃山谷、陳師道那種游泳的姿勢。這裡所謂黃陳的游泳姿勢便是刻意摹仿老杜的字法、句法、強調摶摍之力，拆補之功，所謂點鐵成金、奪胎換骨。“無一字無來處”的“來歷”也大抵落實在杜詩這個淵藪裡。

陳與義也是抱着“詩至老杜極矣”的無限崇拜心理學杜的，與當時的潮流正合轍。陳與義的學杜也沒有繞過黃陳，學的正是黃陳的游泳姿勢。方回《孟衡湖詩集序》說：“爰及黃陳，始宗老杜，而議者署爲江西派。過江而後，呂居仁、陳去非、曾吉父皆黃陳出也”。可見陳與義與呂本中、曾幾等渡江詩人一樣都是“議者署爲江西派”的黃陳營壘出來的，他的詩嚴重地帶有黃陳學杜的痕跡。姑舉一些例子：

安得鞭雷公，
滂沱洗吳越。

——杜甫《喜雨》

雲移過吳越，
應為洗余腥。

——陳與義《連雨賦書事》之四

許身一何愚，
竊比稷與契。

——杜甫《自京赴奉先

許身稷契間。

——陳與義《雜事示陳國佐胡元茂》之四

縣咏懷 五百字》

吟詩秋葉黃。　　　　　　詩成葉自黃。
　——杜甫《和裴廸登新　　——陳與義《西風》
津寺寄王侍郎》

慣看賓客兒童喜。　　　　兒童慣看客。
　——杜甫《南鄰》　　　　——陳與義《覯我齋再分韵得
　　　　　　　　　　　　　下字》

竹裡行厨洗玉盤。　　　　政待移厨洗玉盤。
　——杜甫《嚴公仲夏枉　　——陳與義《張廸功攜詩見過
駕草堂兼攜酒饌》　　　　　次韵謝之》之二

還如何遜在揚州。　　　　不如何遜在揚州。
　——杜甫《和裴廸登蜀　　——陳與義《欲離均陽而雨不
州東亭送客逢早梅　　　　　止書八句寄何子應》
相憶見寄》

簡齋《初至陳留南鎮凤興赴縣》有句："行雲弄月翳復吐，林間明滅光景奇。"前句點化的是老杜《法鏡寺》"初日翳復吐"；後句點化的是老杜《雨》"明滅洲景微"。簡齋也有一首《雨》詩，五律八句竟有五句是點化杜詩的：

一時花帶淚。　　杜甫《春望》：　　感時花濺淚。
萬里客憑欄。　　杜甫《中夜》：　　長為萬里客。
日晚薔薇重。　　杜甫《春夜喜雨》：花重錦官城。
惜無陶謝手。　　杜甫《江上值水如

　　　　　　　　　　　　　海勢聊短述≫：　　爲得思如陶謝手。

　　盡力破憂端。　　　杜甫≪得弟消息≫：憂端且歲時。

——不儘"句法能參杜拾遺"❾，他有的詩通篇都是模仿杜詩
或由杜詩生發的，如《茅屋》之於《茅屋爲秋風所破歌》、《述
懷》之於《遣懷》；有時詩的題目也從老杜那裡假借來的，如
≪北征≫、≪龍門≫等。——筆者便是從這裡歸陳與義爲"江西詩
派"的。

　　其實最早爲陳與義"江西"派籍定性的是南宋的嚴羽，他在
《滄浪詩話•詩體》中明確說陳簡齋體"亦江西之派而小異"。
"亦江西之派而小異"這幾個字儘管可以有不同的理解，但終究
繞不過去，一來嚴羽說話時間早，二來《滄浪詩話》影響大。在
"小異"一點上再做足文章似乎也翻不過"亦江西之派"的大局。
筆者上面用學杜、學黃陳之學杜論證了"亦江西之派"的大局，
那麼"小異"在哪裡呢？

　　"小異"須在"亦江西之派"的大前提下來討論，也就是說
須在學杜的大潮流裡來觀察、來尋覓。陳與義學杜確實還有更應
令人注意的地方，老杜《曲江對雨》有句："林花著雨胭脂濕"，
簡齋《陪粹翁舉酒於君子亭亭下海棠方開》有句："暮雨霏霏濕
海棠"，點化得不算高明。但在他的《春寒》詩裡却翻出了新意：
"海棠不惜胭脂色，獨立濛濛細雨中，"詩味就足多了。也可以
說陳與義這裡是有意識地在詩思氣味上追摹老杜了。他的著名詩
句："孤臣霜髮三千丈，每歲烟花一萬重"（《傷春》），似乎
要比李白與杜甫的孤句（"白髮三千丈"、"煙花一萬重"）深

秀雋厚得多。陳與義名篇《登岳陽樓》幾乎便是從老杜《登岳陽樓》和《登高》兩詩化出，而氣勢神味不減。其餘《晚晴野望》、《雨中》、《感事》、《晚步湖邊》、《巴丘書事》、《再登岳陽樓感慨賦詩》、《夜賦》、《舟次高舍書事》、《六月六日夜》等詩沉郁悲壯、氣象雄潤，《次舞陽》、《次南陽》等甚至有杜甫入夔州後的風味，眞如紀昀所說"入杜集殆不可辨"。順舉二例，可以窺豹，《晚晴野望》：

> 洞庭微雨後，　　　　　涼氣入綸巾。
> 水底歸雲亂，　　　　　蘆叢返照新。
> 遙汀橫薄暮，　　　　　獨鳥度長津。
> 兵甲無歸日，　　　　　江湖送老身。
> 悠悠只倚杖，　　　　　悄悄自傷神。
> 天意蒼茫裡，　　　　　村醪亦醉人。

《雨中》：

> 北客霜侵鬢，　　　　　南州雨送年。
> 未聞兵革定，　　　　　徒使歲時遷。
> 古澤生春靄，　　　　　高空落暮鳶。
> 山川含萬古，　　　　　郁郁在樽前。

楊萬里稱簡齋"詩宗已上少陵壇"❿，殆非虛譽。明胡應麟稱簡齋詩"渾而麗，壯而和"，又稱其"宏壯在杜陵廊廡"，"宏麗

沉雄得杜體" ⓫ ，亦可謂具隻眼者。事實上方回、紀昀兩個也是
有意讓他直接與老杜掛鉤的，羅列他們幾條證詞：一、"簡齋詩
獨是格高，可及子美"。二、"詩律精妙，上迫老杜"。三、"
簡齋詩即老杜詩也。"四、"欲學老杜，非參簡齋不可。" ——
後兩條的抬舉尤爲可觀。看來紀昀讓陳與義坐"江西派"的第二
把交椅，還多少有點照顧黃山谷的資望名聲。

　　陳與義不僅孜孜努力於他自己提出的"識蘇黃之所不爲而後
可以涉老杜之涯涘" ⓬ 的方向，而且在學杜中逐步實踐了所謂
"意足不求顏色似，前身相馬九方皋" ⓭ 的審美見解和創作思想。
這一點恰恰便正是他與"江西"詩風的主要不同之處，即嚴羽
"亦江西之派而小異"之"小異"（說它"主要"即是與"不有意
於用事"相對而言）。"江西派"學杜重在字法、句法、功力、
格調，而簡齋學杜則變而爲神味、氣勢、意蘊、境界，所謂別出
蹊徑也。紀昀"提要"云："其（簡齋）詩雖源出豫章，而天分
絕高，工於變化，風格遒上，思力沈摯，能卓然自闢蹊徑。"清
人蔣國榜《胡註陳簡齋集跋》云："簡齋力彌摯，工於變化"。
都強調了陳與義詩之"工於變化"，這個變化正是學杜由字法句
法，功力格調到神味氣勢、意蘊境界的昇華，也即是說學到了劉
熙載所謂"水深林茂"的氣象 ⓮ ，達到近似乎爐火純青的地步。在
水準上不僅遠遠超出"江西"一般詩人，實際上也在山谷、後山
之上。山谷、後山之學杜被認爲是不成功的，沈德潛《說詩晬語》

云：“江西派，黃魯直太生，陳師道太直，皆學杜而未嚌其胾者者。”陳與義在學杜這條路上有所識力，有所才膽，故爾有所變化，有所革新，自成一種面貌，達到了“嚌其胾”，在學杜的大潮流裡進入了自由境界。——當然這裡只是強調陳與義的學杜改變了黃陳那種游泳的姿勢（所謂“小異”），取得了理想效果，但不能說他已游到“江西”波瀾外面去了，更不能推演出他從來就沒有跳入“江西”波瀾。

　　陳與義入“江西派”與陳師道糾葛最深，可以這麼說，陳與義與陳師道的淵源要大大超過黃山谷。二陳往往並稱，方回《瀛奎律髓》（卷二十九）：“讀諸家詩，忽到後山、簡齋，猶捨培塿而瞻太華，不勝高聳，自是一種風調。”胡應麟《詩藪》（外編卷五）：“宋之學杜者，無出二陳。”翁方綱《七言律詩抄》（卷首）：“自山谷以下，後來語學杜者，率以後山、簡齋並稱”。喬億《劍溪說詩》（卷下）：“宋之後山、簡齋五律宗杜，皆粗硬乏溫醇之氣。”除了喬億（喬億人微言輕，影響不大），均是讚美的口吻。這類讚美大都着眼在簡齋詩的成就，或者說着眼在大至詩界小至“江西派”內的名次。我們講二陳糾葛深、淵源深主要指的是陳與義最初是從學陳師道加入所謂江西派的。這固然說入門略有些偏，但恰恰正是這個偏，他的“江西”表現得以更典型更充分。

　　除了老杜,陳與義最佩服的便要算陳師道了，這有他自己的話為證：

去非亦嘗語人，言本朝詩人之詩，有慎不可讀者，有不可不讀者。……不可不讀者，陳無己也。

——徐度《却掃編》卷中

陳去非謂予曰："……陳無己詩如養成內丹"。又曰："凡詩人古有柳子厚，今有陳無己而已"。

——方勺《泊宅編》卷九

簡齋詩宗陳師道，同時稍晚的楊萬里、劉辰翁均有證詞。據楊萬里《胡銓行狀》❶載，胡銓在對孝宗問時就肯定說："陳與義、呂本中皆宗師道者。"劉辰翁《簡齋詩箋序》也有"陳簡齋以後山體用後山，望之蒼然，而光景明麗，肌骨勻稱"的話（且不討論因果是否貫通）。元吳澄《董震翁詩序》❶也說陳與義"近體自後山氏。"後山學杜的著名方法是"拆東補西裳作帶，"閉門覓字，刻意揵揅，所謂"一句之內竊取數字以仿像之"。南宋葛立方《韻語陽秋》卷二很舉了些例子：

杜云"昨夜月同行"，後山則云"勤勤有月與同歸"。杜云"林昏罷幽磬"，後山則云"林昏出幽磬"。杜云"古人去已遠"，後山則云"斯人日已遠"。杜云"中原鼓

角悲"，後山則云"風連鼓角悲"。杜云"暗飛螢自照"，
後山則云"飛螢元失照"。杜云"秋覺追隨盡"，後山則
云"林湖更覺追隨盡"。杜云"文章千古事"，後山則曰
"文章平日事"。杜云"乾坤一腐儒"。後山則曰"乾坤
著腐儒"。杜云"孤城隱霧深"，後山則曰"寒城著霧深"。
杜云"寒花只暫香"，後山則云"寒花只自香"。——如
此類甚多，豈非點化老杜之語而成者？

（明王世貞譏刺陳師道這種本領爲"點金成鐵"。）——陳與義
點化老杜的本領與陳師道的又何其相似乃爾。除了前面所舉的例
句外，據翁方綱《石洲詩話》卷四載，陳與義"平生老赤脚，每
見生怒嗔"、"張子霜後鷹，眉骨非凡曹"、"韓公眞躁人，顧
用擾懷抱"、"乾云進酒杯"、"片雲無恩極"、"我知丈人眞"、
"覺來跡便掃"、"清池不受暑"、"日動春浮木"等等詩句都
是摹仿後山之學杜的。胡應麟說："陳（與義）多得工部句"，
"且多得杜字法"正指此。二陳的區別胡應麟也指出過："師道
得杜骨，與義得杜肉；無己瘦而勁，去非瞻而雄；後山多用杜虛
字，簡齋多用杜實字"❼。且不論理分析判斷得對與不對、是否
說到點子上，他兩個學杜的招式至少是弄清楚了，可以說是一脈
相承。兩人招式相同，其他一些差異便也無關宏旨了，比如有的
說簡齋"烹煉不及後山"❽，有的則說"氣韵不逮"後山❾，更
何況這種話的立足點都很成問題。

　　無疑，黃山谷也點化老杜，但手法不如陳師道那麼刻板，態
度也不如陳師道那麼認眞。況且山谷一生耻於後人，一個心意要

自出手眼、獨立面貌，故爾陳與義學杜上受他薰染不深，心裡也不怎麼崇拜他。等到黃山谷的"面貌"被簡齋看出來時，簡齋已經與老杜神交，自己的"面貌"也出來了，所謂"陳簡齋體"，所謂"小異"。不過入"江西派"之後，由於心誠，由於目迷黃陳的游泳姿勢，陳與義也在點化黃陳的詩句上用過一段工夫。比如他的"戲弄竹枝聊卒歲"（《題易元吉畫麞》）就是點化的山谷"戲弄丹青聊卒歲"（《詠李伯時馬》）；山谷名句："寒藤古木被光景，深山大澤皆龍蛇"被他點化成"明月照樹影，滿山如龍蛇"（《正月十六日夜》之一）；陳與義《山齋》詩中"榮枯各一時"，便襲用山谷成句。然而他點化後山詩的更多，《道中書事》："易破還家夢，難招去國魂"即套襲後山《野望》句"剩寄還鄉泣，難招去國魂"；《遊道林嶽麓》句"向來修何行，不受安危侵"點化後山《城南寓居》詩："平生修何行，步有黃金蓮"。《小閣》句"病餘仍愛酒，身外更須名"點化後山《懷遠》詩："生前只爲累，身後更須名"。其他"一官不辦作生涯"（《次韵周教授秋懷》）脫胎後山"兩官不辦一丘費"（《八月十日》）、"一笑得君天所借"（《即席重賦且約再遊》之一）脫胎後山"斗酒百篇天所借"（《詠周昉畫李太白眞》）等等，不勝枚舉。簡齋有的詩全承襲後山的風格韻味，《道中寒食》、《連雨賦書事》、《觀我齋再分韻得下字》等詩甚而有"逼近後山"的氣勢──二陳並稱至少一半是出於這一重原因。

　　不過，陳與義宗學後山、逼近後山只是他學杜的一段經歷，很快他就傾全力撇開後山直接與老杜掛鉤，並顯示出了突破的膽識和創造的才氣。恰恰是由於才氣與膽識的不同，陳與義寫詩遠比

陳師道要輕鬆要自由。陳師道以苦吟著稱，他要做詩時或者說有
了詩的靈感時急忙跳蹬上床，鑽入被窩，以被蒙首，不許別人發
出一點聲音，生怕干擾阻遏了他的詩思。家裡的人也知道他這個
毛病，趕快將狗兒貓兒都驅趕出屋；家中的嬰兒稚子也早早抱寄
鄰家。陳與義雖也自稱"搜詩空費九回腸"（《感懷》），這只
說明他枸思認眞而已（詩情變幻複雜，一時難以把握）。簡齋之
"才"也大，故作詩費"力"也小，不然，何以五六個詩人遊宴
興到，分韵賦詩，他一時三刻能便寫出《夏日集葆眞池上以綠蔭
生畫靜賦詩得靜字》那首轟動一時、名揚天下的五言十二韻傑作
呢？

　　陳與義的表姪張嵲爲陳與義撰的墓誌銘中有一節話：

> 公尤邃於詩，體物寓興，清邃超特，紆餘閎肆，高擧橫
> 屬，上下陶謝韋柳之間。

這節話被後來的《宋史》本傳，《宋詩鈔·簡齋詩集序》等照搬
不誤，直到清乾隆間才遭到紀昀的極力抵制。南宋最早爲陳與義
詩作註的胡穉在《簡齋詩箋叙》中恰恰也提到"達於陶謝，放於
孟王，流於韋柳，而集於今簡齋陳公"的話，"孟王"與"陶謝"、
"韋柳"大抵可算是一路的詩人，時間上夾乎兩者當中，也可謂
是"上下陶謝韋柳之間"。——這一路詩人的詩蕭散清頤、冲和
澹遠，簡齋的詩在風格氣象上與這一路詩人的詩究竟有沒有相似
相同之處？這也是我們討論簡齋詩歌時應引起重視的問題。

　　陳與義的詩尤其是南渡之後的詩，風格追紹老杜，沉鬱悲壯，

慷慨雄渾。傑構為林，隨便可以列出一堆：《登岳陽樓》、《傷
春》、《題東家壁》、《雨中再賦海山樓詩》、《雷雨行》、
《春夜感懷寄席大光》等等皆是簡齋名篇，不必贅引，筆者另舉三
例，亦見一斑：

今日東北雲，　　　　　景氣何佳哉。
我馬且勿驅，　　　　　當有吉語來。
春寒欺客子，　　　　　滿意旗下杯。
百年耳頻熱，　　　　　萬事首不回。
臥龍會何立，　　　　　有塚今半摧。
空餘喬木地，　　　　　薄暮鴉徘徊。
懷古視落日，　　　　　愧我非長才。
卻憑破鞍去，　　　　　風林生七哀。
　　　　　　　　——《次南陽》

君王優詔起群公，也置樵夫尺一中。
易着青衫隨世事，難將白髮犯秋風。
共談太極非無意，能系蒼生本不同。
卻倚紫陽千丈嶺，遙瞻黃鵠九霄東。
　　　　　　　　——《寄德升大光》

漲江臨眺足消憂，倚杖江邊地欲浮。
疊浪併翻孤日去，兩津橫卷半天流。
黿鼉雜怒爭新穴，鷗鷺驚飛失故洲。

可為一官妨快意，眼中唯覺欠扁舟。

　　　　　　　　　——《觀江漲》

氣勢雄潤，規模廣大。——對這個主要的風格傾向我們當然沒有
疑義。

　　然而簡齋詩確還有平淡清遠的一面，或溫潤恬雅如陶謝，或
婉秀俊逸如韋柳，我們看下面幾首詩：

　　卷地風拋市井聲，病夫危坐了清明。
　　一簾晚日看收盡，楊柳微風百媚生。

　　　　　　　　　——《清明》之二

　　憶看梅雪縞中庭，轉眼桃梢無數青。
　　萬事一身雙鬢髮，竹床欹臥數窗櫺。

　　　　　　　　　——《春日》之二

百年幾晴朝，　　　　　　徐步山徑濕。
忽悟春已深，　　　　　　鳴禽飛相及。
雪消眾綠淨，　　　　　　霧罷群峰立。
澗邊千嶂岩，　　　　　　今日何復集。

　　　　　　　　　——《雨晴徐步》

山空樵斧響，　　　　　　隔嶺有人家。
日落潭照樹，　　　　　　川明風動花。

　　　　　　　　　　──《出山》之二

　　這一路風格氣調的詩還可以舉出許多，如《出山道中》、《八關僧房遇雨》、《寶園醉中前後五絕》、《入山》、《雨晴》、《春寒》等等，難怪乎張嵲要說“韋柳儻可作，論詩應定交”了（《贈陳符寶去非》）。其實前人看到這一點的也不少。劉克莊說：“詩至於深微，極玄極妙矣……唐人唯韋柳，本朝唯崔德符，陳簡齋能之。”❷正是看出韋柳與陳與義詩風造詣相似之處。吳澄《何敏則詩序》云：“簡齋陳公比之陶韋更新更巧。”他的評價尤高。陳衍《宋詩精華錄》卷三：“宋人罕學韋柳者，有之，以簡齋爲最。”他的話最說明問題了。與陳與義同時的“苕溪漁隱”胡仔說：“陳去非詩，平淡有功。”且舉例：“疎疎一簾雨，淡淡滿枝花”，“官裡簿書何日了，樓頭風雨見秋來”，“客子光陰詩卷裡，杏花消息雨聲中”等，他如“蒼山雨中高，綠草溪上豐”，“開門知有雨，老樹半身濕”，“亂雲交翠壁，細雨濕青松”，“暖日薰楊柳，沈陰醉海棠”等等。這些詩句應都是陶謝韋柳一脈風格的。

　　陳與義本人對陶謝韋柳是十分敬重的，也是十分讚賞的，他的詩點化這四位的也可謂不少❹。儘管他的不少詩篇受柳宗元、韋應物的影響很深，有時故意要翻其意（如《遊東巖》：“不同《南嶠》詠，悲慨滿中局”），有時存心要勝其韵（如《香林四首》之三：“固應撩我題新句，壓倒韋郎宴寢詩”），前面還引過“古有柳子厚，今有陳無己”的話，但心儀最深、特別令陳與義感到親切的則還是陶淵明。他和陶淵明韵的詩不少，如《同左通老用陶潛還舊居韵》、《同通老用淵明獨酌韵》、《諸公和淵明＜止酒＞詩因同賦》等；或明或隱讚頌陶淵明的則更多，如《謹次十七叔去鄭詩韵二章以寄家叔一章以自詠》其一："鄉里小兒眞可憐，市朝大隱正陶然"，用陶"不爲五斗米折腰向鄉里小兒"事；其二之"詩成彭澤要歸田"，寓陶詩《歸田園居》之意；《汝州吳學士觀我齋分韵得眞字》："靜者樂山林，謂是羲皇人"，用陶"高臥北窗，自謂羲皇上人"之典，《次韵周敎授秋懷》："陶潛無酒對黃花"，則對"採菊東籬下"生發感慨。此外，他的《早起》、《晚步》、《山齋》、《同楊運幹黃秀才村西買山藥》等詩是典型學陶的產物，風格氣象，維妙維肖，可謂置之陶集中殆不可辨。陶淵明有《停雲》詩，陳與義有"停雲甚可愛"之句；陶有"今日天氣佳"句，陳與義襲用來不止一次安插在他自己的詩中❷。陳與義《書懷示友十首》不僅有濃重的"歸臥淵明廬"的思想情緒，且明顯學的陶淵明口吻。他自己一再聲稱："惜無陶謝手"，爲自己學不到"陶謝"而感到惋惜，實際上應說是"幸有陶謝手"（順便提一下，他的《山路曉行》等詩不但多有點化謝詩的句子，整首詩也往往是渾一派謝靈運的風格氣象）。——從某種角度看來，說陳與義的詩承繼並發展了"陶謝韋柳"，應是當之無愧的。胡穉說的"達於陶謝，放於孟王，流於韋柳，而集於今簡齋陳公"正是着眼於這個角度。——詞句明麗、音色清亮爲其形，平淡幽遠，清邃超特爲其神，與"陶謝韋柳"精神氣血一脈相通。——我們在討論陳與義學杜大局的同時似應充分注意到他與陶謝韋柳這一層"同路"的淵源。

陳與義活了四十八歲，寫了古近體詩五百六十餘首（不包括《簡齋外集》），傳統上總是以他三十六歲時的靖康之難爲界，將他的作品分爲前後兩個時期。並認爲：他的前期作品大多抒寫個人身世感懷，不少是怨悱或牢騷，更多的是詩酒徵逐、風花雪月。生活面不寬導致詩歌思想格調不高，技巧上停留在學杜甫、陳師道字法句法的階段，偶或有所創新也不出"江西派"的圈子。後期由於中原板蕩，烽火連天，異族的侵入打破了詩人原先詩酒優游的小天地，詩人在倉惶南奔、輾轉播遷中飽覽了人民的苦難，體嘗到家國之不幸，創作頓起轉折，寫出了一批思想內容積極健康、風格格調雄潤高亢的作品，不僅在形式技巧上而且在思想內涵上明顯突破"江西派"的藩籬，因而與前期劃清了界限。

靖康之難是宋代歷史上最重要的事件，也是南北宋的界分點，這一年金兵打進了汴京，到處燒殺擄掠，高宗商丘出逃，踽踽東南，幾無喘息之機，忽而渡江，忽而航海，引得金兵跟著屁股後一路追擊，整個中華大地一片戰火，老百姓受盡苦難。處在這樣的歷史大變革中，每一個隸屬於趙宋政權的士大夫知識份子思想感情都會發生巨大的變折，如果他一貫寫詩，他的詩歌從思想內容到形式風格也必然會發生程度不一的質變。事實上渡江後的其他詩人如曾幾、呂本中的詩也不同程度地可以發現這個質變的痕跡。黃山谷、陳師道死得早，沒趕上，倘若趕上了他們的詩歌面貌也會大大改觀，所謂"國家不幸詩家幸"，陳與義不幸趕上，算他"僥倖"。南渡後的奔波折騰使他的詩歌面貌發生了形象的巨變，這正是時代的賜予，這情形頗有點像老杜遇上安史之亂。

陳與義靖康元年從陳留出奔，避亂襄漢，流離湖湘，輾轉粵閩，最後於紹興元年到達高宗皇帝的行在處會稽。整整五年的流亡逃難生活，所謂 "憂世力不逮，有淚盈衣襟"（《次舞陽》），他的詩歌明顯表現出對國家政治軍事形勢的關心（如《鄧州西軒書事》、《巴丘書事》、《寄大光二絕句》等），或表達奮發思戰、踴躍殺敵的氣概❷；或諷刺高宗皇帝的逃跑主義❷；或頌讚抗敵名將的高風亮節（如《以玉剛卯爲向伯共壽》、《劉大資挽詞》、《聞王道濟陷虜》）；或焦慮君無肱股、國無良將，未能撲滅瀰天胡焰（如《雨中再賦海山樓詩》、《次韵尹潛感懷》）。即便是一些即景抒情、題畫詠物的閒詩也傾盡胸中塊壘，表現了深重的家國之痛、黍離之悲（如《題畫》、《牡丹》、《雨中對酒庭下海棠經雨不謝》、《有感再賦》等）。有時從眼前小景或一件小事也會翻出政治軍事的大題目來，如《觀雨》：

> 山客龍鍾不解耕，開軒危坐看陰晴。
> 前江後嶺通雲氣，萬壑千林送雨聲。
> 海壓竹枝低復舉，風吹山角晦還明。
> 不嫌屋漏無乾處，正要群龍洗甲兵。

骨力風格、氣象聲勢上漸漸與杜甫看齊的同時，對杜甫人格及其詩歌的認識也起了質的昇華，所謂 "但恨平生意，輕了少陵詩"（《正月十二日自房州城遇虜至奔入南山十五日抵回谷張家》）正是一種徹悟的反省。樓鑰說的 "南渡以後，身履百罹而詩益高"（《簡齋詩箋叙》）、羅大經說的 "值靖康之亂，崎嶇流落，感時恨別，頗有一飯不忘君之意"（《鶴林玉露》卷四），劉克莊說的"建炎以後，避地湖嶠，行路萬里，詩益奇壯"，紀昀說的"湖南流落之餘，汴京板蕩以後，感時撫事，慷慨激越，寄託遙深"（《四庫全書總目提要》），大抵指此，這些說法大抵也是不錯的。於是便有前面的斷言：陳與義詩前後期面貌截然不同，所謂"劃清了界限"。──細讀簡齋的全部詩歌，實際情形未必如此。

　　陳與義後期詩以卷十四之《發商水道中》爲起點，這首詩寫於靖康元年之春天。就在出商水後同一年的詩歌中我們便發現陳與義個人感懷的窄小圈子並沒有全部打破，情緒格調也並非是全部積極高亢的。我們隨便可以舉出一些例句，如《鄧州西軒書事事》之十："弔古不須多感慨，人生半夢半醒中"；如《縱步至董氏園亭三首》之二："百年今日勝，萬里此生浮。莽莽樽前事，題詩記獨遊"；又如《香林四首》之三："誰見繁香度牖時，碧天殘月映花枝。固應撩我題新句，壓倒韋郎宴寢詩"。──對花拈樽，人生如夢，與前期很難看出有什麼不同。再看看後期的另一些詩句，《九日示大圓洪智》："自得休心法，悠然不賦詩"；《與智老天經夜坐》："殘年不復徙他邦，長與兩禪同夜釭"。──與和尚打得火熱，感興趣的是禪和"休心法"。《梅花》詩還有"今年聊作小乘僧"的句子，《西軒》所謂"平生江海志，歲暮僧廬中"正是誠實的自白。其他如《松棚》、《觀雪》等詩也明顯是消極逃世、悠閒自適的調子，有意思的是這一類的詩偏偏又正是與《劉大資挽詞》、《牡丹》等思想內容深刻沉摯的詩歌同時前後寫出的。事實上我們很容易發現，陳與義大量風格高亢、情懷激越的作品都是在靖康元年至紹興元年（公元一一二六

——一三一年）這五年的顛沛流亡生活期間寫出的。紹興二年起
簡齋一來政務繁忙，二來身體多病，意緒衰落，不常寫詩了（紹
興三年、四年、七年幾乎沒有詩），但值得注意的是這期間寫出
來的詩却往往在風格上遙遙與靖康之前相銜結，"客子光陰詩卷
裡，杏花消息雨聲中"（《懷天經智老因訪之》），這兩句深受
高宗皇帝嘆賞的詩便可稱是典型的例子，即便如他的絕筆《微雨
中賞月桂獨酌》："人間跌宕簡齋老，天下風流月桂花。一壺不
覺叢邊盡，暮雨霏霏欲濕鴉"，仍未失"風流跌宕"的情味氣韻，
與他闖入詩壇初的精神氣質十分相似。簡齋詩後期作品風格並不
統一完整，與前期作品面貌質性情調氣色相似相同者甚多，絕不
是一刀兩斷、截然不同。

　　我們不妨回頭來再看他的前期詩，其質量也未必一定遜色後
期，除了因靖康之難國家變故生出許多"慷慨氣長"、"悲壯激
越"外，後期與前期美學內涵和精神境界的聯絡一貫之處還是有
脈可尋的。

　　陳與義夙穎少達，早獲詩名。據樓鑰說："承平時洛中有八
俊"，而陳簡齋雄踞"詩俊"❷⑤。張嵲《陳公資政墓誌銘》稱：
"始，公爲學官，居館下，辭章一出，名動京師，諸貴要人爭客
之"。陳振孫《直齋書錄解題》稱："崇、觀間尚王氏經學，風
雅幾廢絕，而去非獨以詩鳴"。據這三位宋人的話判來，陳與義
的詩名不僅早顯而且是當時海內數一數二的。他最出風頭的兩件

事是：一、宣和五年三十三歲時他的《和張規臣水墨梅》詩受到
徽宗皇帝的讚賞，亟命召對，大有相見恨晚之意，登時擢用提拔，
一時傳爲美談，幾乎推倒"詩能窮人"的傳統觀念。二、緊接着
這一年夏天，他與同舍五人集葆眞宮池上避暑，取韋應物"綠陰
生畫靜"句分韻即席賦詩，陳得"靜"字，詩成，一座皆驚詫嘆
服，竟至"京師無人不傳寫"的程度。這裡有兩點需要強調：一、
當時朝廷上新派得勢，立"元祐黨人碑"的同時將蘇、黃的詩文
最視爲罪藪。崇寧以降，朝廷不許士大夫論史作詩，庠序學校之
間也以詩爲諱。政和以後稍稍寬鬆，這時陳與義破格以詩受到徽
宗皇帝的賞識，陳與義個人前途有了轉機還是小事，實開了一種
崇尚詩歌，文藝自由的新局面。二、他的詩在當時（蘇黃沉沒後）
確是獨擅一時，處於領導風騷的地位。

　　陳與義前期詩不少已經非常成熟，達到相當高的水平。就說
那五首《和張規臣水墨梅》吧，確有非同尋常的藝術感染力，詞
趣妙出，意韻深微，不妨抄其二首：

　　　　爛爛江南萬玉妃，別來幾度見春歸。
　　　　相逢京洛渾依舊，唯恨淄塵染素衣。
　　　　　　　　　——其三

　　　　含章簷下春風面，造化功成秋兔毫。
　　　　意足不求顏色似，前身相馬九方皋。
　　　　　　　　　——其四

徽宗皇帝贊嘆其四、朱老夫子深服其三，很可說明問題了。爲了
更說明問題，再舉幾例：

　　　　細讀平安字，　　　　　　愁邊失歲華。
　　　　踈踈一簾雨，　　　　　　淡淡滿枝花。
　　　　投老詩成癖，　　　　　　經春夢到家。
　　　　茫然十年事，　　　　　　倚杖數棲鴉。
　　　　　　　　　　　　——《試院書懷》

　　　　柳送腰支日幾回，更教飛絮舞樓台。
　　　　顛狂忽作高千丈，風力微時穩下來。
　　　　　　　　　　　　——《柳絮》

　　　　飛花兩岸照船紅，百里榆堤半日風。
　　　　臥看滿天雲不動，不知雲與我俱東。
　　　　　　　　　　　　——《襄邑道中》

——"苕溪漁隱"盛稱《試院書懷》，紀昀批道："通體清老"，
詩人當時只有三十四歲。後兩首小詩也深見功力與造詣。尤需指
出的是詩人留心國事的習慣是早年就具備的，《書懷示友十首》
之七對歷史人物的褒貶（"仲舒老一經，策世非所長"——"偉
哉賈生書，開闔有耿光"）寄寓了詩人經濟用世的胸懷，顯示了
詩人干預政治的強烈興趣。再如《寒食》：

草草隨時事，　　　　蕭蕭傍水門。
濃陰花照野，　　　　寒食柳圍村。
客秋空佳節，　　　　鶯聲忽故園。
不知何處笛，　　　　吹恨滿清尊。

這首詩如放入後期作品中，恐怕也不易辨識。尤其是末四句與"青墩溪畔龍鍾客，獨立東風看牡丹"（《牡丹》）、"時改客心動，鳥鳴春意深"（《岸幘》）等後期詩的心境究竟能看出多少不同？再看一首，《夜步隄上》之二：

人間睡聲起，　　　　幽子方獨步。
倚杖看白雲，　　　　亭亭水中度。
十月雁背高，　　　　三更河流去。
物生各擾擾，　　　　念此煎百慮。
聊將憂世心，　　　　數遍橋西樹。

靖康之難前即有這樣的"憂世心"、這樣的憂患意識，到中原板蕩日、神州陸沉際他的詩思才力發展趨向是可以預見的。故爾筆者認爲將陳與義的詩前後期截然分開是不科學的，陳與義的詩本來便是一個有機整體，承平時如何、變難時如何，恐怕內在還有一定的發展規律和邏輯必然。——說他是南北宋之際最傑出的詩人，當然應該顧全他在南北宋的全部詩歌創作，也即是說陳與義前後期的詩歌共同扶持着他的桂冠、證實着他的成就。

註　釋

❶　劉辰翁《簡齋詩箋序》："或問：宋詩簡齋至矣，畢竟比坡公何如？曰：

詩道如花，論高品則色不如香；論逼真則香不如色"。聽劉辰翁口氣，
陳與義的詩與蘇軾的詩難詮上下，所謂雙峰並峙，兩水分流。《後村詩
話》（前集卷二）："簡齋出，始以老杜為師，《墨梅》之類，尚是少
作。建炎以後，避地湖嶠，行路萬里，詩益奇壯……造次不忘憂愛，以
簡潔掃繁縟，以雄渾代尖巧，第其品格，故當在諸家之上。"

❷⑫　見《簡齋詩集引》，《陳與義集》上冊，中華書局一九八二年版。

❸　見羅大經：《鶴林玉露》，卷四。

❹　見錢鍾書《宋詩選註》、白敦仁《陳與義年譜》等著作。

❺　見莫礪鋒：《江西詩派的後起之秀陳與義》，《社會科學戰線》，一九
八四年第一期。

❻　葛勝仲：《陳去非詩集序》，《丹陽集》卷八。

❼　張元幹《蘆川歸來集》卷九《跋蘇詔君楚語後》載：宣和五年夏，陳與
義嘗與呂本中·張元幹等十四人同遊東京慧林院資聖閣，分韵賦詩。

❽　見《江西社會科學》，一九八三年第一期。

❾　仇遠：《讀陳去非集》，《仇山村遺集》。

❿　楊萬里：《跋陳簡齋奏草》，《誠齋集》卷二十四。

⓫⓱　見胡應麟：《詩藪》，外編，卷五。

⓭　陳與義：《和張規臣水墨梅》之四。按：苕溪漁隱胡仔說，得到徽宗賞
識的便是這一首，實際上也就是這兩句。

⓮　劉熙載《藝概·詩概》："宋西江名家學杜，幾於瘦硬通神，然於水深
林茂之氣象則遠矣。"

⓯　見楊萬里：《誠齋集》，卷一一八。

⓰　見 吳澄：《吳文正公全集》，卷九。

⓲　見查慎行：《初白菴詩評》，卷下。

⓳　見翁方綱：《石洲詩話》，卷四。

⑳ 見劉克莊：《後村詩話》，續集，卷二。

㉑ 如陳與義詩"大松蔭後楹，小松羅前軒"（《董宗禹園先志亭》），點
化陶詩"榆柳蔭後檐，桃李羅堂前"（《歸田園居》）；"月輪隱東峰"
（《十七日夜詠月》），點化謝詩"遠峰隱半規"（《遊南亭》）；
"荷氣夜來雨"（《夏至日與同舍會葆真》之一），點化韋詩"雨微荷氣
涼"（《南塘泛舟》）；"澹然意已足"（《試院春晴》），點化柳詩
"澹然離言說，悟悅心自足"（《讀禪經》）。

㉒ 如《試院春晴》："今日天氣佳，忽思賦新詩。"《登閣》："今日天
氣佳，登臨散腰腳。"

㉓ 如《題繼祖蟠室》之三："中興天子要人才，當使生擒頡利來。正待吾
曹紅抹額，不須辛苦學顏囘。"又如《雷雨行》句："劉琨祖逖未足雄，
晏球一戰腥臊空。諸君努力光竹素，天子可使塵常蒙。"

㉔ 如《傷春》句："初怪上都聞戰馬，豈知窮海看飛龍。"又《雷雨行》
句："禹巡會稽不到海，未省駕舶觀民風。"

㉕ 見《跋朱岩壑鶴賦及送閭丘使君》，《攻媿集》卷七十一。

楊萬里散論

一

　　楊萬里在爲"江西詩派"總集作序時曾有三重祝願："將以
興廢西山章江之秀，激揚江西人物之美，鼓動騷人國風之盛。"
可見他這個江西人對江西人文之美——尤其是詩歌事業——的鍾
愛和厚望。八百年後，人們談論"江西人物之美"時却往往忘了
楊萬里，聽說江西省決定紀念的江西文化名人（以宋人爲主）中
也沒列他的名字，筆者爲楊萬里感到委屈。南宋學術文化上有一
定權威影響的周必大曾說："楊廷秀，學問文章獨步斯世。"❶
——《誠齋集》一百三十三卷，八十餘萬言，"學問文章"，難
以細說。楊萬里世以"大詩人"稱，我們這裡就來檢討一下他的
詩歌成就，排一排他的詩在他那個時代的地位。

　　南宋詩壇向有四大家之稱，所謂"尤（袤）、楊（萬里）、
范（成大）、陸（游）"。方回跋尤袤詩："自中興以來，言詩
者必稱尤楊范陸。"又稱這四個人爲"詩巨擘"。但楊萬里自己
却似乎不願厠身其間，他自稱："尤、蕭（德藻）、范、陸，皆
其所畏"（《千岩摘稿序》，《誠齋集》卷八十一。以下引文只
注篇名，不列卷目），又有詩句反覆提這四個人："尤蕭范陸四
詩翁"、"近代風騷四詩將"等等。沈德潛《說詩晬語》云：
"南渡後詩，楊廷秀推尤蕭范陸……後去東夫（蕭德藻），易以廷

秀，稱尤楊范陸。"按沈德潛的口氣似乎是楊萬里擠掉了蕭德藻
（因爲蕭詩早佚）。其實不然，深得楊萬里詩心的郭麐似乎看破
其中消息，他有一首《丹叔手鈔誠齋詩集竟校讎一過輒書其後即
用誠齋體》的詩，開頭四句道："范陸尤蕭張一軍，天然風骨更
超群。先生肯作隨人計，後世知誰定我文。"——一個"更"字，
一個"肯"字，楊萬里無意厠身四大家在此。其實後世論議四大
家時往往在楊陸與尤范間劃開一條槓，楊陸的成就明顯超出尤范
一籌——這是定論，自當無疑。南宋劉克莊將楊陸與李杜作了比
附："放翁學力也似杜甫，誠齋天分也似李白"（《後村詩話》）。
雙峰並峙，兩水分流，似乎各有千秋。

我們進而來比較楊陸。先看一看兩人互相的評價。楊萬里有
《和陸務觀見賀歸館之韵》一詩，開頭八句爲：

> 君詩如精金，　　　　入手知價重。
> 鑄作鼎及鬵，　　　　所向一一中。
> 我如鷲並驥，　　　　夷途不應共。
> 難追紫蛇電，　　　　徒掣青絲鞚。

詩意說的是自己的詩比不上對方。楊萬里《答陸務觀郎中書》中
又諧謔地將陸游與自己比作韓愈和柳宗元——"韓至焉，柳次焉"。
但這裏實質上都沒有評比的眞意，只是朋友間客套的謙詞。我們
再來看陸游的《謝王子林判院惠詩編》，開頭四句詩爲：

文章有定價，　　　　　議論有至公。

我不如誠齋，　　　　　此評天下同。

認真而嚴肅地比較了他與楊萬里的成就與影響。陸游這裡似不是
一般意義上的謙虛，特別是"議論有至公"、"此評天下同"決
不是隨便說說的。這個評價不同於韓愈之傾倒孟郊❷、歐陽修之
尊獎梅堯臣，倒有一點像白居易之推重元稹。──放翁不如誠齋
正是他們那個時代的至公評論。應該說同時代人的評價是說明問
題的，不妨舉幾位宋人的話來驗證：

今日詩壇誰是主，誠齋詩律正施行。

　　　　　　　──姜特立《謝楊誠齋惠長句》

順便可對照一下姜的《陸嚴州惠劍外集》（陸嚴州即陸游，兩首
都是答謝惠詩的）："不蹈江西籬下迹，遠追李杜與翱翔。流傳
何止三千首，開闔無疑萬丈光。"

四海誠齋獨霸詩。

　　　　　　　──項安世《又用韵酬贈潘楊二首》

項安世《題劉都監所藏楊秘監詩卷》又稱：

雄吞詩界前無古，新創文機獨有今。

王邁《山中讀誠齋詩》：

　　萬首七言千絕句，九州四海一誠齋。

袁說友《和楊誠齋韵謝惠南海集詩三首》：

　　四海詩名今大手，萬人辟易幾降旗。

葛天民《寄楊誠齋》：

　　近代獨有楊誠齋，才高萬古付公論。

周必大《跋楊廷秀贈族人復字道卿詩》稱楊萬里“執詩壇之牛耳”。
《奉新宰楊廷秀攜詩訪別次韵送之》稱“誠齋詩名斗牛寒”。——
周必大官位顯赫，據說他曾在孝宗面前說過楊萬里的壞話，耽誤
了楊萬里好幾年的“官運”，但在學術上却十分稱頌楊千里，更
崇仰楊萬里的詩歌成就。周必大對楊萬里的詩歌有一段著名的評
析，不妨摘引：“楊誠齋大篇鉅章七步而成，一字不改，皆掃千
軍、倒三峽、穿天心、透月窟之語。至於狀物姿態，寫人情意，
則鋪叙纖悉，曲盡其妙，遂謂天生辯才，得大自在，是固然矣”。
　　注意，南宋一代似乎還沒有人將陸游擺在楊萬里之上，更沒
有稱陸游爲詩壇霸主。除了趙蕃、蘇泂等人評語很高之外，周必
大、劉克莊等有地位影響的評論家說話都有保留，而不像後來的
清乾隆帝說的“宋自南渡以後，必以陸游爲冠”（《唐宋詩醇》）。

前面我們說陸游之敬服楊萬里有點像白居易之推重元稹，元和長慶當時元稹之聲名並不在白居易之下，世稱"元白"、"楊陸"不是沒有道理的。──"此評天下同"，南宋一代當是實情。

　　明一代，楊陸往往被囫圇一並看待，似不見高下之分。宋濂、李東陽、謝榛、胡應麟諸人或譏其未諧唐音，或論其體近元和，無論褒貶都看他們作一體。入清，楊萬里貶聲漸起，愈演愈烈。儘管讚頌崇拜的也不乏人，但總的趨勢是一落千丈。同時陸游則由於《唐宋詩醇》、《甌北詩話》等的推楊抬舉而名聲大振，青雲直上。楊陸的懸差綿延至今，似成定局。清人趙翼認爲陸游的詩在南宋一代最多也最好，甚至超過北宋的蘇軾。《甌北詩話》中溢譽、褊袒陸游之論"多有未諦處"，錢鍾書先生《談藝錄》已有碻論，不想贅述。《唐宋詩醇》是乾隆帝御筆親定之書，讚賞放翁"忠愛之志"深得宸心之同時，貶抑楊萬里爲"油腔滑調"，一褒一貶，用心深刻。

　　楊陸的詩歌在藝術成就上的軒輊，錢鍾書《談藝錄》有一段至公名言，不妨移錄：

　　嘗試論之：以入畫之景作畫，宜詩之事賦詩，如鋪錦增華，事半而功則倍。雖然，非拓境宇、啓山林手也。誠齋放翁，正當以此軒輊之。──人所曾言，我善言之，放翁之與古爲新也；人所未言，我能言之，誠齋之化生爲熟也。放翁善寫景，而誠齋擅寫生。放翁如畫圖之工筆，誠齋則如攝影之快鏡。兔起鶻落，鳶飛魚躍，稍縱卽逝而及其未逝；轉瞬卽改而當其未改。眼明手捷，蹤矢躡風，此誠齋之所獨也。……放翁之不如誠齋正以太巧耳。

兩人作詩的看家本領全都抖落清楚了。一句話，放翁的創造性不如誠齋。誠齋依恃的是筆的靈動活脫，追求的是詩的意趣神色，往往以少總多，以活求生。放翁耽意在鍛鍊工細，刻畫精緻，竭盡心力將天下好對子做盡，好句式做盡。劉熙載說：“放翁是有意要做詩人。”❸故他的詩貪多求富而意境實少變化，心思句法，復出重見，“幾乎自作應聲之蟲”❹。朱彝尊《書劍南集後》譏其“句法稠迭，令人生憎”❺，曾摘其自相蹈襲者至一百四十餘聯。劉克莊特別欣賞陸游作詩的“工”力與“巧”勁，他晚年的詩跳出江湖派的圈子後便專學的陸游好奇對的本領。《後村詩話》前集卷二他說：“古人好對偶被放翁用盡”，接着就不厭其煩一口氣列舉了五十個對子，可見仰佩之深。錢鍾書說陸游的律詩“似先組織對仗，然後拆補完篇，遂失檢點。雖以其才大思巧，善於泯迹藏拙，而湊填之痕，每不可掩。往往八句之中，啼笑雜遝，兩聯之內，典實叢迭，於首擊尾應、尺接寸附之旨，相去殊遠。文氣不接，字面相犯”❻。批評得不很客氣，但極中肯綮。當然陸游的律詩不都是犯這個毛病的，清新明媚，自然工秀的佳制隨便可以舉出許多。一般地說，他的古體（尤其是七古）比較起律絕來要自然本色一些，湊填之痕，斧斸之迹也少一些。——陸游的短處偏偏又正是楊萬里的長處，楊萬里最可稱道的便是幾無湊填之痕，斧斸之迹。

　　有人說楊萬里的詩大多描寫自然風光之勝跡和有閑階級的清趣，思想內容上遠不及陸游。陸游的不少詩篇固然充滿愛國主義激情，傾訴了恢復中原的豪志壯懷，著名的如《關山月》、《長歌行》、《隴頭水》、《書憤》、《登賞心亭》、《聞武均州報已復西京》、《十一月四日風雨大作》、《夜讀范致能攬轡錄言中原父老見使者多揮涕感其事作絕句》、《五月十一日夜且半夢送大駕親征盡復漢唐故地見城邑人物繁麗云西涼府也喜甚馬上作長句未終篇而覺乃足成之》等等，華夏一片正氣，皆是千古名篇，這一點我們當然有充分的認識和高度的評價。現在我們來讀讀楊萬里的《初入淮河四絕句》：

　　　　船離洪澤岸頭沙，人到淮河意不佳。
　　　　何必桑乾方是遠，中流以北即天涯！
　　　　　　　　　　　　　　　——其一

　　　　劉岳張韓宣國威，趙張兩相筑皇基。
　　　　長淮咫尺分南北，淚濕秋風欲怨誰？
　　　　　　　　　　　　　　　——其二

　　　　兩岸舟船各背馳，波痕交涉亦難為。
　　　　只餘鷗鷺無拘管，北去南來自在飛。
　　　　　　　　　　　　　　　——其三

　　　　中原父老莫空談，逢着王人訴不堪。

卻是歸鴻不能語，一年一度到江南。

　　　　　　　　　　　　　　　　　——其四

此詩寫盡南渡後中國百姓之可憐，所謂"人而不如鷗鷺，人而不
如歸鴻"，刻畫出中原父老在異族統治下嗷嗷盼王師的悲痛景象。
淮河是當時宋金的界河，楊萬里對這條河十分敏感，興會最多，
寄託深重：

望中白處日爭明，箇是淮河凍作冰。
此去中原三里許，一條玉帶界天橫！

　　　　　　　　　　　　　　　　——《登楚州城》

萬里中原青未了，半篙淮水碧無情。
登臨不覺風烟暮，腸斷漁燈隔岸明。

　　　　　　　　　　　——《題盱眙軍東南第一山》之一

感情滿溢，悲懷延伸，由淮河到長江的一片江淮地，楊萬里也頻
觸奧曲：

只爭一水是江淮，日暮風高雲不開。
白鷺倦飛波正闊，都從淮上過江來。
一鷺南飛道偶然，忽然百百復千千。
江淮總屬天家管，不肯營巢向北邊！

　　　　　　　　　　　　　　　　——《江天暮景有嘆》

何等纏綿執著，又何等壯懷激烈。清人潘定桂《讀楊誠齋詩集九
首》有兩句深中肯綮："試讀渡淮諸健句，何曾一飯忘金堤。"
眞知誠齋者也。──楊萬里詩雖沒有陸游那種金剛怒目式的報國
熱志，但亡國之痛更慘烈更深沉，恢復之志也因而更悲涼結鬱，
更迫人熱腸。我們再細讀讀楊萬里的《過揚子江》、《題曹仲本
出示譙國公迎請太后圖》兩詩，同樣是歌詠國家大事、朝政得失，
但字面上却不露痕跡，前者曲筆微諷南宋政權的辱國喪節，後者
含而不露矛頭直指孝宗皇帝本人。即便是他明明白白唾罵秦檜的
詩《宿牧牛亭秦太師墳菴》也寫得曲折深藏，婉而多諷。──由
此可見楊萬里的詩在思想內容（更狹義一點：政治內容）的表現
上並不亞於陸游，悲慨感愴，寄託遙深，只是表現方式上隱曲含
蓄而已──這偏偏又是詩歌藝術審美的正鵠！

　再來談談兩人的人品。

　楊萬里的人品世有定論，無需多說，現存的古籍中幾乎有口
皆碑。有的稱他"剛毅狷介，"有的稱他"脊梁如鐵，"有的稱
他"立朝諤諤"，"有拆角之剛"，連頗有點討厭他的孝宗皇帝
也不得不承認他"有性氣"；陸游《送子龍赴吉州椽》詩中稱楊
萬里"清介世莫比"。《宋史》本傳雖有踵事增華的成份，但大
致還是尊重事實的。楊萬里一生視仕宦爲敝屣，兩袖清風。傳載
他滿江東任，萬緡祿錢棄於官庫，不取而歸。楊萬里又愛才如命，
他在朝中有資格舉賢時，曾推薦朱熹、袁樞、肖德藻等六十餘人
於朝廷。不妨聽聽他對朱熹的推薦意見："學傳兩程，才雄一世。
雖賦性近於狷介，臨事過於果銳，若處以儒學之官，涵養成就，
必爲異才"（《淳熙薦士錄》）──眞可謂有伯樂的巨眼！楊萬

里的《千慮策》中還有上中下三篇《人才論》，十分深僻。——
楊萬里的政治品質與道德面貌似乎是無懈可擊的，他死後謚"文
節"也是當之無愧的。

　　《四庫全書總目提要》云："南宋詩傳於今者，惟萬里與陸
游最富。游晚年隳節，爲韓侂胄作《南園記》，得除從官。萬里
寄詩規之，有"不應李杜翻鯨海，更羨夔龍集鳳池"句……以詩
品論，萬里不及游之鍛鍊工細；以人品論，則萬里偬乎遠矣。"
從詩品論，陸游似只在"鍛鍊工細"一節上勝過楊萬里，話語很
有保留（紀昀稱楊萬里詩"才思健拔，包孕富有"）。但"以人
品論，則萬里偬乎遠矣，"口氣十分斬截。韓侂胄的那篇《南園
記》，他本是請楊萬里作的，楊萬里堅辭。——他痛恨奸臣誤國，
謀危社稷。韓侂胄"柄國"十五年，他"臥家"十五年，大有勢
不兩立的氣概。《宋史》本傳嘗記其事："韓侂胄用事，欲網羅
四方知名士相羽翼。嘗築南園，屬萬里爲之記，許以掖垣。萬里
曰："官可棄，記不可作也！"侂胄憾，改命他人。"——這個
"他人"，便是陸游。紀昀說他"晚年隳節"，便在這點。
（《宋史》陸游本傳也有同樣議論）。幾百年來大詩人爲之負謗，清
議不齒。在陸游來說，他依附韓侂胄，心裏也未必不辨曲直利害，
他釐定文集時偷偷刪去《南園記》、《閱古泉記》等文章（也許
是他兒子子遹編集時刪去的），恐怕也正是由於汗顏心虛。《四
庫全書總目提要》說得剴切："史稱游晚年再出，爲韓侂胄撰
《南園記》、《閱古泉記》，見譏清議。今集中凡與侂胄啓，皆諱
其姓，但稱丞相，亦不載此二記……（毛）晉爲收入《逸稿》、
蓋非游之本志。然足見愧詞曲筆，雖自刊除，而流傳記載於求其

泯沒而不得者，是亦足以爲戒矣。"——《閱古泉記》也是應韓
侂胄之請而作，"與侂胄啓"指《賀平原（韓侂胄號）二子除秘
閣》等啓。——都被人算作了附韓的證據。袁枚曾有一句名言：
"士大夫寧爲權門之草木，勿爲權門之鷹犬。"❼這句話正是衝
着陸游阿附韓侂胄而發的。他說："草本不過供其賞玩，可以免
禍，恰無害於人。——在袁枚則是大言不慚，而陸游在九泉下恐
更汗顏踧踖了。

　　其實，後世爲之辯護的人也不少（惋惜的人更多），著名的
有戴表元、張元忭、錢謙益、吳景旭、趙翼、袁枚等人。其中數
袁枚喊冤喊得最響，也最能說出一通大道理來。《小倉山房文集》
卷三十有一篇叫做《書陸游傳後》的文章，通篇爲這件事辯護。
上自孔孟聖賢、下至楊時、胡安國，引經據典，條理十分嚴整。
大意說，韓侂胄之"奸"遠不及蔡京、秦檜，陸游爲之作《南園
記》意在"導之以正"，所謂"在侂胄親仁，在游勸善，"事情
都壞在一批知識份子的"清議"上。所謂"一切苛刻論，都從宋
儒始。""放翁喪名節"緣由於"士論群吠聲"❽。宏論一堆可
惜都未說到點子上。

　　陸游爲韓侂胄作《南園記》的主觀原因有幾種說法。一說是
爲幼子求蔭，陳振孫《直齋書錄解題》卷十八、劉壎《隱居通議》卷二十
一，嘗有這種記載，一說是爲自己謀個官職，求得老景安榮。約昀說的寫了
《南園記》，"得除從官"，恐怕證據不足。但陸游做官心切，似乎不致有異
議，連抱著惋惜之情亟亟爲他辯護的戴表元也說："然放翁固有不得辭
者：窮不能忘仕，爲文不能不徇人之求，龐眉皓髮，屑屑道途之
間。"❾楊萬里規勸他的兩句詩"不應李杜翻鯨海，更羨夔龍集
鳳池"（《寄陸務觀》），意思也很明白，要珍惜詩人名節，不

要耽念官職，希慕祿位。杜牧這樣輕薄的詩人尚曉得"千首詩輕
萬戶侯"，何況你這個以杜甫爲楷模而實際上已有很大成就和聲
名的陸游呢！這詩未必爲撰《南園記》事而作，但對陸游"屑屑
道途之間"的善意規勸還是有的放矢的。再一種說法是韓侂冑
"賢禮下士"，爲請陸游寫《南園記》，特地請出所寵四夫人親自
備酒勸觴。陸游難却盛情，不得已應允。不過以上幾種說法與爲
之辯護的人一樣，話都沒說到點子上，故未必有多少說服力。

　　按近些年來大多數學者的意見，韓侂冑"開禧北伐"是陸游
政治上與他接近並爲他撰寫《南園記》、《閱古泉記》的主要原
因。陸游將自己驅除強虜，恢復失土的理想寄託在韓侂冑身上，
換句話說，韓侂冑的"北伐"與陸游的愛國大願是一致的，故而
陸游政治上與韓侂冑接近，並願意爲他効勞（主要指在士大夫知
識份子中起的榜樣作用），不僅不能算是他品節上的污點，相反
還是愛國主義的一種表現，是一種消弭黨爭、團結內部而忍辱負
重的積極精神。——"慶元黨禁"五十九人中本來就沒有他的名
字，當然也談不上變節投靠的問題。韓侂冑的"開禧北伐"及其
爲"北伐"的種種政治軍事準備包括慶元黨禁的解弛，現在看來
似乎應予肯定。陸游對現實政治舞台上的人物的親疏向背是以他
們對淮河以北的強虜所採取的態度——主戰或主和——爲轉移的。

　　然而問題又還有複雜的一面。當我們看到陸游對著名的主和
派（實際上是投降派）湯思退、史浩的態度時，上述的結論又不
得不發生了些動搖。湯思退早年依附秦檜，官位顯赫。孝宗隆興
元年，宋師符離敗潰時復爲相，力主和議，許割海、泗、唐、鄧
四州，並下令撤除戰備。對於這樣一個徹頭徹尾的投降派，陸游

却在《送湯歧公鎮會稽》(《劍南詩稿》卷一)中曲盡吹捧之能事,
刻意爲他的投降行徑評功擺好。同樣在《太師 魏國史公挽歌詞》
中(《劍南詩稿》卷三十)又竭力讚揚(特加自注)史浩當年迫
使主戰派吳璘放棄在對金戰爭中收復之十三州、三軍,退兵大散
關一事。——這些表現即便不想扯上陸游的根本政治立場,至少
也說明了他取巧迎合,思想作風庸俗的一面。由之關於爲韓侂胄
撰《南園記》、《閱古泉記》的合理解釋又似乎蒙上了一層陰影。

順便又說到朱熹。朱熹一封私信中的一句話現在看來對陸游
的名聲也十分不利。朱熹是陸游的好友,趙汝愚垮台後,他被韓
侂胄定爲趙的死黨,是"慶元黨禁"中主要的打擊對象。朱熹被
整到夠嗆時不敢與陸游再有文字交往,那封信中說出了原因:
"恐賤迹累其升騰" ❿——這"升騰"一詞當是實情實景,朱熹也
是實話實說,決不會有什麼春秋筆法。然而這個詞却傷在陸游的
"痛"處,一來排除了舊說中他不得已附韓的可能,二來也給那
個合理解釋招來了些麻煩。陸游正是趕上韓侂胄氣焰薰天、炙手
可熱時去阿附的,主觀上雖不必是爲了"升騰",但朱熹用了這
個詞,愛國說、擁戰說似乎也不得不要打些折扣。另據《宋史》,
楊萬里聽見韓侂胄北伐師動,竟慟哭失聲,筆書韓侂胄"動兵殘民、
謀危社稷"等語而逝。我們且不去追究他的兒子楊長孺寫"回憶
錄"時有沒有加油添醋,故作事後諸葛亮的可能,但後人絕對不
會因之指責楊萬里不愛國、不擁戰、不想收復被金人奪去的半壁
江山。

這個話題牽涉史實背景太多,幾百年來訟詞厚厚一疊。筆者
也只是淺嘗之下,匆忙發言,難免有褊狹之見,鑿空之論,亟望

有識者正之。

　　楊萬里的詩歌成就今天總體看來似不如陸游，但筆者這裡強調兩點：一、南宋當時楊的詩名在陸之上。二、創作主流傾向上楊的很大一個多數的詩藝術質量超過了陸，在同樣進步的思想內容上楊的詩與陸的詩是各有千秋的。

二

　　楊萬里生前便開創了一個"誠齋 體"，宋人就有不少仿傚"誠齋體"作詩的，如張侃、王邁等，著名的詩人范成大也仿學過"誠齋體"，影響之巨可見。《滄浪詩話‧詩體》將"楊誠齋體"列為宋代最後一個"以人而論"的詩體，實則是南宋唯一的一個詩體。嚴羽小注云："其初學半山、後山，最後亦學絕句於唐人。已而盡棄諸家之體而別出機杼。蓋其自序如此也。"核心一點是"盡棄諸家之體而別出機杼"。後來人評定"誠齋體"也大多着眼在這一點，如姚壎《宋詩略》："誠齋脫落皮毛，自出機杼"；如呂留良、吳之振的《誠齋詩鈔序》："誠齋天分也似李白，蓋落盡皮毛，自出機杼"。楊萬里《誠齋荊溪集序》中一段著名的話作了注腳：

　　　　戊戌三朝時節，賜告，少公事。是日即作詩，忽若有
　　悟。於是辭謝唐人及王陳江西諸君子，皆不敢學，而後欣
　　如也。試令兒輩操筆，予口占數首，則瀏瀏焉無復前日之
　　軋軋矣。

《荊溪集》中便發出最簡明扼要的"誠齋體"宣言——就在戊戌
那一年的《迓使客夜歸》中有一句詩，道是："筆下何知有前輩"。
後來的《跋徐恭仲省干近詩》之三❶四句詩更堅固其志：

> 傳派傳宗我替羞，作家各自一風流。
>
> 黃陳籬下休安腳，陶謝行前更出頭。

"誠齋體"本質意義很清楚了，由之生發的創作意識一直貫穿到
楊萬里的逝世。他晚年的《酬閣皂山碧崖道士甘叔懷贈美名人不
及佳句法如何十古風》❷二句詩最說明問題：

> 問儂佳句如何法，無法無盂也沒衣。

回頭再看《誠齋荊溪集序》中那段話，有三點值得注意：一、
忽若有悟。二、辭謝唐人及王陳江西諸君子，皆不敢學，而後欣
如。三、瀏瀏焉無復前日之軋軋。

楊萬里時代學詩如參禪的話已經嚼爛舌頭，楊萬里《和李天
麟》中："參時且柏樹，悟罷豈桃花"，正是禪宗談悟的口吻。
張鎡《誠齋以南海朝天兩集見惠書卷末》："筆端有口古來稀，
妙語奚煩用力追"，葛天民《寄楊誠齋》："知公別具頂門竅，
參得徹兮吟得到"，都稱讚楊萬里有"妙悟"、"透徹之悟"。周必大《次韻楊
廷秀待制寄題朱氏渙然書院》也說："誠齋萬事悟活法"。"忽若有悟"是誠
齋詩歌最大轉折的關捩，悟出"誠齋體"審美本質的同時也悟出了"衣鉢無

千古"的必然性，悟出了"自作詩中祖"⓭的使命感。"於是辭謝唐人及王陳江西諸君子"，所謂"皆不敢學，而後欣如"，結束了他三十七年的模仿效學的學詩歷史——紹興庚申（公元一一四〇）至淳熙丁酉（公元一一七七），從學王庭珪、胡銓到學陳師道，學王安石，最後學晚唐人——落盡皮毛，自出機杼，開創了"誠齋體"的嶄新局面。"瀏瀏焉"正是大徹大悟後做出來的詩流動婉轉的風格特徵。靈感紛至，觸處生春，左抽右旋，妙機迭出，從此永辭"前日之軋軋"而進入詩王國的一境新天。楊萬里《答李天麟》曾說："學詩須透脫，信手自孤高"，這是他早年（乾道二年，公元一一六六，學江西體時代）的立志和理想，及"誠齋體"誕生，願望變成了現實，進入了所謂"及其透徹，則七縱八橫，信手拈來，頭頭是道"⓮的自由境界。"前輩"拋捨後，只剩下"自然"或者"天"了，這便是外師造化的意思。誠齋晚歲有一首《讀張文潛詩》的詩，開頭四句道："晚愛肥仙詩自然，何曾綉繪更雕鐫。春花秋月冬冰雪，不聽陳言只聽天。"——摸索到這個消息後，再來讀"荊溪"當日"步後院，登古城，采撷杞菊，攀翻花竹，萬象畢來獻予詩材。蓋麾之不去，前者未讎，而後者已迫，渙然未覺作詩之難"那段話，便更覺親切了。

　　"誠齋體"的特色前人總結了不少，如形象鮮明、生意活脫、構思靈妙、幽默詼諧、層疊曲折、變幻多姿等，大抵不錯。再簡捷點似乎便是"活"、"快"、"新"、"奇"、"趣"幾個字。

　　誠齋詩以七絕與七古為最佳。七絕短章以"活"、"快"稱長，化工肖物，即興成章，往往一片性靈，天趣橫溢。錢鍾書先生喻之為"攝影之快鏡"，極切。所謂"眼明手快，蹤矢躡風"。

由於篇幅短小，不妨多舉幾例：

> 泉眼無聲惜細流，樹陰照水愛晴柔。
> 小荷才露尖尖角，早有蜻蜓立上頭。
> ——《小池》

> 秋氣堪悲未必然，輕寒政是可人天。
> 綠池落盡紅蕖卻，荷葉猶開最小錢。
> ——《秋涼晚步》

兩詩同詠"荷花"，時令不同，風態自異，詩人慧眼細心可見。
一以速度快見長，一以焦距準爲勝。再看：

> 要知微雨密還疎，空裏看來直是無。
> 不被波間三兩點，阿誰見破妙工夫。
> ——《微雨》

> 閒轎哪知山色濃，山花影落水田中。
> 水中細數千紅紫，點對山花一一同。
> ——《水中山花影》

> 霽天欲曉未明間，滿目奇峰總可觀。
> 卻有一峰忽然長，方知不動是眞山。
> ——《曉行望雲山》

千萬重山見復遮，兩三點雨直還斜。

行穿錦巷入雪巷，看盡桃花到李花。

　　　　——《辛酉正月十一日東園桃李盛開》

只知逐勝忽忘寒，小立春風夕照間。

最愛東山晴後雪，軟紅光裡湧銀山。

　　　　——《雪後晚晴四山皆青唯東山全白

　　　　　　賦最愛東山晴後雪絕句》

一幅幅清新秀逸、色澤淡雅的畫面，輕靈雋妙，風趣宜人。我們再看兩首：

村北村南水齊響，巷頭巷尾樹陰低。

青山自負無塵色，盡日殷勤照碧溪。

　　　　——《玉山道中》

飽喜飢嗔笑殺儂，鳳凰未必勝狙公。

幸逃暮四朝三外，猶在桐花竹實中。

　　　　——《有嘆》

前者以青山淨潔自許來自嘲奔祿塵俗之色；後者則借鳳凰狙公五十步一百步寄託宦海沈浮的透徹之悟。——繪景近、託心遠也是楊萬里七絕的一大特點。

　　楊萬里七古則以“新”、“奇”偏勝，或表現飄逸高邁的胸

懷志向，或刻劃山水風日之形相姿態。《重九後二日同徐克章登
萬花川谷月下傳觴》、《再和雲龍歌留陸務觀 西湖小集且督戰
云》、《題興寧縣東文嶺瀑泉在夜明場驛之東》、《游蒲澗呈周
帥蔡漕張舶》等均是名篇。前兩首恣酣流走，格調超逸，有太白
音響，不妨聽聽第一首：

>　老夫渴急月更急，酒落杯中月先入。
>　領取青天並入來，和月和天都蘸濕。
>　天既愛酒自古傳，月不解飲真浪言。
>　舉杯舉月一口吞，舉頭見月猶在天。
>　老夫大笑問客道：月是一團還二團？
>　酒入詩腸風火發，月入詩腸冰雪潑。
>　一杯未盡詩已成，誦詩向天天亦驚。
>　焉知萬古一骸骨，酌酒更吞一團月。

據宋人羅大經《鶴林玉露》說，他曾“親聞誠齋誦此詩，且曰：
老夫此作，自謂彷彿李太白。”——沈西雍說：“青蓮死後此詩仙”
⑮殆非虛譽。後兩首是寫山水的名篇，曾選入《宋詩別裁集》
(即《宋詩百一鈔》）。山川瀑澗的姿態形跡，點面正反、前後左
右、抱負懷藏，全部顯露。如果說短章七絕如“攝影之快鏡”，
則七古長篇如現代的“全息攝影”——全部體象信息都透徹精切
地捉入畫面。難怪姜夔要稱他“處處山川怕見君”了，怕被他刻
畫剔露無躲隱餘地。楊萬里的大量山水詩及其可觀成就也證實了他
自稱“我本山水客，淡無軒冕情”⑯的坦誠可信。

綜觀誠齋的詩，無論長篇短章，甚至工穩的七律，俚俗化、
口語化的傾向十分觸目，他的許多名篇幾乎都是典型的白話詩，
如《夏夜玩月》、《夏夜月下獨酌》、《釣雪舟中霜夜望月》、
《醉吟》、《小雨》、《舟人吹笛》、《暮熱游荷池上》、《宿
新市徐公店》、《過百家渡》、《積雨小霽》、《和王道父山歌》、
《清明雨寒》、《寒雀》等——不賣弄才學，故作深奧；不弄姿
作態，濃妝巧扮。即興而唱，發乎自然，如行雲流水，清新含媚，
但又不一說而盡，使人一目了然。陳衍最欣賞楊萬里詩的曲折多
層次，《宋詩精華錄》卷三他評楊萬里詩《晚風》時說：“作白
話詩當學誠齋，看其種種不直致法子。”確有識誠齋的晶心慧眼。
順便也提一下，誠齋的詞作品不多，但風格氣象上“誠齋體”的
味道似乎更重，《好事近》、《昭君怨》幾首白話絮語，滿紙性
靈，是純淨的“盡棄諸家之體，自出機杼”的產物。

下面談談有關“誠齋體”的兩個問題。

一、“誠齋體”與元白體。二、“誠齋體”與“江西派”。

儘管楊萬里自我標榜他的詩“無法無盂也沒衣”，宋人開始
便承認“誠齋體”的獨異性，但是嚴羽“誠齋體”的小注最末一
句話似乎還有點保留：“蓋其自序如此也”。聽嚴羽口氣似乎實
際情況未必全如此，但他又不曾就“誠齋體”的淵源作過分析研
究。為了進一步說清楚問題，現在不妨換個說法問一下：“誠齋
體”與前輩中誰的詩最相近？明顯留有誰的痕跡？——再追問到
“誠齋體”究竟受誰的影響最大。

梁崑《宋詩派別論》將楊萬里詩歌發展脈絡畫了一張圖表，
確定他的模仿期為三十七年，創造期（即“誠齋體“）為二十八

年。創造期的二十八年始自淳熙五年（戊戌，公元一一七八）至開禧二年（公元一二〇六）楊萬里卒；模仿的三十七年則又分爲學江西、學唐絕兩段。楊萬里從王庭珪、胡銓開始學詩起，經黃陳江西諸子到學半山（王安石）、學晚唐絕句，都是他自己承認的。除了紹興壬午（公元一一六二）七月全部燒去的千餘篇"江西體"的詩外，這期間，紹興壬午七月到淳熙丁酉（公元一一七七）十五年的詩編爲《江湖集》七卷共七百八十三首。自序稱"江湖集者，蓋學後山及半山及唐人者也"。"江西"、"後山"與後來的"誠齋體"精神面貌相距很大，自不必說。"半山"、"晚唐"（"晚唐"主要指杜牧、李商隱、許渾、陸龜蒙等人）固然可查出"誠齋體"所本的一些跡象，但即興而吟、俚俗風趣一層差異立判。

　　楊萬里本人無疑是尊重李杜的，他的古體歌行學李白前面已說過，"狂歌謫仙詞，三杯通大道"之類的口氣在他詩集中屢見。他的律詩學過杜甫的痕跡也明顯，"一卷杜詩揉欲爛"，他研讀杜甫也是耽溺過一段時間的。杜甫本來便就是"江西派"的老祖宗。——但"李、杜"都不是楊萬里詩風的主要傾向。尤袤稱楊萬里詩"有劉夢得之味"，楊萬里還謙虛，表示不敢相信（見《南海詩集序》）。可見他心裡是很欣賞劉禹錫的，但在創作上除了《竹枝》等詩形式上模仿劉禹錫外，也很少有較濃的"劉夢得之味"。楊萬里有一首《書王右丞詩後》，又承認早年學王（維）、韋（應物），晚年轉學陶（淵明）、柳（宗元）——這一路詩人的詩冲和淡遠，蕭散清頤，與"誠齋體"的精神聯繫似乎還有點實跡。但在抒情寫物的"溫度"上楊萬里似乎比他們四位要"熱"

得多——與現實生活貼得近，人間煙火味當然亦重，故後人對楊萬里這個明明白白的自述大多視而不見。

　　事實上後人却往往將楊萬里與陸、范、尤三人一並歸入元白詩體（或稱元和體）。如：胡應麟《詩藪·雜編》卷五："尤楊四子，元和體者。"如姚燧《宋詩略自序》："南渡之尤楊范陸，絕類元和。"《唐宋詩醇》盛譽白居易，同時又指出："宋人如楊廷秀輩，有意摹仿此種，徒成油腔滑調耳。"——似乎也看出了誠齋學白居易"白話詩"的端倪。袁枚《隨園詩話》卷四說："學元白放翁者，其弊常失於淺。"獨將陸游與元白歸在一類，輕輕放過了楊萬里，蓋區區有所私厚也。放翁矢口不承認詩學白居易，常常要發一通貶責元白的議論，以示"入門之正"。《示子遹》、《宋都曹屢寄詩且督和答作此示之》等詩將元白罵得很可以，但實際上他的詩時用白居易句，捫心自詠也吐露過心儀白詩的眞言，故錢鍾書先生說他是"違心作高論"（《談藝錄》）。楊萬里則不同，他的白話詩難逃學白居易的嫌疑，他言論上也坦白承認崇拜白居易。《讀白氏長慶集》："每讀樂天詩，一讀一回妙。"他最後一個詩集《退休集》的最後一首詩《端午病中止酒》（可能便是絕筆）還說病中愁緒萬千，但讀了白居易《香山集》"不但無愁病亦無"。《誠齋詩話》晚年編撰時也多有讚美白居易之處，如稱譽白詩《游悟眞寺》一百韵爲"絕唱"。清翁方綱一貫卑視楊萬里，但在楊詩"上規白傅"這一點上却沒有責難。而且還承認"誠齋之詩巧處即其俚處"，又稱讚楊萬里有駕馭白話詩的才力，"敢作敢爲"，"頤指氣使"。——這些證據大抵還是說明問題的，"誠齋體"詩無疑受白居易的影響很大，也明顯留有白詩的痕跡，與白詩最相近。

　　但是楊萬里詩與白居易詩除了淺顯清爽、明白如話相同之外──前人說 "誠齋體絕類元和" 大抵着眼在詩句的淺俗、俚近──却有一個非常重要的不同：白詩尤其是早期的諷喻詩譏評時政，愛發議論，詩歌在他手中象官箴、象奏議、象檢舉信、象調查報告，尖利直露、肆無忌憚。楊詩則多偏重在意思曲折、韵味幽深上，即便是風情世俗、自然物態的描繪，也往往含蘊有微妙的感情上的張弛和心態上的抑揚。同樣是譏評時政，憫農哀民之作，楊萬里要寫得溫柔委婉，含蓄蘊藉得多，儘管他在行爲上是一個嫉惡如仇、急公趨義的狷介直臣，不像白居易晚年那樣與世委蛇的味道很重，既信奉釋老與朝廷的意識形態保持一段距離；又及時享樂不辜負青壯年時苦苦爭斗贏來的聲名地位。──兩人晚年的詩差距是很大的。

　　重點談談楊萬里與 "江西派" 的關係。

　　楊萬里學 "江西詩" 歷史不短，從學王庭珪到學陳師道五律幾三十年，紹興三十一年（壬午）七月燒掉的千餘篇詩 "大概皆江西體也"。從餘燼中拾得的殘句看也正是如此，如 "露窠蛛邮緯，風語燕懷春"，如 "立岸風大壯，還舟燈小明"，如 "疏星煜煜沙貫月，綠雲擾擾水舞苔"，如 "坐忘日月三杯酒，臥護江湖一釣船" 之類。《江湖集》七卷的七百餘首詩中亦多有 "江西體" 痕跡。但自第二本集子《荆溪集》作者已自出機杼，以後《西歸》、《南海》、《朝天》、《江西道院》、《朝天續》、《江東》直至《退休》諸集三十五卷約近三千五百餘首詩大抵 "誠齋體" 也。──"江西體" 的殘跡固所不免，如《足痛無聊塊坐

讀江西詩》（卷三十九），如《題東江劉長元勤有齋》（卷四十
一）等，但基本氣象已"丕變"。所謂"由江西入，不由江西出"，
正指此。——不僅不由江西出而且還"自作詩中祖"，開創新流
派，擁有一大批熱烈的追隨者，前面曾引的"今日詩壇誰是主，
誠齋詩律正施行"正說明這個氣候。元人歐陽玄《羅舜美詩序》
說：

> 江西詩在宋東都時宗黃太史，號江西詩派，然不皆江
> 西人也。南渡後，楊廷秀為新體詩，學者也宗之。

——"新體詩"者，"誠齋體"也；"學者也宗之"，雖不及當
年宗黃太史（庭堅）那樣聲勢廣大，但畢竟開一流派。至少也說
明楊萬里已完全跳出"江西"的圈子分庭抗禮了。事實上"江西
派"的殿軍方回也不將楊萬里看作是"社裡人"。他的一篇《滕
元秀詩集序》稱滕元秀的詩"有誠齋，亦有放翁，有江西，亦有
唐人"，明確了"誠齋"與"江西"是兩個範疇，兩種詩。《曉
山鳥衣圻南集序》又說誠齋、放翁等人的詩"足以躡江西、追盛
唐"，可更證。嚴羽就明確有"江西宗派體"與"誠齋體"之分。
"以人而論"的入南宋只有兩人稱"體"：陳與義與楊萬里，但
"陳簡齋體"下特地注明："亦江西派而小異。"——"楊誠齋
體"之出新特立已無可疑。

　　然而古人今人都有將楊萬里拉入"江西派"的。最大也是最
有影響的便是劉克莊，他說：

> 余既以呂紫微附宗派之後，或曰：派詩止此乎？余曰：
> 非也。曾茶山，贛人；楊誠齋，吉人，皆中興大家數。比
> 之禪學，山谷，初祖也；呂、曾，南北兩宗也；誠齋稍後
> 出，臨濟德山也。
>
> ——《茶山誠齋詩選序》

明確將楊萬里歸入宗派中。但他的《題楊誠齋像二首》又有另一
種說法：

> 歐陽公屋畔人，呂東萊派外詩。
> 海外咸推獨步，江西橫出一枝。

——楊萬里的詩"海外獨步"，但未能入呂本中的宗派，故稱
"派外詩"。楊萬里是江西人（與歐陽修同屬廬陵），故又稱"江
西橫出一枝"。即便這個"江西"有"江西宗派"的含義，也只
說明非嫡宗乃旁枝耳，頗有點像嚴羽對陳與義的定性。劉克莊的
言論當時影響很大，"由後村之言考之，則誠齋詩亦江西派可知"
（《江西詩話》）。除了劉克莊，宋人王邁也有同樣看法："江
西社裡陳黃遠，直下推渠作社魁"（《山中讀誠齋詩》）。他的
口氣更大，黃山谷、陳後山年代久遠，南宋的"江西派"應推渠
（楊誠齋）作"社魁"。不僅不是"橫出一枝"，而且比"臨濟
德山"還顯赫！今人亦有論定楊萬里與"江西派""藕斷絲連，
仍出一源"，"從本質言則與江西詩固一脈相承的"❼，亦有讚
成劉克莊"橫出一枝"的評判，定性爲"一道支流"與正宗嫡派

"分庭抗禮"的⓮。──考其由來，似無外乎四重原因：一，楊
萬里非常欽佩黃山谷、陳師道。二，楊萬里是江西人，詩名太重，
又做過一篇很有名的《江西宗派詩序》，還想要增補呂本中的
《宗派圖》，搞"江西續派"。三、《誠齋詩話》裡很有一些"江
西詩法"的論調。四、"活法"引起的麻煩。──下面筆者一一
辨正。

楊萬里對黃、陳人品風範一向崇敬，《燈下讀山谷詩》稱
"百年人物今安在，千載功名紙半張"。《和李天麟秋懷五絕句》
之二："雙井⓯無人後山死，只今誰人定得燈。"都是功業聲名
的一般品評，沒有特定的意義。《仲良見和再和謝焉》之二對陳
師道更是泛泛的稱說，無關乎詩入不入"江西派"的問題。且又
都收到《江湖集》中，應是早年學"江西"的必然。晚年《退休
集》中有一首叫《書黃廬陵伯庸詩卷》的詩（卷三十八），開頭
兩句稱："句法何曾問外人，單傳山谷當家春。"看去好像是讚
美"江西"句法的，其實只是就黃伯庸的詩卷說的客套話，都是
黃家人，寫詩句法何曾去問外人？"你們黃家自有大名鼎鼎的黃
山谷，寫詩還需請教外人嗎？"如果單憑"單傳山谷當家春"斷
誠齋入派，那麼誠齋《讀張文潛詩》誇張文潛"山谷前頭敢說詩"，
豈不是又可斷定他於詩法不苟同山谷麼？他自稱"晚愛肥仙（文
潛）詩自然"，明明白白。──這第一個問題是很容易說明白的。

第二個問題，楊萬里曾為"江西宗派"詩的總集寫過一篇序，
還有意搞"江西續派"，增補《宗派圖》。其實細讀《江西宗
派詩序》很容易看出他是受人厚請而動筆的，曾經"三辭不獲"。
因為詩名太高的緣故，似已處在義不容辭的地位，所謂"不在子

其將焉在"。"江西人裡頭如今你是第一塊招牌了",責無旁貸。
他之所以允諾寫序,又寫出一通"以味不以形"的道理,衷願還
是序中的三句話:"興廢西山章江之秀,激揚江西人物之美,鼓
動騷人國風之盛"——大大的好事,桑梓之光,江西人文之美,
能推得掉嗎?事實上寫這篇序時上離他淳熙戊戌"忽若有悟"已
六年,下距寫《荆溪集序》總結經驗三年——跳出"江西"不僅
決心上已成定局,且在理論上已趨完備,所謂"江西"、"半山"、
"晚唐"三關都破了,還會回頭來以厠身宗派爲榮麼?大抵愛江
西人文心切,不免多說幾句好話,續"江西派"、增補《宗派圖》
也都是緣由於同一個主觀的原因。

　關於《誠齋詩話》的問題。《誠齋詩話》雖名曰"詩話",
裡面論古文、論四六之語却有很多條,還雜有諧謔筆記,如劉貢
父隱語戰王安石等等,"蓋宋人所著,往往如斯,不但萬里也"
[20]。——宋人詩話一般慣例都是隨感式的條文,內容偏重詩人軼
事遺聞的鈎抉、詩歌的本事考據、詩法詩格的形式探討、詩句美
感的直觀體會、雋語警策的評點鑒賞。"江西派"風行後,詩法、
詩格的探討和規範尤爲普遍。《誠齋詩話》裡固也不免記載了一
些"江西詩法"的條文,時代風氣使然,鮮有幸免者。即使如鼎
鼎大名的嚴羽《滄浪詩話》,從宏觀的詩本體論來探討詩歌的藝
術審美特點和形象思維規律,仍不免有《詩法》一篇,內裡又有
不少"江西派"的法則規矩。嚴羽詆責"江西派"世有定論,他
也自稱是取"江西派"心肝的"劊子手",我們能據《滄浪詩話》
中《詩法》一篇而斷定嚴羽爲"江西社裡人"麼?郭紹虞先生
《宋詩話考》,稱《誠齋詩話》裡的一些"江西派緒論"實爲少作

舊稿，只是由於"文人積習"的"敝帚自珍"，不忍割愛才採入
晚年撰寫的"詩話"中，其實說它是晚年手筆又何嘗不可能？論
詩風尙、"詩話"格式如此，援用些流行說法又何妨？至於"敝
帚自珍"也說不通，千餘篇的"江西體"都可付之一炬，決心何
其斬截，些些幾條"江西詩法"的少作舊稿却視若珍寶，不忍捨
棄？郭老先生似乎未能看破這一點。

　　再來說一說"活法"的問題。前人議論楊萬里的詩往往誇他
的"活法"，如張鎡說："罕有先生活法詩。" ❹ 如方回說：
"端能活法參誠叟。" ❷ ── "活法"、"中的"、 "飽參"、
"悟入"、"奪胎"等等歷來似乎都是"江西詩派"的專利。呂本
中《夏均父集序》對"活法"作了詮釋："所謂活法者，規矩備
具而能出於規矩之外，變化不測而亦不背於規矩。" 故爾這個
"活法"，"有定法而無定法，無定法而有定法"。話說得有點玄，
但大抵還是前兩句話的意思。劉克莊和李之純對楊萬里的"活法"
作了如下疏解：

　　　　所謂流轉圓美如彈丸者。
　　　　　　　　──劉克莊《江西詩派小序》

　　　　活潑剌底人難及也。
　　　　　　　　──見劉祁《歸潛志》卷八

可見楊萬里的"活法"重在句式的"活"、構想的"活"，富於
流動變幻，大抵有如"死蛇解弄活潑潑"的意思。這種"活"是

妙悟的結果，是心胸透脫的結果，也正是他自己說的"不是胸中別，何緣句子新"的因果。

　　故同一個"活法"，內涵許多不同，豈可看見"活法"便硬往呂本中身上掛鉤。面對楊萬里一手"活法"，劉克莊還不無惋惜地說："恨紫微公（呂本中）不及見耳"，恐怕他正是在這裡迷了眼錯將楊萬里推入"江西派"的。──"江西"既重工力，又主悟入，強調有規矩而多變化，它的"活法"本來無可厚非。只是它的末流將"活法"變成了死法，變成了僵硬教條，彷彿"活法"也有一套規定動作和必須程序。楊萬里恰恰相反，他的"活法"正是"江西活法"向積極方面引導和發展的結果，換句話說，楊萬里正是在"江西活法"上參得透、悟得徹，"活"用"活法"從而由"活法"這個通道殺出"江西派"的牆垣，得大自在的。他從"江西"出走的大致路徑為：有定法而無定法──死蛇解弄，心胸透脫──橫出一枝──別出機杼，自成體貌。"活法"既是楊萬里出入"江西"的通道，要將他"遣返"的人便也用"活法"這根繩子牽住他的鼻子往回頭拉，當然不足為怪。──這大抵是一些未悟透"活法"的人太拘迂的緣故。

三

　　最後談談楊萬里的詩論。

　　關於楊萬里的詩論，這裡首先要指出的一點是，不少論者和理論批評史編寫者都將楊萬里《詩論》一篇作為評議楊萬里詩歌理論"正式的文章"，引申發揮了許多。這種看法和做法大可商榷。

　　《誠齋集》卷八十四、八十五、八十六載楊萬里全部《心學論》，八十四卷即《六經論》，分別爲《易論》、《禮論》、《樂論》《書論》、《詩論》、《春秋論》。八十五、八十六兩卷爲《聖徒論》分別論顏子、曾子、子思、孟子、韓愈五人。——可見這部《心學論》是典型的道學著作，即哲學的著作。《六經論》中的《詩論》一篇是《詩經》的專論，完全是爲闡經弘道而寫作的，與其他五經論是囫圇一個整體，有機聯繫極強，不可分割，可見與“正式”的詩藝或詩歌理論不是同一範疇的東西。——兩宋道學蕃盛，誠齋又是道學中人，固不免有此類文字。（他的《誠齋易傳》二十卷當時極有名氣，是宋代道學的重要著作，與程頤的《傳》並行天下，合刊作《程楊易傳》，清代編《四庫全書》時特與《誠齋集》分別著錄。）——《六經論》只可看出他的儒學思想的純駁或對儒典見解的高下，《詩論》論《詩經》固有可引申發揮到一般詩歌的餘地，但在楊萬里來說着眼在“經”，即着眼在闡發經意、宏揚儒教，嚴格說來與審美意義上的詩歌理論探討沒有必然聯繫。故作爲《六經論》之一的《詩（經）論》不應當作楊萬里“正式”的闡述詩歌理論的文章，從《詩（經）論》裡發揮引申出來的東西也不應看作爲楊萬里對詩歌藝術的審美見解。

　　楊萬里的詩論筆者以爲有三點似最應重視。

　　一、楊萬里根據自己學詩經驗和創作實踐得出了“傳派傳宗我替羞，作家各自一風流”、“個個詩家各築壇，一家橫割一江山”（《和段季承左藏惠四絕句》）的結論——強調不“學”，強調自得，即內師心源，這對後世恃天分性靈作詩的人影響巨大，實開袁枚性靈派的先河。同時內師心源又往往與外師造化密不可分,《荆溪集序》裡所謂"萬象畢來獻予詩材,蓋麾之不去,前者未雛而後者已迫"正指的是內師心源、外師造化的神奇的靈感作用。《讀張文潛詩》中的"不聽陳言只聽天"的"天"也正兼包內師外師二重意義。《江西宗派詩序》裡那一段"子列子之御風"、"靈均之乘桂舟"的議論也正是借李白、蘇軾的天分才氣、絕以神行,"有所待而未始有待",在另一個軌轍迂回印證他的"不聽陳言(規矩、詩法)只聽天(天賦、自然)"的審美含義。——這一點前面論述甚多,不擬贅述,但影響則是最大,"誠齋體"的最本質的精神特徵在此。

二、關於楊萬里的"味"。

楊萬里在《江西宗派詩序》中曾指出"江西宗派"的聚合"以味不以形",《頤菴詩稿序》又借"飴"與"茶"之味不同來論證"味"的至關重要("去詞去意而詩有(味)在矣")。今天人們說楊萬里詩宗晚唐也是拿他的"晚唐異味同誰嘗"(《讀笠澤叢書》)、"晚唐異味今誰噌"(《跋吳箕秀才詩卷》)等詩句來作證的。——許多論者以為楊萬里的"味"即司空圖的"味外之味"。其實楊萬里的"味"的第一層也是最主要的含義是"三百篇之遺味"或者說"《國風》、《小雅》之遺音"。

那麼這個"三百篇之遺味"指的是什麼呢?《誠齋詩話》有一節話頗說得明白:

> 太史公曰:《國風》好色而不淫,《小雅》怨悱而不亂。《左氏傳》曰:《春秋》之稱微而顯,志而晦,婉而

成章，盡而不汙。——此《詩》與《春秋》紀事之妙也。

原來《國風》、《小雅》之遺味與《春秋》一樣在"微而顯，志而晦，婉而成章，盡而不汙"——說得明白一點即是：怨而不怒，婉而多諷，詞微意深，含蓄蘊藉，他接着舉例說明：

> 惟晏叔原云："落花人獨立，微雨燕雙飛"，可謂好色而不淫矣。唐人《長門怨》云："珊瑚枕上千行淚，不是思君是恨君"，是得為怨悱而不亂乎？惟劉長卿云："月來深殿早，春到後宮遲"，可謂怨悱而不亂矣。近世陳克咏李伯時畫寧王進史圖云："汗簡不知天上事，至尊新納壽王妃"，是得為微、為晦、為婉、為不汙穢乎？惟李義山云："侍宴歸來宮漏永，薛王沈醉壽王醒"，可謂微婉顯晦，盡而不汙矣。

《頤菴詩稿序》裡他也舉了例子：

> 三百篇之後此味絕矣。唯晚唐諸子差近之。《寄邊衣》曰："寄到玉關應萬里，戍人猶在玉關西。"《弔戰場》曰："可憐無定河邊骨，猶是春閨夢裡人。"……三百篇之遺味，黯然猶存也。

故《周子益訓蒙省題詩序》裡他說："晚唐諸子雖乏二子（李杜）之雄渾，然好色而不淫，怨悱而不亂，猶有《國風》、《小雅》

之遺音。”前面說的“飴”與“茶”之比較也是用“飴”之“初而甘，卒而酸”和“茶”之“苦未既而不勝其甘”來說明“詩已盡而味方永，乃善之善也”的道理，充分肯定了怨而不怒，婉而多諷，詞微意深，含蓄蘊藉的審美理想——這裡也包含了所謂“句中無其詞而句外有其意”的衍申義，即第二層意義：“味外之味”。這個審美理想無疑規範了“誠齋體”的理論內涵，指導了楊萬里的創作方向。

　　然而他的“味”的理論往往被有意無意地曲解。後世最崇拜他的袁枚將他的“味”發展（其實是修正）為“味欲其鮮”的理論，袁枚有好些條有關“味”的名言，無不環繞着“味欲其鮮”的審美原理。細究其源，或恐脫胎於誠齋《和李天麟》中的二句詩：“可口端何似，霜螯略帶糟。”——講的是詩味的鮮美，與他的“味”的理論不是一回事。這是後世人的曲解，似乎情有可原。同時的陸游，言論上一貫貶抑晚唐，竟將誠齋說的“晚唐異味”看作是纖巧、穠艷、工麗等礦薄之“味”。陸游晚年的一首《讀近人詩》有句：“君看太羹玄酒味，蟹螯蛤柱豈同科。”也以“蟹螯”發論，鄙薄之意溢於詞間，矛頭是針對楊萬里的。他心目中的“太羹玄酒”無疑是盛唐李杜，與晚唐之“蟹螯蛤柱”不可同日而語。這更是誤解。倘使楊萬里說破他的“晚唐異味”正是《國風》、《小雅》之遺味，在《國風》、《小雅》面前，論李杜的資歷恐不敢稱作“太羹玄酒”吧！

　　三、詩人與社會的關係——詩的外部規律也是楊萬里比較關心的問題。

　　楊萬里認為寫詩做詩人是崇高的事業，神聖的事業，詩人將

自己的生命才力投入其中，其樂無窮。他曾說過這樣的話："詩
人文士挾其所樂，足以敵王公大人之所樂不啻也，猶將愈之。故
王公大人無以傲夫士，而士亦無所折於王公大人"（《石湖先生
大資參政范公文集序》）。──這種論調曹丕《典論・論文》以
來屢見不鮮，當然不算是他的發明，但他的體會和服膺却十分的
眞誠，這是問題的一面。另一面楊萬里又認爲一個詩人倘對自己
的人格和詩負責，便可能對自己的前程負不了責，往往還要倒楣。
──這便又是老杜"文章憎命達"的意思了。他堅信一個眞正的、
夠格的詩人必定是"窮"的，未做官的，前途困頓；當了官的，
官運多艱。例子隨手可掇："少陵生在窮如蝨，千載詩人拜蹇驢"，
前輩的杜甫是這樣；"雕得心肝百雜碎，依前涂轍九盤紆"，同
時的陸游也這樣（見《跋陸務觀劍南詩稿二首》之一）。誠齋反
覆強調這個觀點：

> 豈有詩名世，而無鬼作窮。
> ──《和陸務觀用張季長吏韵
> 　　寄季長兼簡老夫補外之行》

> 可憐公等（張鎡、姜夔）俱疴絕，
> 不見詞人到老窮。
> ──《進退格寄張功父、姜堯章》

　　楊萬里這裡還有一點發揮，他認爲老天爺有一個脾氣：樂於
賜人以富貴，不肯賜人以詩才。因爲人得了富貴不可怕，往往墮

落成一個凡俗、平庸的人，一個可憐蟲，而得了詩才則必定要
"發造化之秘"，揭老天爺的奧秘陰私。倘立志做詩人並尊重自己
的桂冠，不屑於人之所得（富貴）而去爭天之所慳，發天之所秘，
逢天之惡而不肯改悔，活該"窮"了。楊萬里爲林景思《雪巢小
集》作序時說："子何必以才而致窮耶？子何必發天之所秘而逢
天之所怒耶？子何必爭天之所慳而不取人之所可得者耶？"三個
"何必"道出了詩人心底對污濁時世的憤慨和對林景思一類詩人
清亮高志的稱讚和感佩。

　　無疑，楊萬里是主張作詩要有用於時的，原則上他是積極入
世、干預生活的，只是更強調表現方法的婉而多諷、志晦而顯，
即所謂"三百篇之遺味"。他又認爲詩人"用於時"和"傳於後"
往往矛盾，他說："然用於時或不傳於後，傳於後或不用於時。
二者皆難並也，是有幸有不幸焉。"理由是寫出"用於時"的詩
的詩人多窮蹇而不逢時，他（們）的詩要"傳於後"必然難。爲
之他將詩和詩人從"幸與不幸"上分爲四種類型：

> 生而用，沒而傳，幸之幸也。生而用，沒而不傳，幸
> 之不幸也。生而不用，沒而有傳，不幸之幸也。至有生既
> 不用於時，沒又不傳於後，豈非不幸之不幸歟。
> ——《江西續派二曾居士詩集序》

細比較來，"生而用"似乎要重於"沒而傳"，"幸之不幸"要

要"幸"於"不幸之幸"。

　　楊萬里詩名重一世，"用於時"者也，他念念不忘的或恐在"沒而傳"吧。他寫了五十多年的詩，甘苦自知，"吟詩箇字嘔出心"（《書莫讀》）。怕就怕後世讀的人不能理解他的詩，不能洞悉他的心。他在垂暮臨沒前曾有一首詩吐道：

　　　　幽屏元無恨，清愁不自任。

　　　　兩窗兩橫卷，一讀一沾襟。

　　　　只有三更月，知予萬古心。

　　　　病來謝杯杓，吟罷重長吟。

　　　　　　　　　——《夜讀詩卷》

　　——知詩人"萬古心"的又豈止是"三更月"？詩人"吟罷重長吟"，自愛自重如此，不應同樣受到"千載詩人"的愛重和敬仰麼？

　　稍說兩句楊萬里詩對後世的影響。

　　前面筆者曾言及對楊萬里詩的貶抑清代最烈，著名的詩論家如葉燮、朱彝尊、沈德潛、翁方綱、王昶等都持過於偏激的嚴厲態度，想來是過分強調表現形態正統性的狹隘功利詩論勢力太大、積溺太深的緣故。然而仰慕、崇拜楊萬里最甚的也莫過於清代，正面言論上打出楊萬里的旗號心香頂禮的則有袁枚、郭麐、潘定桂、奚岡等人。清代還有兩個人作詩全部模仿楊萬里的"誠齋體"，且都有逼肖亂眞的效果，一個是浙人金張（《岭老編年詩鈔》），

一個是吳人江湜（《伏敔堂集》）。──這固然說明楊萬里詩評價
的複雜性，其美學內容不易規範，更說明楊萬里詩的影響巨大。
不過膜拜楊萬里的人中除了袁枚餘皆影響不大，然則袁枚的影響
却有一層特殊性，他的"性靈說"審美內涵的直接淵源便是楊萬
里的"誠齋體"，即是說楊萬里是袁枚的"性靈說"的直接啓導
者，或者說是提倡"性靈"作詩的鼻祖。隨着袁枚"性靈說"在
詩歌審美理論的研究上彰響愈來愈大，楊萬里的詩在這一點上的
意義便是不可估量的。

註　釋

❶　《題楊廷秀浩齋記》，《周益國文忠公集·省齋文稿》卷十九。

❷　楊萬里《再和雲龍歌留陸務觀西湖小集且督戰雲》正是自比韓愈，而將
　　陸游比作孟郊的："我願身為雲，東野化為龍。龍會入淵雲入岫，韓子
　　卻要長相逢。"

❸　見劉熙載：《藝概·詩概》。

❹　錢鍾書：《談藝錄》，第一二七頁。

❺　朱彝尊：《曝書亭集》，卷四十三。

❻　錢鍾書：《談藝錄》，第一二七——一二八頁。

❼　《隨園詩話補遺》，卷一。

❽　《遣懷雜詩》二十，《小倉山房詩集》卷三十一。

❾　《題陸渭南遺文鈔後》，《剗源集》卷十八。

❿　《朱子大全集》，卷六十四，《第十八書》。

⓫　《江西道院集》，《誠齋集》卷二十六。

⓬　《退休集》，《誠齋集》卷三十八。

⓭　張鎡：《楊伯子見訪惠示兩詩因次韵並呈誠齋》，《南湖集》卷四。

⓮　嚴羽：《滄浪詩話·詩法》。

⓯　《題楊誠齋集後》，《柴汴亭詩集》卷一。

⓰　《明發陳公徑過摩舍那灘石峰下》之六，《南海集》，《誠齋集》卷十
　　六。

⓱　見郭紹虞：《宋詩話考》。

⓲　于北山：《試論楊萬里詩作的源流和影響》，《南京師院學報》，一九
　　七九年三期。

⓳　雙井，指黃庭堅。黃庭堅梓里為洪州分寧雙井村，今屬江西省修水縣。

⓴　見《四庫全書總目提要》。

㉑　《攜楊秘監詩一編登舟因成兩絕》，《南湖集》卷七。

㉒　《讀張功父南湖集》，見《南湖集》卷首。

陸游詩歌主題瑣議

　　第一個將陸游的名字排在南宋詩人之首的是清帝乾隆。他在《唐宋詩醇》綜論中明確地指出："宋自南渡以後，必以陸游爲冠"，還下了"感激悲憤，忠君愛國"的八字定評。陸游這位聲稱"深仇積憤在逆胡"、"逆胡未滅心未平"，咒誓"壯氣要使胡無人"的民族情緒極爲深刻的南宋詩人，如何會得到乾隆的賞愛，固有其深刻的政治文化方面的原因。這裏，他的八字定評很說明了陸游詩歌創作內容一個重要的主流傾向。這個主流傾向實際上是南宋以來的詩歌批評家們注意不多或認識不全的。

　　乾隆帝之後記得陸游"感激悲憤，忠君愛國"的人也不多，在詩苑裏陸游被人翹大拇指稱誦的往往是他的那些錢鍾書先生所說的"老清客"式的詩句，如"小樓一夜聽春雨，深巷明朝賣杏花"（《臨安春雨初霽》）；如"重簾不卷留香久，古硯微凹聚墨多"（《書室明暖》）；如"香浮鼻觀烹茶熟，喜動眉間煉句成"（《登北榭》）。錢先生說："這個偏向要到清朝末年才矯正過來。"到那時一般讀者痛心國勢的衰微、疆土的割讓，憤恨列強的侵略與壓迫，陸游詩歌中的那種強烈亢奮的愛國情緒、金剛怒目的熱志意氣，百折不撓、視死如歸的戰鬥精神成了千千萬萬愛國民眾精神力量的源泉，他本人也被頌爲"亘古男兒一放翁"（梁啓超《讀陸放翁集》）。陸游《書感》云："此心炯炯空添淚，靑史他年未必知"，顯然是過多擔慮了。近四十年有關論

著和文學史編寫者也都肯定其"感激悲憤"的詩風,尤其偏重在
"愛國"一點,而把"忠君"二字悄悄去掉了,不少文學史家為
"愛國詩人陸游"專門立出一章,這一章一般說來又都寫得十分認
眞,發揮得淋漓盡致,這道理也簡單,與乾隆帝一樣抓住了陸游
詩歌那個重要的主流傾向。錢鍾書先生又說:"愛國情緒飽和在
陸游的整個生命裏,洋溢在他的全部作品裏。他看到一幅畫馬,
碰見幾朵鮮花,聽到一聲雁唳,喝幾杯酒,寫幾行草書,都會惹
起報國仇、雪國恥的心事,血液沸騰起來。而且這股熱潮沖出了
他的白天清醒生活的邊界,還氾濫到他的夢境裏去"(《宋詩選
注》)。我們讀讀他的《太息》、《看鏡》、《書悲》、《書志》、《書憤》、
《書事》、《感憤》、《枕上》、《長歌行》、《隴頭水》、
《大風登城》、《登賞心亭》、《十一月四日風雨大作》、《三
月十七日夜醉中作》、《雪中忽起從戎之興戲作》、《秋夜將曉
出籬門迎涼有感》等等等等詩篇,吸納華夏一片正氣,無不也跟
著會"血液沸騰起來"。筆者尤以為那些愛國情志氾濫到夢境裏
去的詩篇似乎更有一種迫人的熱力,如《九月十六日夜夢駐軍河
外遣使招降諸城覺而有作》:

> 殺氣昏昏橫塞上,東并黃河開玉帳。
> 畫飛羽檄下列城,夜脫貂裘撫降將。
> 將軍櫪上汗血馬,猛士腰間虎文韔。
> 階前白刃明如霜,門外長戟森相向。
> 朔風卷地吹急雪,轉盼玉花深一丈。
> 誰言鐵衣冷徹骨,感義懷恩如挾纊。

　　　腥臊窟穴一洗空，太行北岳元無恙。
　　　更呼斗酒作長歌，要遣天山健兒唱。

如《五月十一日夜且半夢從大駕親征盡復漢唐故地見城邑人物繁
麗云西涼府也喜甚馬上作長句未終篇而覺乃足成之》：

　　　天寶胡兵陷兩京，北庭安西無漢營。
　　　五百年間置不問，聖主下詔初親征。
　　　熊羆百萬從鑾駕，故地不勞傳檄下。
　　　築城絕塞進新圖，排仗行宮宣大赦。
　　　崗巒極目漢山川，文書初用淳熙年。
　　　駕前六軍錯錦繡，秋風鼓角聲滿天。
　　　首猶峰前盡亭障，平安火在交河上。
　　　涼州女兒滿高樓，梳頭已學京都樣。

　　著名的《大將出師歌》也同樣是夢中的幻想，詩人以“將軍
北伐辭前殿”，開赴前線，征討戎虜唱到“無聲一震胡已亡，捷
書奕奕如飛電”，又唱到班師回朝，酒宴慶功，“還朝策勛兼將
相，詔假黃鉞調金鉉”。——國恥家仇一筆勾銷，功名勛祿一日
鑄就。詩人往往陶醉在自己編織的美夢中：“夢裏都忘閫嶠遠，
萬人鼓應入平涼”（《建安遣興》），更多的還是夢中詩人自己
身到天山，上陣殺敵：“夜闌臥聽風吹雨，鐵馬冰河入夢來”
（《十一月四日風雨大作》）。——這一類詩與他的許多擬古樂府
《出塞曲》、《塞上曲》、《軍中雜歌》等在創作機制上十分相

似，都有一種心理補償的作用，滿足自己膨脹的意志力。正由於
此，他對朝庭與"殘虜"的戰爭始終持樂觀的態度，他聽到的
幾乎都是前線凱旋的消息，並屢屢爲之放聲吟唱，往往又同時生
起許多美妙的遐想（這大多與他的做夢一樣）。開禧二年秋，韓
侂冑發起的"北伐"已經敗運鑄定，陸游在後方聽到的仍是捷報
頻傳，他當時高興得作了一首詩《書几試筆》，篇末四句云：
"解梁已報偏師入，上谷方看大盜除。藥笈箸囊幸無恙，蓬峰吾亦
葺吾廬。"自注："偶見報西師復關中郡縣，昔予嘗有卜居條華
意，因及之。"──他樂觀得甚至有卜居條華，葺廬蓬峰的夢想
呢！這時的陸游頗有點像都德《柏林之圍》裏的那位法國老將軍，
國將不國，還沈浸在攻破敵國的美夢中。這種情緒一直綿延到
他的絕筆《示兒》，等到後來做了大宋遺民的林景熙悲憤地吟出
"來孫却見九州同，家祭如何告乃翁"時，放翁"王師北定中原
日"那個美夢的悲劇含義更強烈了。這個悲劇含義使他的形象更
高大、更壯觀並成爲一種定格。

　　然而讀一遍《劍南詩稿》我們就很容易發現放翁的這些洋溢
著愛國激情和民族進步意識的詩篇大多集中在他早年與中年的作
品中。從淳熙十六年陸游六十五歲罷歸山陰始到嘉定二年他八十
五歲逝世的二十年間，他的詩歌却呈現出另一種表現傾向。按，
通常陸游詩歌大致分爲三期，陸游自己先有一個三段的明確界分，
清趙翼亦有陸游詩"三變說"，朱東潤先生《陸游研究》則計
算得更精細：

　　　　早年──少時至乾道六年（1170）四十六歲到達夔州的前
　　　　夕，近三十年。存詩230首；

中年──入蜀後至淳熙十六年（ 1189 ）六十五歲被劾罷官，約二十年。存詩2430 首；

晚年──罷歸山陰故里至嘉定二年（ 1209）逝世止，約二十年。存詩6470 首。

晚年存詩數量比早、中年加在一起還多一倍有餘。這6470 首詩絕大部分都是在歸隱山陰故里後寫的，其內容大抵可以用"田園閒適"四個字來概括。朱東潤先生對陸之晚年詩的評價："生活較恬靜，心境漸消沈，詩風趨向平淡"，也可看出陸游晚年愛國主題詩的退潮。這裏說退潮，是指主流傾向而言，事實上陸游晚年的一些做夢與回憶的詩章不時迸發出愛國主義耀眼的火花，洋溢出老驥伏櫪、志在天山的豪氣與血勇，但就總的傾向來說是"消沈"了，是"恬靜"了，是"平淡"了，絕對數字上微乎其微了。這同他早、中年作品中"田園閒適"的（包括消極頹廢、敍述身邊瑣事的閒情逸意的）作品大量存在一樣，並不矛盾。──一部《劍南詩稿》九千餘首詩，田園閒適主題的占了絕大比例似乎是毋庸諱言的。

趙翼在《甌北詩話》中說，陸游入蜀後，"其詩之言恢復者十之五六，出蜀以後猶十之三四，至七十以後則吟咏東籬下，不復論兵事"。還援陸游句作證："不須強預國家憂，亦莫妄陳帷幄籌"。當然亦指出陸游"此心猶耿耿不忘也"，並舉《老馬行》、《示兒》之句，以見素志。這個說法當然是站得住的。後來梁任公《讀陸放翁集》云："集中十九從軍樂"，則顯然是沒有細讀、至少是沒有細數陸游的詩目。

陸游田園閒適主題的大量詩歌中，不少篇章藝術上是相當精

緻的，錢鍾書先生所謂"咀嚼出日常生活的深永的滋味，熨貼出當
前景物的曲折的情狀"（《宋詩選注》）。如《西村》：

乱山深處小桃源，往歲求漿憶叩門。
高柳簇橋初轉馬，數家臨水自成村。
茂林風送幽禽語，壞壁苔侵醉墨痕。
一首清詩記今夕，細云新月耿黃昏。

如《柳橋晚眺》：

小浦聞魚躍，　　橫林待鶴歸。
閒雲不成雨，　　故傍碧山飛。

又如《初夏》：

麥秀微寒後，　　梅黃細雨前。
湖灘初集鷺，　　堤柳未鳴蟬。
琴帶輕陰潤，　　巾因小醉偏。
晚來幽興極，　　又上釣魚船。

其基本風格是蕭散閒逸、平淡清頤。這類的詩目可以舉出一串：
《舍北》、《郭西》、《東村晚歸》、《幽居》、《喜晴》、
《初夏北窗》、《龜堂雜興》、《蘭陵道上》、《小舟游西涇渡西
江而歸》等等。——我們在將"愛國詩人"的桂冠戴在陸游的頭

上的同時，似乎也應該平心靜氣地正視這些作品。

　很長一段時間以來，懷著維護陸游光輝形象的研究家們大多指責陸游的小兒子子遹的審美眼光。陸子遹是陸游晚年詩歌（《劍南詩稿》卷二十一後半至卷八十五）的編集者；由於他的編集方針是有一篇收一篇，“寧濫勿缺”，故爾使陸游在後世人的眼中露出了“消極頹廢”的形象，換句話說，如果子遹也像陸游對待前二十卷那樣嚴肅認眞負責的話，（大抵指遵循陸游六十三歲嚴州刪詩的方針），《劍南詩稿》則可以“精金美玉”“絢爛滿目”了——我們先不忙評論子遹的編集方針對頭不對頭，損害不損害陸游的形象，要緊的是看一看陸游晚年詩的所謂“平淡”或者說“恬靜”有沒有我們今天所想像的那麼許多貶意和不光彩。趙翼可說是最崇拜陸游的一個人了，在他眼裏陸游的詩不但是南宋之冠，而且還超越了北宋的蘇軾。他對陸游詩的分期有一段論述:

　　　放翁詩凡三變。宗派本出於杜，中年以後則自出機杼，盡其才而後止⋯⋯此初境也。⋯⋯自從戎巴蜀而境界又一變。及乎晚年則又造平淡，並從前求工見好之意亦盡消除，所謂“詩到無人愛處工”者。劉後村謂其皮毛落盡矣，此又詩之一變也。——《甌北詩話》

“初境”、“從戎巴蜀”兩變且不說，趙翼對陸詩“晚年則又造平淡”顯然並無貶辭。“詩到無人愛處工”、“皮毛落盡”云云恐怕是陸游晚年平淡至極的最高境界。朱熹可以說是南宋一代最賞識陸游詩才的一個人，他說:“放翁之詩，讀之爽然，近代唯見此人有詩人風致⋯⋯初不見其著意用力處，而語意超然，自是不凡。”（《答徐載叔賡》）。他所說的“詩人風致”即是指

"平淡"，換一種說法便是" 平易不費力"，唯" 平易不費力" 而
語意超然，故令人" 讀之爽然"，見出詩人的風致來。我們再看
南宋人戴復古的一首詩：

> 茶山衣鉢放翁詩，南渡百年無此奇。
> 入妙文章本平淡，等閒言語變瑰琦。
> ——《讀放翁先生〈劍南詩草〉》

戴復古心目中陸游詩的妙處、奇處也在" 平淡" 一點。由此可見，
陸游的同時代人識賞欽佩陸游，往往著眼在他晚年的" 平淡" 上。
陸游自己有一首詩似乎更說明問題：

> 束髮初學詩，　　　妄意薄風雅。
> 中年困憂患，　　　聊欲希屈賈。
> 寧知竟鹵莽，　　　所得才土苴。
> 入海殊未深，　　　珠璣不盈把。
> 老來似少進，　　　遇興頗傾瀉。
> 猶能起後生，　　　黃河吞鉅野。
> ——《入秋游山賦詩略無闕日戲作五字七首識之》

以這裏我們可以清楚看到陸游本人十分肯定他" 老來" 的詩即晚
年的詩。相反評議" 中年" 的詩的四句則貶義昭然，" 珠璣不盈
把" 至少是說明" 中年" 好詩不多，因爲在詩的海洋裏潛入不深、
把握不準的緣故。對晚年的" 傾瀉" 他相當得意，不僅在氣象上

有“黃河吞鉅野”之勢，而且對於“後生”確有明顯的啓發或者說榜樣作用。這裏我們不妨再舉出陸游自己的一段話，這段話恐怕最說明問題了：

> 　　古之說詩曰言志。夫得志而形於言，如皋陶、周公、召公、吉甫，固所謂志也。若遭變遇讒，流離困悴，自道其不得志，是亦志也。然感激悲傷，憂時閔己，托情寓物，使人讀之，至於太息流涕，固難矣。至於安時處順，超然事外，不矜不挫，不諉不憝。發爲文辭，沖澹簡遠，讀之者遺聲利、冥得喪，如見東郭順子，悠然意消，豈不又難哉！
> ——《曾裘父詩集序》

陸游的詩早、中期正是以“感激悲傷，憂時閔己，托情寓物”爲特徵的，“遭變遇讒，流離困悴，自道其不得志”，令讀者太息流涕，“固難”；但下面的情形“又（尤）難”：“安時處順，超然事外，不矜不挫，不諉不憝，發爲文辭，沖澹簡遠”——這幾句話正便是他晚年詩的自述，便是“平淡”得“落盡皮毛”的極致。這類詩歌使“讀之者遺聲利、冥得喪”的美學功效豈可小覷？這裏陸游對自己晚年田園閑適、安時處順的“平淡”作了最充分的肯定。於是我們有理由相信陸游對子遹的編集方針是沒有意見的，陸游晚年的詩子遹見了便收，似乎也是得到陸游默許的，陸游晚年時常與子遹切琢詩句，討論詩法，《東窗》即有句云：“川日初沉後，樓鐘欲動時。東窗對兒子，重與細論詩”。由此可見老來的陸游與青年的子遹父子倆的審美眼光很有相似相通之處，

至少陸游並不認爲子遹的做法會損害自己的形象。在眞正要損害
陸游形象時,子遹也並不呆笨　,　　陸游晚年的許多阿附韓侂胄的詩
篇在韓氏勢敗身殺時便是被子遹果斷地斧删的。故爾我們不但不
必責備陸子遹的編輯態度,而且要感謝他的責任心——正是由於
他的認眞負責、一絲不苟,我們後世的人才得以看淸七八百年前
陸游基本眞實的情志軌迹,才得以保存下來一個近乎完整的陸游
形象。

　　陸游的愛國主題詩有個明顯的觀念:把南宋皇帝當作他唯一
可以依靠的對象,同時也是他全部愛國情緒的精神依托。皇帝擢
用陸游則是克制外敵、恢復失土最理想的途徑,也就是說在南宋
反侵略的戰爭中陸游的重用與否是關鍵。

　　陸游《金錯刀行》有兩句詩:" 千年史策耻無名,一片丹心
報天子"。說得很坦白,要做一番轟轟烈烈的事業報答天子,在靑
史上留個名字。然而南宋皇帝們似乎都有更切近實際的考慮,沒
有賞識陸游的那片" 丹心"。陸游有一首《婕妤怨》很吐出他的
眞實心曲。

妾昔初去家,	鄰里持車箱
共祝善事主,	門戶望寵光。
一入未央官,	顧盼偶非常。
稚齒不應患,	傾身保專房。
燕婉承恩澤,	但言日月長。
豈知辭玉陛,	翩若葉隕霜。

永巷雖放棄，　　　　猶慮重謗傷。

悔不待宴時，　　　　一夕稱千觴。

妾心剖如丹，　　　　妾骨朽亦香。

後身作羽林，　　　　爲國死封疆。

這首詩明顯地是用後宮寵嬖來隱喩皇帝對他陸游政治上甚至軍事上的重用。陸游在南宋政權裏的起落正是這位＂妾＂的遭遇，＂恩澤＂尙無多，還未來得及＂專房＂，便被＂永巷放棄＂了。＂妾心剖如丹＂的＂丹＂皇上沒有顧惜，＂妾＂便只得以死相殉，立誓來世不做女人。＂爲國死封疆＂末兩句露出了陸游自己狷急的眞面目和建功立業的熱烈肝腸。順便說一句，陸游在一首叫《涼州行》的詩中曾吐出過他的建功立業＂爲國死封疆＂的具體奮鬥目標：＂安西北庭皆郡縣，四夷朝貢無征戰＂。──不僅＂盡復漢唐故地＂，而且做到在＂四夷朝貢＂的前提下保證和平，永無戰爭。後來的乾隆帝恐怕正是賞愛陸游這一層思想而褒揚他的＂忠愛之志＂的。清翁方綱《讀劍南詩八首》，開篇便稱讚他＂一飯不忘君＂、＂忠孝出天性＂，故爾能＂胸次浩浩乎，自行於千古＂。另一位清人李兆元也盛稱放翁詩＂根本忠孝＂、＂止乎忠孝＂、＂死不忘君＂（《十二筆舫雜錄》卷八）。陸游與南宋皇帝的雙邊關係還有他自己的兩句很形象的詩可以一引：＂聖主不忘初政美，小儒唯有涕縱橫＂（《新夏感事》）。

　　陸游在詩中自稱＂小儒＂，而小儒與聖主間的距離無疑是太遙遠了。其實陸游並不以當個＂儒＂而甘心（何況是小儒），他曾說：＂耻作腐儒長碌碌＂（《融州寄松紋劍》），《書生嘆》

又嘆：" 可憐秀才最誤計。一生衣食囊中書" ，可見是不甘碌碌
無爲的。《觀大散關圖有感》中他稱自己能" 上馬擊狂胡，下馬
草軍書" ，文武雙全。他不僅屢屢自稱是廉頗、馬援那樣的" 馬
上破賊手" ，還往往自比爲伊尹、呂望、諸葛亮式的國之鼎鼐。
他的《放翁自讚》還有句" 腹容王導輩數百" 。秉賦有這樣的才
幹，他認爲只要皇上擢用他陸游，尤其是交付他兵權，中原恢復
指日可待。這有他的許多詩句爲證：

　　　　平生養氣頗自許，雖老尚可吞幽幷。
　　　　何時擁馬橫戈去，聊爲君王護北平。
　　　　　　　　　　　　　　——《秋懷》
　　　　胸中十萬宿貔貅，皂纛黃旗志未酬。
　　　　莫笑蓬窗白頭客，時來談笑取幽州。
　　　　　　　　　　　　　　——《冬夜讀書有感》

《追憶征西幕中舊事》也云：" 自期談笑掃胡塵" ，大有孔明、
周公瑾" 談笑間強虜灰飛烟滅" 的氣概！注意，這還是他年老時
的壯志，他八十二歲寫的《老馬行》中還有類似的詩句：" 一聞
戰鼓意氣生，猶能爲國平燕趙" 。請看他在喝醉酒時對自己形象
和本領的描繪：

　　　　貂裘半脫馬如龍，舉鞭指麾氣吐虹。
　　　　不須分弓守近塞，傳檄可使腥羶空。
　　　　　　　　　　　　　　——《醉歌》

他曾反覆強調他的這種"傳檄"的威力（這"檄"也必是他下馬時草擬的）："檄書才下降書至，不用兒郎打女眞"（《軍中雜歌》）"傳檄足定河南北"，"下令一變旌旗色"（《曉嘆》）；還有前面所引錄過的"畫飛羽檄下列城"，"故地不勞傳檄下"。——"小胡逋誅六十載"，六十年逆胡的軍事勢力只消他一紙，"檄書"便全可解決，主動捧來"降書"——眞有這般本領，南宋皇帝們不委以要職重任當然是有眼無珠了。不過陸游有時似乎也覺察到自己的大話有些"狂"，比如他在《大風登城》詩中嘆道："才疏志大不自量，東家西家笑我狂"，這不能不說又是一種悲劇。胸中的十萬貔貅一直沒被朝廷發現，不時還要靠喝酒長歌來彈壓他們的躁動，所謂"起傾斗酒歌出塞，彈壓胸中十萬兵"（《弋陽道中遇大雪》），梁任公對陸游胸中的"十萬兵"廢棄不用也深爲惋惜："辜負胸中十萬兵，百無聊賴以詩鳴"（《讀陸放翁集》）——封疆大業的夢破滅了，只贏得了一頂"詩人"的桂冠。

　　陸游對自己的詩名似乎並不怎麼以爲然，而汲汲於勛名事業之心則發爲長長吟嘆。這種吟嘆又往往與神州恢復的大業聯繫在一起，"丈夫五十功未立，提刀獨立顧八荒"正是這種聯繫最典型的形象。我們來看陸游的兩首小詩：

<blockquote>
老死已無日，　　　功名猶自期。
清笳太行路，　　　何日出王師？
　　　　　　　　——《書懷》
</blockquote>

北望中原淚滿巾，黃旗空想渡河津。

丈夫窮死由來事，要是江南有此人。

——《北望》

《幽居感懷》裏的幾句詩也很說明問題：" 十月風霜欺客枕，五
更鼓角滿江天。散關清渭應如昨，回首功名一愴然！ " —— " 功
名 " 與 " 窮死 " 的觀念對立死死糾纏住陸游的思想， " 丈夫無成
忽老大 " （《夏夜不寐有賦》）； " 時平壯士無功老 "（《春殘》）；
" 志士凄涼閒處老 " （《病起》）之類的喟嘆幾乎成了他
詩中的常套。正因爲此，他對自己的詩名反有一種相當複雜的感
懷，他在《劍門道中遇微雨》裏吟出 " 此身合是詩人未 " 正是這
種複雜心境的表露。《長歌行》云：" 豈其馬上破賊手，哦詩長
作寒蛩鳴 "，報國志願落空，頗有點 " 專業不對口 " 的怨憤。這
種怨憤往往流而爲濃重的感傷：" 少慕功名頗自奇，一生蹭蹬鬢
成絲 " （《蹭蹬》）； " 壯歲功名妄自期，晚途流落鬢成絲 "
（《書感》），有時則表現爲更加凄酸的自嘲：" 飄零爲祿仕，蹭
蹬得詩名 "。他有一首《讀杜詩》的詩，末四句云：" 向令天開
太宗業，馬周遇合非公誰？後世但作詩人看，使我撫几空嗟咨 "。
這裏 " 嗟咨 " 的固是老杜，實則也是夫子自道——他陸游也是一
個 " 馬周 "，可惜未遇上 " 太宗 "。陸游對老杜的身世感受十分
深切，每有惺惺相惜之語吐出，《東屯高齋記》有曰：" 少陵非
區區於仕進者，不勝愛君憂國之心。思少出所學佐天子，與貞觀、
開元之治，而身愈老命愈大謬，坎壈且死。" 陸游認爲這是一種
最可悲的不幸：" 荊卿之歌，阮嗣宗之哭不加於此矣。"

　　這裏我們似乎也不必回避陸游存在著比較嚴重的嘆老嗟卑思

想。毋庸諱言，陸游對做官始終是抱有濃厚興趣的，"屑屑於道
途之間"也難免要背上些後賢的譏議，儘管目的動機大抵上還算
是純正的。仕途蹭蹬，屢遇挫折，"平日功名浪自期"，"丈夫
無成忽老大"，難免要有些憤憤然，戚戚然，於是他有時哭窮有
時醉酒便可以理解了。聽聽他的哭窮："瘦如飯顆吟詩面，飢似
柴桑乞食身"（《春來食不繼戲作》，這還算雅一點，隱比老杜
與陶潛，也不見寒傖。"十月寒風吼屋邊，布裘未辦一銖棉。豈
唯飢索鄰僧米，真是寒無坐客氈"（《霜風》）；"曲身得火才
微直，槁面持杯口暫朱。食案闌干堆首蓿，褐衣顛倒著天吳"
（《歲暮貧甚戲書》），這一類的哭窮腔調恐怕不僅僅是言過其實，
且有點游戲筆墨的庸俗氣味了。《飢寒吟》："夜寒每達旦，懷
抱安得寬？朝飢或過午，忍此艮亦難"。幾乎是同時寫的《病愈
小健戲作》却又云："興來到處沽新酒，不為閒愁要破除"——有
錢"到處沽新酒"，他的吟飢號寒能信嗎？

　　命運坎壈，窮愁不通而借酒買醉倒是我國封建時代知識份子
傳統的路子，陸游在這方面似乎更顯得典型一些。他酒喝得實在
不少，醉酒也是常事。"杖頭錢盡慣曾賒，爐邊爛醉眠經日"
（《閒游》）。不過他的"爛醉"多半是為了排遣心中的塊壘，有
時也傷心世事的渾濁，但在形式表現上却顯得十分豁達，一副看
透派的口吻：

　　　　日長似歲閒方覺，事大如天醉亦休。
　　　　　　　　　　——《秋思》
　　　百年細數半行路，萬事不如長醉眠。

——《寓館晚睡》

榮悴紛紛醉夢中，轉頭何事不成空。

——《讀史》

尊中酒滿身強健，未恨飄零過此生。

——《成都書事》

《幽居即事》稍稍道出點究竟：

壯歲本亡奇，　　　頹齡又及斯。

極知身有幾，　　　唯有醉相宜。

——再明白不過了，到死也不會改了。這些話當然含有滿腔的酸
楚，但也確實反映出陸游人生觀的一個重要方面。《池上醉歌》
似乎更直露峻急，末章為：“飲如長鯨海可竭，玉山不倒高崔巍。
半酣脫幘發尚綠，壯心未肯成低摧。我妓今朝如花月，古人白骨
生蒼苔。後當視今如視古，對酒惜醉何為哉！”——覺悟到這一
層，及時行樂的庸俗思想也抬了頭：

我願無愁但歡樂，朱顏綠鬢常如昨。

金丹九轉徒可聞，玉兔千年空搗藥。

蜀姬雙鬟婭姹嬌，醉看恐是海棠妖。

——《春愁曲》

這段詩句實際上正是“我妓今朝如花月，古人白骨生蒼苔”的翻

版。《後春愁曲》結尾幾句更說明問題：

> 世間萬事元悠悠，此生長短歸山丘。
> 閉門堅坐愈生愁，未死且復秉燭游。

由於陸游束縛於詩正詞卑的傳統觀念，他在詩裏尚不敢公開地渲
染他的及時行樂，秉燭繼日的庸俗思想，但在詞這種文學體裁中
如《烏夜啼》（"金鴨餘香尚暖"）、《眞珠簾》（"燈前月下
嬉游處"）則更自由放肆了，酒與妓幾乎成了他避逃現實的淵藪。
他有一首十分著名的詩叫《九月一日夜讀詩稿有感走筆作歌》，
這首詩歷來被引用爲解釋陸游中年詩風轉變的關捩，激發這個轉
變的便是詩中描繪的南鄭軍寨裏所謂"如火如荼的戰鬥生活"。
此詩是陸游六十八歲時在山陰寫的。下筆時頗有點津津回味的
情調，且看陸游自己的描繪吧：

> 四十從戎駐南鄭，酣宴軍中夜連日。
> 打球築場一千步，閱馬列廄三萬匹。
> 華燈縱博聲滿樓，寶釵艷舞光照席。
> 琵琶弦急冰雹亂，羯鼓平勻風雨疾。

除了操練與軍體游戲幾乎便是濫飲縱博與欣賞姬妓的舞歌兩
事。"華燈縱博聲滿樓，寶釵艷舞光照席"兩句還正是酒與妓的
老題目、老花樣。而"酣宴軍中夜連日"倒很容易使我們想起陸
游自己的愛國題旨的憤慨詩句："將軍不戰空臨邊，朱門沉沉按

歌舞"（《關山月》）；更易使人想起劉克莊那首辛辣抨擊這種
軍營生活的名篇《軍中樂》。

　　此外,陸游還有一個精神逃藪,那便是他的"道室"。他的"道室"裏
不但放置了時時要閱讀的道書契符，而且還設有煉丹灶、備用汞丹
和藥餌。他晚年有很長時間是在"道室"裏渡過的,《道室試筆》
《道室書事》、《道室雜題》之類的詩歌在《劍南詩稿》中
時時可見。《道室書事》中他自稱"五十餘年讀道書"，《春
日雜興》中他又自稱"四十餘年學養生"，從他的《題藥囊》、
《自勉》、《跋彩選》等詩文來看他還親自參加煉丹服食的實踐。
《讀仙書作》："人間事事皆須命，唯有神仙可自求';《金丹》：
"子有金丹煉即成，人人各自具長生"。——這些材料或許
會給陸游鋥亮的形象抹一點點黑，但這畢竟是歷史上放翁眞實的
情感思想和筆墨遺產，也許放翁還自認爲很有必要保留這些作品，
七八百年前的觀念意識和價值判斷哪能跟著我們今天轉？

　　陸游作爲南宋最大的詩人，我們學術研究界也確實用過最大
的注意力和最大的熱情考察和研究過他。我們說他"最大"，一
指其詩歌作品存世最多，二指其對當代愛國主義、進步民族意識
的積極影響最強。正唯存世作品數量最多，我們應注意其全部的
價值內容，不能只沉浸在其一部份作品中無盡發揮，更不能指責
《劍南詩稿》的編集人把自己不想或不便考察與研究的某些主題
內容的作品也收集了進去。這個精神同樣適用於後面一條；對於
放翁那些積極影響不強，無積極影響甚而影響不積極的詩歌作品
我們似也應該有一個實事求是的評價——持一種客觀公允的觀照
態度，給一個恰如其分的評判意見。我想這是我們後人對歷史文

化前賢的燦爛遺產應持的正確態度吧。

陸游詩的批評和陸游的詩批評

南宋詩壇有尤（袤）、楊（萬里）、范（成大）、陸（游）四大家之稱。列入其中的楊萬里主張撤下自己換上蕭德藻，稱尤蕭范陸。當時一般稱"中興四大家"，相對在時間上偏重在南宋前期，四大家中陸游排在最末。到了南宋末的方回作回顧總結時這位置次序已起了變化，他說："自乾、淳以來，誠齋、放翁、石湖、遂初、千岩五君子足以躪江西、追盛唐。"（《曉山烏衣圻南集序》，《桐江集》卷一）——這四五個人當中楊萬里、陸游已放在最前頭了，時間仍匡定在"中興"前期（乾道、淳熙均是孝宗年號）。"楊陸"的稱呼大約一直亘延到清中葉的乾隆時代，由於乾隆帝本人對陸游"感激悲憤，忠君愛國"的賞愛讚譽，同時的趙翼、翁方綱等人又搖旗為羽翼，抬舉陸游的同時貶低楊萬里。於是陸游的名位超過了楊萬里成了南宋四大家之首。

在乾隆帝厚獎陸游之前，清代前期著名詩歌理論批評家對陸游的評價一般都不高，如葉燮說："陸游集佳處固多，而率意無味者更倍"（《原詩》）。朱彝尊說："陸務觀《劍南集》句法稠疊，讀之終卷，令人生憎"（《書劍南集後》）。又說："陸務觀吾見其太縟"（《橡村詩序》）。賀裳則說他："大抵才具無多，意境不遠，唯善寫眼前景物而音節琅然可聽"（《載酒園詩話》）。——才具、詩品、句法都觸及到了。即使在陸游詩名急遽上升的乾隆年代，洪亮吉、沈德潛等人也對陸游之粗製濫造、貪多務得提出過尖銳的批評，他們認爲陸游"六十年間萬首詩"的創作速度"貽誤後人不少"。沈德潛肯定了陸游的七律"放翁七言律，對仗工整，使事熨貼，當時無與比埒"，不過也不客氣地指出："八句中上下時不承接"，故爾"神完氣厚之作十不得其二三"（《說詩晬語》）。即是說一等品率不到百分之二三十。按，清人十分注意陸游七律的功力，宋人除了劉克莊擊節讚賞陸游的"好對偶"之外，幾乎沒有什麼人認眞注意到這一點。與沈德潛前後同時的陳訏與舒位對陸游的七律更有明確的褒美之詞，陳訏《劍南詩選題詞》："放翁一生精力盡於七律，故全集所載，最多最佳。"舒位對陸游七律評價最高，他在《瓶水齋詩話》中稱讚陸游"專攻此體而集其成"，譽爲七律發展史上第三個里程碑（一、杜甫，二、李商隱）。這個論斷影響很大。

　　陸游雖不能說"一生精力盡於七律"，他的七律數量確實很大，內容題材很寬，風格也不統一。其名作如《書憤》、《夜泊水村》等是飽滿愛國熱忱、志在恢復的；《臨安春雨初霽》、《病起》等則是抒發個人身世感慨的；《遊山西村》、《村居初夏》等則又是描敍田園閒適生活的。風格題材迥然不同，但同是陸游七律的上品，幾百年來膾炙人口。不過這類神完氣厚之作在整部《劍南詩稿》中確乎不多。他的七律有心學老杜，但偏於清新刻露，圓熟巧密，在精煉流麗和沈雄騰踔兩個方面均遜一籌。一般說來陸游的律詩（主要是七律）是佳句多而佳篇少。清人潘德輿說他"七律之佳在句佳"，趙翼《甌北詩話》，張培仁《妙香室叢話》、陳衍《石遺室詩話》、《劍南摘句圖》等都摘錄大量陸游的律句，以爲揣摩把玩。其中有些確是精金美玉，令人賞愛。

筆者這裡不妨也試摘幾例：

一、沈雄警拔，國事悲憤的：

十月風霜欺客枕，五更鼓角滿江天。（《幽居感懷》）

驚回萬里關河夢，滴碎孤臣犬馬心。（《夜雨》）

江聲不盡英雄淚，天意無私草木秋。（《黃州》）

二、意氣蘊結，胸懷感傷的：

位卑未敢忘憂國，事定猶須待闔棺。（《病起》）

三萬里天供醉眼，二千年事入悲歌。（《覽鏡》）

老去形容雖變改，醉來意氣尚軒昂。（《自嘲》）

三、風氣清頤，蕭散自適的：

山口正含初出月，渡頭未散欲歸雲。（《舟中》）

舟行十里畫屏上，身在四山紅雨中。（《出遊》）

重簾不捲留香久，古硯微凹聚墨多。（《書室明暖》）

這裡的佳聯固如川中之含珠，石中之蘊玉，但放翁顯然太用心於這些“珠”與“玉”了，刻意安排之迹十分觸目。錢鍾書在《談藝錄》中批評道：“其（指陸游）制題之寬泛因襲，千篇一律，正以非如此不能隨處安插佳聯耳。”他認為陸游往往是為了嵌塞中間兩副好對子才敷衍全篇八句的，故爾他的七律“絕無章法，

只堪摘句"。——貶義深刻，切中放翁詩的弊病。正因爲放翁一
味"安插佳聯"而不顧題目的因襲、詩意的重疊，有些雷同的對
子實在使人有詩匠弄巧的感覺，復不敢相信這些詩中有放翁的眞
感情在，此地不厭煩瑣選舉一組詩例：

> 身似在家狂道士，心如退院病禪師。
> 身如巢燕臨歸日，心似堂僧欲動時。
> 身如病鶴常停料，心似山僧已棄家。
> 心如澤國春歸燕，身似雲堂旦過僧。
> 心似遊僧思遠道，身如敗將陷重圍。
> ＿＿＿＿

句式平板、枯乏、醜惡，比擬不盡的"和尙"，其他如"心如病
木"、"身如病木"、"心如老驥"、"心如老馬"、"心似枯
葵"、"身如病櫟"之類的熟套多不勝數，連最欽仰陸游、堅稱：
"放翁詩萬首，遣詞用事少有重複者"的趙翼也不得不承認陸詩
有"或見於此又見於彼者"的現象。袁枚批評陸游"重複多繁詞"
（《人老莫作詩》）是很中切的。不妨再看看下面幾對詩例：

> 智士固知窮有命，達人原謂死如歸。（《老境》）
> 達士共知生是贅，古人嘗謂死爲歸。（《寓嘆》）
>
> 殘燈無燄穴鼠出，槁葉有聲村犬行。（《冬夜》）
> 孤燈無燄穴鼠出，枯葉有聲村犬行。（《枕上作》）

> 民有袴襦知歲樂，亭無桴鼓喜時平。（《郊行》）
> 市有歌呼知歲樂，亭無桴鼓喜時平。（《寒夜》）
>
> 清心不醉猩猩酒，省事那營燕燕巢。（《自嘲》）
> 生來不啜猩猩酒，老去那營燕燕巢。（《小筑》）
>
> 得官若使皆齊虜，對泣何疑效楚囚。（《觀諸將除事》）
> 得官本自輕齊虜，對景何當似楚囚。（《寄二子》）

從詩意到詩句幾乎完全相同，"猩猩燕燕"、"齊虜楚囚"之類的對子實在面目可憎。又，陸游《自貽》有句："病中看《周易》，醉後讀《離騷》"，這《周易》、《離騷》一對反覆在《閉門》、《讀書》、《遣懷》、《雜賦》、《書懷子遹》、《小疾謝客》等詩中出現，眞有點淺乏而淫濫的味道。就是《書室明暖》"重簾不捲留香久，古硯微凹聚墨多"那個名對也有意境句式十分相似的："活眼硯凹宜墨色，長毫甌小聚茶香""（《閒中》）——難怪錢鍾書先生要說他"幾乎自作應聲之蟲"了。尤其需要指出的是這一類"老清客"式的作詩技巧和字面好看的對子往往受到嚴肅的批評家的嚴正批評，賀裳所謂"才具無多，意境不遠"，正可說是擊中要害。《紅樓夢》四十八回寫香菱學詩，自道："我只愛陸放翁的'重簾不捲留香久，古硯微凹聚墨多'，說得眞切有趣"。吃了林黛玉一頓批評。林黛玉的觀點是："斷不可看這樣的詩。你們因爲不知詩，所以見了這淺近的就愛，一入了這個格局，再學不出來的"。——這番話完全可以看作是曹雪芹本人的詩歌批評，與賀裳頗有相同的眼光。

　　比較而言放翁近體中絕句似乎要好一點，佳品也多一些。無論是抒發愛國熱忱和激情，報仇雪恥，志在恢復爲題意的，還是田園閒適，身世感懷，咀嚼生活滋味，熨貼景物情狀爲主旨的。前者如《看鏡》、《太息》、《和高子長參議道中兩絕》、《十一月四日風雨大作》、《秋夜將曉出籬門迎涼有感》、《湖村月夕》、《示兒》等。這一類題旨的絕句有時有議論化的傾向，（如《看鏡》、《太息》、《冬夜讀書有感》），但往往因爲詩人熱情澎湃、正氣洋溢，詩中的議論並不怎麼損害詩的形象美感，事實上這類詩很大一個多數都是形象思維的上品，思想內容與藝術技巧可說是完美結合。如：

　　　　梁州四月晚鶯啼，共憶扁舟罾畫溪。
　　　　眞作世間兒女態，明年萬里駐安西。
　　　　　　　　　　——《和高子長參議道中兩絕》之一
　　　　金尊翠杓猶能醉，狐帽貂裘不怕寒。
　　　　安得驊騮三萬匹，月中鼓吹渡桑乾。
　　　　　　　　　　　　——《湖村月夕》

又如著名的《十一月四日風雨大作》：

　　　　僵臥孤村不自哀，尚思爲國戍輪台。
　　　　夜闌臥聽風吹雨，鐵馬冰河入夢來。

至於"三萬里河東入海，五千仞岳上摩天"等名句則更是大氣磅礴，有一種掀撼人心的美學意義上的崇高風格。

　　田園閑適，身世感懷，"咀嚼""熨貼"一類的絕句則佳品尤夥，如《初冬雜題》、《次韵周輔道中》、《舍北望水鄉風物戲作》、《梅花》、《梨花》、《秋思》、《春遊絕句》、《劍門道中遇微雨》、《聞新雁有感》、《夏日晝寢夢遊得絕句》、《小舟遊近村舍舟步歸》、《柳橋晚眺》等。這一類詩大多詞情淡雅，氣格清爽。稍舉幾例：

　　　　莫嫌風雨作新寒，一樹青楓已半丹。
　　　　身在范寬圖畫裡，小樓西角剩憑欄。
　　　　　　　　　　——《初冬雜題》
　　　　山靈喜我馬蹄聲，正用此時秋雨晴。
　　　　日淡風斜江上路，蘆花也似柳花輕。
　　　　　　　　　　——《次韵周輔道中》
　　　　西風沙際矯輕鷗，落日橋邊繫釣舟。
　　　　氣與畫工圍扇本，青林紅樹一川秋。
　　　　　　　　　　——《舍北望水鄉風物戲作》
　　　　春信今年早，　　江頭昨夜寒。
　　　　已教清徹骨，　　更向月中看。
　　　　　　　　　　——《梅花》

　　晚年傷感詩《沈園》二首、懷古詩《楚城》等也是陸游絕句的名篇，膾炙人口，此不贅述。

　　陸游的古體詩稱讚的人不少，有的還認爲陸游的古體勝於近
體（尤其是七古）。因爲這種形式似乎更適合陸游抒發他那種豪
邁壯逸，驚奇踔厲思想情感的需要。我們先來看他的《金錯刀行》：

> 黃金錯刀白玉裝，夜穿窗扉出光芒。
> 丈夫五十功未立，提刀獨立顧八荒。
> 京華結交盡奇士，意氣相期共生死。
> 千年史策恥無名，一片丹心報天子。
> 爾來從軍天漢濱，南山曉雪玉嶙峋。
> 嗚呼！楚雖三戶能亡秦，豈有堂堂中國空無人！

　　《書志》一詩裏他的肝心幻化爲一團金鐵，鑄成
一柄利劍，咒誓內除奸佞，外清妖孽："肝心獨不
化，凝結變金鐵。鑄爲上方劍，衅以佞臣血。匣藏武
庫中，出參髦頭列。三尺燦星辰，萬里靜妖孽，君看
此神奇，醜虜何足滅"。——這首詩可謂是我們常說的現實主義
與浪漫主義兩結合的美學模式，詩中陸游憤慨殺敵的愛國情志迸
發得淋漓盡致，可以說是陸游典型風格的古體名篇。此外，《曉
嘆》、《醉歌》、《大將出師歌》、《九月十六日夜夢駐軍河外
遣使招降諸城覺而有作》等都是同樣題旨的佳制，氣志橫絕，奮
揚囂張，思想感情一瀉無餘，極富於激勵掀動的感染力量。也許
因爲如此，有人批評道："放翁興會飆舉，詞氣踔厲，使人讀之，
發揚矜奮，起痿興痺矣。然蒼黯蘊蓄之風蓋微"（姚范《援鶉堂
筆記》。——這種說法恐怕有苛求之嫌，在這裡前後兩者實難相
容或者說實難並存，既要達到興會飆舉、詞氣踔厲，使人激勵矜

奮、起痿興痺的美學效果，又如何能要求在表現形式上蘊蓄有致
寄興幽遠呢？

《秋聲》也是放翁七古的得意之作：

> 人言悲秋難為情，我喜枕上聞秋聲。
> 快鷹下韝爪嘴健，壯士撫劍精神生。
> 我亦奮迅起衰病，唾手便有擒胡興。
> 弦開雁落詩已成，筆力未饒弓力勁。
> 五原草枯苜蓿空，青海蕭蕭風卷蓬。
> 草罷捷書重上馬，卻從鑾駕下遼東。

——感慨物候，寄情軍國，讀之令人肅然敬佩。放翁七古佳品還
有《遊錦屏山謁少陵祠堂》，此詩類同賈誼哭屈原祠的口吻和聲
調，惺惺相惜，千古相知之意充溢詞表；《風雨中望峽口諸山奇
甚戲作短歌》隱隱以奇材自喻，自然對象化、人格化，極富精神
意識；《客談荊諸武昌慨然有作》感慨出處，寫盡懷抱，遐思風
發，氣態軒昂，令人胸志清爽，洗脫凡念。陸游古體還有不少白
描風日，輕抒懷抱的作品，寫得意思氤蘊，耐久咀嚼，如《同何
元立賞荷花追懷鏡湖舊遊》、《雁翅夾口小酌》、《玻瓈江》等。

　　放翁的詩我們依體制匆匆做了一番巡視，優劣妍媸大略亦有
了個輪廓。這裡似乎需要提一筆的是放翁的不少詩歌議論化傾向
嚴重，如＂人生讀書本餘事，唯要閉門修孝悌＂（《感事示兒孫》）；
＂從來倚個心平穩，遇險方知得力多＂（《戲題》）；＂古人不
輕出，出則堯舜其君民。古人不輕隱，隱則坐使風俗淳＂（《寄

題求志堂》），等等。平心說，這些議論也是十分平庸淺薄的。
也有持論怪僻，一反常態的，如《冬夜讀書》："一指頭禪用不
窮，一刀匕藥去騰空。汗牛充棟成何事，堪笑迂儒錯用功"。再
看他的《胡無人》："群陰伏，太陽升，胡無人，宋中興"。純
粹是口號標語，正所謂"可作中興露布讀者"。隨同議論化出現
的便是散文化傾向，前面提及的那首《寄題求志堂》便如同一篇
說理的散文。《諭鄰人》三首也是同類的作品。《神君歌》五七
言長歌中竟一口氣連用了十二句四言，嚴重阻遏了詩的流暢走動
詩味與美感大大打了折扣。

　　陸游詩歌的師承淵源與風格傾向是連接其創作活動與理論主
張的關鍵問題。陸游師出江西派大家曾幾，這點是無疑的。宋人
陳鵠、趙蕃、戴復古、劉克莊、張瑞義、魏慶之、方回等人都言
之鑿鑿，陸游自己的詩文如《追懷曾文清公呈趙教授趙近嘗示
詩》、《贈應秀才》、《謝徐志父帳干惠詩編》、《贈曾溫伯邢
德允》等均可證。但陸游在《呂居仁集序》中則又說："晚見曾
文清公（幾），文清謂某：君之詩淵源殆自呂紫微。"按方回所編
俎豆座次，呂居仁在江西派內排行第四，曾幾排行第五，不管他
的詩法傳自哪一個，都可說是江西派的正宗嫡傳。筆者這裡倒有
個分判：陸游學詩拜的老師是曾幾，但做出來的詩，氣味上更近
呂居仁。

　　不過陸游在他後來的《九月一日夜讀詩稿有感走筆作歌》、
《示子遹》等詩中卻一再聲明早年跟江西派學詩走錯了路，表示
了改弦易轍的決心，也道出了應該努力的方向。但在"早年"以
後的實際創作上陸游似乎沒有徹底克服他要想克服的毛病。楊萬

里稱他的詩"敷腴"，朱彝尊稱他的詩"太縟"，這"敷腴"、
"太縟"正是他自己力戒的"組綉紛紛炫女工"的"組綉"、
"我初學詩日，但欲工藻繪"的"藻繪"。他孜孜強調"文章最忌
百家衣"（《次韵和揚伯事主簿見贈》）、"琢雕自是文章病"
（《讀近人詩》）原正是爲了糾正這一點而發的。更爲重要的是
與"組綉"、"藻繪"、"琢雕"精神上相聯繫的"鍛煉"、
"活法"等江西法規也未有多少實際的觸動，儘管他在理論上已
有所警惕與防範。陸游《贈應秀才》有云："我得茶山一轉語，
文章切忌參死句"。"忌參死句"便要講究"活法"（"活法"
又正是呂居仁的專利）；講"活法"又必然要講"鍛煉"，而煉
字煉句又正是放翁一生做詩最倚重的法寶。他的近體是最講究煉
字煉句的，那些句法稠疊、意思複出的對子恐怕又正是"活法"
用得太濫的結果。

　　不過，放翁講"活法"、講"鍛煉"多少還參與了自己的功
力與才氣，"殘餘未免從人乞"的壞毛病究竟被克服了。正是從
這一點出發，他孜孜反對江西領袖黃庭堅傳下來的"無一字無來
歷"的看家本領——這一點標誌著陸游與黃庭堅的教導公開決裂。
同黃庭堅一樣，他也是拿杜詩作證據，但矛頭顯然是針對黃庭堅
的：

　　　　今人解杜詩但尋出處，不知少陵之意初不如是……縱
　　　使字字尋得出處，去少陵之意益遠矣。蓋後人原不知杜詩
　　　所以妙絕古今者在何處，但以一字亦有出處為工。如《西
　　　崑酬唱集》中詩，何曾有一字無出處者，便以為追配少陵，

　　可乎？且今人作詩，亦未嘗無出處。渠不自知，若為之箋
　　注亦字字有出處，但不妨其為惡詩耳。

　　　　　　　　　　　　　　　　——《老學菴筆記》卷七

　　在這個原則問題上與江西派分手後，陸游的詩找到了充分自由發
展的無限空間，紀昀所謂"實能自闢一宗，不襲黃陳之舊俗"
(《四庫全書總目提要》)，正是這種自由發展的結果。

　　細辨放翁的詩，所謂"自闢一宗"的這"一宗"風格特徵又
是什麼樣的呢？有沒有與前人承胤淵源的關係？筆者認為在壯懷
激烈抒情述志題材內容方面放翁刻意走的是李白、岑參、劉禹錫
的路子，尤其是以岑參為崇拜偶像，這一類詩偏多在古體。在蕭
散清遠田園閒適的題材內容方面放翁主要追求的是陶潛、韋應物、
梅堯臣的詩風路子，尤其是以梅堯臣為學習楷模，這一類詩偏多
在近體。

　　我們知道陸游的古體在學習李白上花了不少力量，取得了一
定成就，故當時獲"小李白"之美稱。他的一些長篇古風完全是
李白的聲調口吻，如《對酒嘆》、《池上醉歌》、《草書歌》、
《長歌行》、《舟中對月》、《八月十四夜三義市觀月》、《日
出入行》等篇。錢鍾書先生雖指出了陸之於李有所謂"眼小、面
薄、聲雌、形短"的局限，但他斷言"有宋一代中要為學太白最
似者"(《談藝錄》)。不過陸游學岑參似乎用過更大的心思與
功力，且在格調氣象上也學到了相當的規模。陸游對岑參十分欽
仰，他在《跋岑嘉州詩集》說："予自少時絕好岑嘉州詩……嘗
以為太白、子美之後一人而已。"《夜讀岑嘉州詩集》又云：

"公詩信豪偉，筆力追李杜"，評價之高，直迫李杜。放翁接着道出了"筆力追李杜"的所以然："常想從軍時，氣無玉關路，至今囊簡傳，多昔橫槊賦。零落才百篇，崔嵬多傑句。工夫刮造化，音節配韶護。"——岑參之所以贏得放翁的欽仰和拜伏主要在此。放翁還在一條小注中特別說明："公詩多從戎西邊時所作。"按，岑參"從戎西邊"的詩約有七八十首，這些詩歌集中透出氣無玉關，慷慨橫槊的豪偉格調。所謂"零落才百篇，崔嵬多傑句。工夫刮造化，音節配韶護"。也正是從這一層原因出發，四百年後的陸放翁會發出"誦公天山篇，流涕思一遇"的哨嘆，認他作千古知音。岑詩大氣磅礴，雄視盛唐，放翁擊節嘆賞之餘，心往神馳，他的不少抒寫情懷氣志的詩篇刻意模仿岑參，如《大雪歌》之於岑參《白雪歌送武判官歸京》、《大將出師歌》之於岑參的《走馬川行奉送出師西征》等（其中"將軍北伐辭前殿"正脫胎於岑詩之"漢家大將西出師"）。又常為人引用的陸游"莫作世間兒女態，明年萬里駐安西"也是明顯源出岑詩"一身從遠使，萬里向安西"。其他《龍挂》、《大風登城》、《和范舍人永康青城道中作》等詩也有岑詩風格。陸游好友周必大曾稱頌陸詩"高處不減曹思王、李太白，其下猶伯仲岑參、劉禹錫"（《與陸務觀書》）是有一定識力的。——陸游抒發襟袍感懷的詩又往往有劉禹錫的風味。劉禹錫渴愛秋光秋聲秋色，《始聞秋風》有著名詩句："馬思邊草卷毛動，雕眄青雲睡眼開。天地肅清堪四望，為君扶病上高台。"《秋詞二首》又云："自古逢秋悲寂寞，我言秋日勝春朝。晴空一鶴排雲上，便引詩情到碧霄。"放翁《秋聲》："人言悲秋難為情，我喜枕上聞秋聲。快鷹下韝爪嘴健，壯士撫劍精神生……"正是追慕劉禹錫這一種豪逸的精神狀態，並且在句式上也有明顯的模擬痕跡。

　　平淡清遠蕭散閒適的一路詩人中陶潛自然是第一塊牌子了。他在中國詩歌史上似乎便是寫這一類詩的開山祖師，素有"隱逸詩人之宗"之稱。陸游自稱十三、四歲時便耽溺陶詩，"欣然會心"（《跋淵明集》）。他的《讀陶詩》云："我詩慕淵明，恨不造其微。"不僅耽讀陶詩，而且還有意學起陶潛隱逸閒適的生活方式。《小園》有句道："臥讀陶詩未終卷，又乘微雨去鋤瓜"。陸游晚年中刻意學陶的俯拾即是，蔚成大宗。陸游對王維、韋應物，也十分推賞，他有《小舟過吉澤傚王右丞》詩便是明言學的王右丞體；他在一首叫《題廬陵蕭彥毓秀才詩卷後》的小詩中又嘆惜"蘇州（韋應物）死後風流絕，"可見他對平淡清遠、蕭散閒適一路詩人的向嚮和傾倒。上詩還說："詩句雄豪易取名，爾來閒澹獨蕭卿"，隱隱有揚舉閒澹而貶抑雄豪之意。我們讀讀他的一些五言如《晨起》、《幽居》、《統分稻晚歸》、《東西家》、《夜出偏門還三山》等正是一派陶、王、韋的風格氣象。

　　不過，這一路詩人中最令陸游嘆服仰止的則是梅堯臣。他在《梅聖俞別集序》對梅詩推崇備至，《宣城李虞部詩序》又稱："詩歌復古，梅宛陵獨擅其宗。"有意思的是陸游在《讀宛陵先生詩》中又將梅堯臣與李杜掛在一起："李杜不復作，梅公眞壯哉。"——在放翁思想裡應該是指：唐代詩中李杜名後即是岑參；宋代詩人中與李杜可抗衡和匹敵的只有梅堯臣。他稱讚梅詩"平生解牛手，餘刄獨恢恢"（《讀宛陵先生詩》），又比喻為"趙璧連城價，隋珠照乘明"（《書宛陵集後》）。他自稱效梅堯臣詩體的更多：《劍南詩稿》第一卷便有《寄酬曾學士學宛陵先生體》、《過林黃中食柑子有感學宛陵先生體》，一直到他晚年詩還有不少"學宛陵先生體"的，如《春社日效宛陵先生體》，《假山擬宛陵先生體》等等，可見陸游學梅堯臣幾乎學了一生，或者說一生中對梅堯臣的崇拜態度沒有改變過、動搖過。

　　梅堯臣的詩風儘管早年與晚年有所不同，但平淡清遠始終是他的審美追求與詩風特徵。他自稱："作詩無古今，唯造平淡難"（《讀邵不疑學士詩卷》），陸游的田園閒適詩主要學的便是梅詩的這一層風格特色。如《初夏行平水道中》

> 老去人家樂事稀，一年容易又春歸。
> 市橋壓擔蕈絲滑，村店堆盤豆莢肥。
> 傍水風林鶯語語，滿園煙草蝶飛飛。
> 郊行已覺侵微暑，小立桐陰換夾衣。

如《小舟遊西涇渡西江而歸》：

> 小雨重三後，　　餘寒百五前。
> 聊垂瓜蔓水，　　閒泛木蘭船。
> 雪暗梨千樹，　　烟迷柳一川。
> 西崗夕陽路，　　不到又經年。

又如《夢中作遊山絕句》：

> 霜風吹帽江村路，小寒迢迢委彎行。
>
> 忽到雲山幽絕處，穿林啼鳥不知名。

過去我們對這一類詩注意不夠，很少引用，此類風格的詩隨手還可以指出一串。——他晚年的詩大抵風格平淡，而且他還屢屢點出這種平淡："詩如水淡功差進"（《秋懷》）、"無意詩方近平淡"（《幽興》）、"小詩閑讀如秋水"（《嘉定己巳立秋得膈上疾近寒露乃小愈》）。值得注意的是他的心事也平淡了下來，《看梅》："梅花樹下黃茆丘，古人尚能愛花不？月淡烟深橫牧笛，死生常事不須愁。"

　　陸游詩還有一個更重要的特色：白話化傾向。前人一般都將這種傾向歸源於元白（主要是白居易）的影響，儘管放翁本人矢口否認。他幾乎從未在公開文字中肯定過白居易，相反在《示子遹》、《宋都曹屢寄詩且督和答作此示之》等詩中將白居易貶責得很兇。明人幾乎是一致咬定陸與白的詩風聯繫：李東陽《懷麓堂詩話》："陸務觀學白樂天，更覺直率。"謝榛、胡應麟、袁宗道等人都有類似的議論。清人袁枚、李重華等也將陸與白聯繫在一起，袁枚《隨園詩話》稱："學元白放翁者其弊常失於淺。"李重華《貞一齋詩說》："南宋陸放翁，堪與香山踵武，益開淺直路徑，"且指為"流滑淺易居多，筆力去少陵輩絕遠。"——他們這些人的着眼點都落在陸與白的白話化傾向上，且多帶有極明顯的貶意。但也有人肯定白居易、陸游的這個傾向，最著名的便是清末劉熙載。他說："詩能於易處見工便覺親切有味，白香山、陸放翁擅場在此"，又說："放翁詩明白如話，然淺中有深，

平中有奇，故足令人咀味"（《藝概・詩概》）。近人胡適也對
陸放翁的白話體詩十分讚賞，以爲他那個時代白話詩的光榮歷史
傳統之一（見《歷史的文學觀念論》），並進一步指出是"不知
不覺的自然出產品，並非有意的主張。"——陸游嘴上從來不曾
主張創作明白如話、接近口語的白話詩。

　　另外，亦還有一些人將陸詩與北宋蘇軾的詩掛鈎的，如王世
貞《藝苑巵言》："南渡以後，陸務觀頗近蘇氏而粗，"並又將
白居易、蘇軾和陸游串聯在一起，統稱爲詩道正宗之外的"廣大
敎化主"。清人汪琬《讀宋人詩》、宋犖《漫堂說詩》也有類近
的說法。——這也還可看出陸游師承範圍之寬，汲取營養之廣，
陶、王、李、杜、岑、韋、劉、梅、蘇，還有下文要提及的許渾
等。陸游正因爲如此才能融合衆體，自闢一宗，才能自稱是"詩
緣獨學不名家"（《南堂雜興》）。這個"不名家"的特徵便是
"深山大澤，包含者多"。紀昀《四庫全書總目提要》稱陸游詩
"清新刻露，而出以圓潤"似乎沒能囊括陸詩的全面風格表現。
也許也正由此，後人對陸詩才會有見仁見智的許多分歧，有的頌
之爲忠憤烈士，有的視之爲名士淸客，有的喻之爲謫仙之後，有
的列之爲少陵配饗——隨着時代審美風尙和意識形態的變化而轉
換，又隨著評判者個人心態抑揚和身世經驗之不同而分立。我們
對於陸游硏究中的這種狀況應有充分的認識和淸醒的理解。

　　最後來談談陸游的詩歌理論和批評意識。陸游是南宋詩歌存
世數量最多的大詩人，但却沒有留下一部放翁詩話之類的理論批
評著作，這本身似乎說明陸游對理論批評是不很重視的。《老學
菴筆記》裡固然也有一些漫不經心的詩歌批評類文字，但由於筆

記形式和內容的局限，理論成份稀薄。然而我們却不可認爲放翁
無意於理論批評，沒有自己的詩學見解。他的許多序跋、書札、
墓志都討論到詩歌問題，有許多值得重視的意見。他自己也說過
平日留心於詩道的話，比如他在《何君墓表》中發表了一大通詩
道的見解後說："予固不足爲知此道者，亦致其意久矣。"就是
說他平昔是十分留意於詩道的，只是謙虛而不肯自稱是行家而已。

　　總觀放翁有關詩歌理論的見解大致有三個方面很可注意，因
爲都與他的創作實踐有些關聯。一、正統而變通的儒派詩教；二、
現實主義的批評理論；三、植根生活的創作方向。

　　陸游在文學觀上首先是尊仰儒家傳統的"有德者必有言"的
信條，他在《上辛給事書》中明白強調："君子之有文也，如日
月之明、金石之聲、江海之濤瀾、虎豹之炳蔚，必有是實，乃有
是文。夫心之所養，發而爲言，言之所發，比而成文。人之邪正，
至觀其文則盡矣決矣，不可復隱矣。爝火不能爲日月之明，瓦釜
不能爲金石之聲，潢汙不能爲江海之濤瀾，犬羊不能爲虎豹之炳
蔚。而或謂庸人能以浮文眩世，烏有此理也哉！"他在此信中斷
然表示："天下豈有器識卑陋而文詞超然者哉，"並明確表白擁
護各級官員以皋陶之謨、周公之語、《淸廟》、《生民》之詩啓
迪人主而師表學者。但是時代不同，世情變異，誦《淸廟》
《生民》仰體聖心，俯化萬衆已不是詩教的唯一樣式，更不是詩
人唯一任務，尤其是處在國家動亂、生民不幸的政治形勢下，詩
人個人遭際境遇不變，其創作任務便變而爲用自己的歌聲喚醒聖
主，激勵民衆共赴國難。詩人往往是時代的先覺，他的詩往往是

時代的號角。詩人的心靈最爲敏感，往往更早地意識到歷史的重任和形勢的需要。陸游自己正是處於這樣一種時代的詩人，他將一般規律的“往往”視爲自己的“必須”、“必然”。面對山河淪陷，生靈塗炭的現實，陸游痛不欲生，悲憤積壓則噴發而爲詩。陸游很長一段時間正是以這種變通的儒派詩教嚴格要求自己的創作，只是這條路屢屢碰壁，直到最後傷心地割愛放棄。

　　陸游對詩歌創作的最要緊一條認識便是悲憤出詩。他在《談齋居士詩序》中說：“蓋人之情，悲憤積於中而無言，始發爲詩。不然無詩矣。蘇武、李陵、陶潛、謝靈運、杜甫、李白激於不能自已，故其詩爲百代法……蓋詩之興本如是。”《感興》一詩裡他又強調了這種見解：“離堆太史公，靑蓮老先生。悲鳴伏櫪驥，蹭蹬失水鯨。飽以五車讀，勞以萬里行。險艱外備嘗，憤鬱中不平……感慨發奇節，涵養出正聲。”這一層論旨最突出的一個範例便是杜甫（“蹭蹬失水鯨”即指杜甫）。《東屯高齋記》云：“少陵，天下士也……蓋嘗慨然以稷、契自許。及落魄巴蜀，感記昭烈、諸葛丞相之事，屢見於詩。頓挫悲壯，反覆動人，其規模志意豈小哉？”這裡突出強調了杜甫的身世感遇與詩歌美學的內在關係，杜甫的成功便在悲憤鬱積、命運落魄的強大外因的刺激。陸游自視老杜爲千古知音，“少陵非區區於仕進者，不勝愛君憂國之心。思少出所學佐天子，與貞觀、開元之治，而身愈老命愈大謬，坎壈且死，則其悲至此，亦無足怪也。”這一段話迹近夫子自道。陸游不區區以詩人自命，他爲一腔愛君憂國之心受

到漠視和廢棄感到莫大悲憤。他的大量現實主義的愛國詩篇正是
這種理論意識和心理機制的產物。悲憤出詩的理論淵源一直可追
溯到西漢的司馬遷（“離堆太史公”），這一脈理論指導下的作
品在我國三千年的文學長河中一直是一股可觀的主流，在各個歷
史時代起着積極進步的感召作用。

　　這個詩歌見解有一層很重要的理論內容，就是詩歌須有用於
時，有補於世，不在炫人奪目，擺花架子，作詩決不是玩弄形式，
顯示技巧，不應把精力才華投向到做一個詩匠的死胡同裡去。宋
范晞文《對床夜語》有一則記錄了放翁的一段言論，很可重視：
“或問放翁：‘李賀樂府極今古之工，巨眼或未許之，何也？’
翁云：‘賀詞如百家錦衲，五色炫耀，光奪眼目，使人不敢熟視。
求其補於用，無有也。’”這一節話說得非常明白，他認為李賀
詩歌只是“五色炫耀，光奪眼目”，却無補世用。所謂“百家錦
衲”正是前面曾提及的“文章最忌百家衣”的“百家衣”。原詩
云：“文章最忌百家衣，火龍黼黻世不知。誰能養氣塞天地，吐
出自足成虹霓。”陸游這裡提出的“養氣”，固可追源到孟子
“吾自養吾浩然之氣”的儒家聖訓，但又未嘗不可與唐韓愈不平則
鳴、氣盛詞宜的觀念掛起鈎來。行之乎仁義之途，游之乎詩書之
源是養氣之體；積鬱憤於胸臆，吐酣漓於詞章則是養氣之用。目
的便將自己心中之情志思欲噴瀉而出，並且一無阻遏──這是自
然而美的最佳表達形式，實際上也是他反對詩歌創作上形形色色
形式主義的基點。

　　關於反形式主義，陸游言論甚多，最集中而又反覆詆擊的便

是藻繪、組綉、雕琢、鍛煉這一類詩匠的技藝性要求。《何君墓表》："大抵詩欲工，而工亦非詩之極也。鍛煉之久，乃失本旨；斲削之甚，反傷正氣。"《讀近人詩》："琢雕自是文章病，奇險尤傷氣骨多。"《示桑甥十韵》也有"大巧謝雕琢"的話。"組綉"、"藻繪"前文已多言及。——他在理論上堅信："文章本天成，妙手偶得之"（《文章》），正因爲是"妙手偶得"，便可以、也應該不避瑕疵，換句話說，無所謂有瑕疵、無瑕疵，即所謂"巧拙兩無施"。故爾詩不要用心雕琢、刻意鍛煉，去孜孜求得一種形式上的圓美流轉的效果。他有兩句詩明白表示了這種觀點："區區圓美非絕倫，彈丸之評方誤人"（《答鄭虞任檢法見贈》）。這些理論無異是有積極意義的，無論是融合在儒家的意識形態裡來評判抑或是從詩藝的內在規律來考核都是站得住脚的。然而陸游自己的詩歌創作却非但不能完美地實踐自己的理論，甚而在相反的道路上走得最遠，表現得最充分、最典型。前面我們在討論他的詩歌時已見大概。

　　這裡不妨舉許渾的例子說一下。許渾是晚唐詩人，他的七律頗可稱流轉圓美，故爾影響很深遠，陸游的七律效法許渾句式很多，清人潘德輿《養一齋詩話》云："前謂劍南閑居遣興七律時仿許丁卯之流，非冤之也。"他還舉了一堆詩例，並進而斷言："（放翁）無工句而非許丁卯之流也。"我們知道陸游在言論上十分痛惡晚唐人的詩，"及觀晚唐作，令人欲焚筆"兩句詩便可看出他的嫌憎態度，而這裡的事實是陸游的大量詩句尤其是七律

正是鮑參融合了晚唐人詩才欣然動筆的。當然這種種理論與實踐
的脫節甚而背向未必是放翁主觀上的心口不一。清人陳訏十分推
崇陸游，他的《劍南詩選題詞》稱："讀放翁詩須深思其煉字煉
句、猛力鑪錘之妙；方得眞面目。"其對陸游的讚賞與宋人劉克
莊寶愛陸游的"好對偶"可謂同心——他們推揚標舉的正是放翁
生前斷斷然力排攻擊的！這又不能不說是陸放翁詩學的一個悲劇
與諷刺。

　　陸游詩論中還有一層積極的思想核心尤其應該引起我們重視，
即植根生活的創作方向。《示子遹》的最末二句"汝果欲學詩，
工夫在詩外"便是這個理論的最明白無誤的宣示。陸游寫了六十
多年詩，甘苦自知，經驗自然亦積累了不少，但最重要最根本的
一條便是植根生活，體驗生活，以活生生的生活作爲詩歌創作的
唯一源泉。他的《病中絕句》稱："詩思出門何處無？"走出書
齋，擁抱生活，隨處都貢獻詩材，隨時都湧來詩思。故他竭力反
對鑿空鏤虛，向壁苦搜式的作詩方法。他說："法不孤生自古同，
癡人乃欲鏤虛空。君詩妙處吾能識，正在山程水驛中"（《題廬
陵蕭彥毓秀才詩卷後》）。他堅認詩沒有普遍統一、亘古不變之
法，走近生活，虛心迎納，融會物我，流瀉胸襟便是作詩的不二
法門。

　　這裡陸游提出了一個"江山之助"的問題，眞山眞水，千里
驛程是啓發詩思、發揚才情的一個理想境地。詩人只有在深入生
活的體驗裡，在山川路程與人生征途的遊歷和閱歷裡跟現實的詩
境碰面，才會獲得新鮮的詩思，寫出活潑的眞正的詩歌。陸游自
己的許多好詩都是在這個指南下寫出來的，故爾這裡對這個蕭秀

才的詩歌妙處深表賞識。他的另一首詩也有兩句道："揮毫當得
江山助，不到瀟湘豈有詩？"（《予使江西時以詩投政府丐湖湘
一麾會召還不果偶讀舊稿有感》）正是同樣的機杼。據《廣西通
志》卷二百二十四載，桂林石刻陸游與杜思恭手札（《渭南文集》
未收）有言："大抵此業（作詩）在道途則愈工……願舟楫鞍馬
間加意勿輟，他日絕塵邁往之作必得之此時爲多。"更是砥礪自
勉之餘又誨人以善，助人成美了。這裡我們不由得想起楊萬里的
同樣意思的詩句："閉門覓句非詩法，只是征行自有詩"（《望
金華山》）。誠齋之"詩變"主要關鍵在此，放翁之詩法其主要
經驗在斯歟？

范成大詩歌主題瑣議

范成大，世以田園詩人稱，南宋以後就不斷有人將他的名字與陶淵明掛在一起，"范石湖"對"陶彭澤"，不僅字面工妙，而且內涵也十分穩帖。他最著名的代表作便要算《四時田園雜興》了，這套由六十首七絕組成的系列詩奠定他在中國詩歌史上地位的同時也給他的詩歌的主題貼上了一片定性的標籤。《紅樓夢》第十七回賈寶玉"大觀園試才題對額"，衆人隨賈政來到後來命名爲"稻香村"的地方，面對泥牆茅椽，青籬菜畦，桑楡槿柘，桔槔轆轤，賈政的清客首先便想到"非范石湖田家之詠不足以盡其妙"。這些附風弄雅的清客一看見農家田園風光馬上便機械地聯繫起"范石湖田家之詠"，與其說是范成大田園詩影響廣遠，不如說曹雪芹時代范成大詩歌主題的定性標籤仍然得到社會一致的認可。

說到主題，其實范成大的詩歌中除《四時田園雜興》以及稍前一點的《初夏三絕》、《梅雨五絕》、《芒種後積雨驟冷三絕》、稍後一點的《臘月村田樂府》等組詩外，標準的"田家之詠"並不多，《田舍》、《田家留客行》、《雨後田舍書事》、《上沙田舍》、《檢校石湖新田》、《樂神曲》、《繰絲行》、《刈麥行》等不過七八首，加上《勞畬耕》、前後《催租行》、《插秧》、《科桑》等幾首小詩也不過十來首，在《石湖居士詩集》的近二千首詩中可以說是聶爾一叢，數量上微不足道。事實上兩宋士大夫知識份子詩歌中出現的所有主題范成大幾乎都認眞寫過，他的這個"田園詩人"的稱號顯然不是從專業創作方向或者說作品數量比例上得來的，這裡我們還須從他的田園詩的獨特之處來做一番檢討。

早在五十年代前輩學者已有了一個結論：范成大的田園詩是以盛唐的優悠閒適、近乎逍遙塵外的"田園"與中晚唐的諷諭譏刺、甚而抗議抨擊式的"田家"兩結合的樣式。扣其源可以追溯到《詩經·豳風·七月》，"大雅久不作"，故爾難能可貴，比陶淵明還要高出一籌。兩結合的前者以王維、儲光羲爲代表，後者則代表人物甚衆：戴叔倫、張碧、王建、張籍、柳宗元、姚合、元稹，一直到于濆，聶夷中、杜荀鶴，甚至韋應物、杜牧的某些詩篇都可以拉進來當代表。——風日恬幽、氣象旖旎的"田園"（士大夫知識份子躲在半邊袖手旁觀的雞犬牛羊，桑蔴豆麥）開始有了泥土和血汗的氣息；而諷刺暴露，爲民請命的"田家"（中唐以來爲老百姓大膽說話形成風氣後的揭發材料和調查報告）有了明淨流美的背景和氛圍，一洗過去那種拙直、粗率、蓬頭垢面的氣色。即是說田園詩在范成大的手裡擴大了境界，充實了內容，增添了美色，獲得了新鮮的生命。這個結論大抵是不錯的，但似乎還需作一些小小的箋疏。

很長一段時間以來，我們把握着一種認識：盛唐的"田園"詩裡幾乎看不見地保公差這一類統治階級的走狗以及他們所依恃的剝削與壓迫農民的制度的痕跡，渾一派恬靜閒適、樂天知命的氣象。而中晚唐開始延及北宋而不衰的"田家"詩，雖是走狗成群却不復有田園自然風色之佳美，粗乏枯索，久之令人生厭。——

我們讚賞范成大的田園詩正是以這種認識爲前提的。以王維、儲光羲爲代表的田園詩裡似乎是沒發現有地保公差一類爪牙走狗的影子，但我們先不忙指責。他兩個都是盛唐人物、開元進士，貞觀至開元的一百多年間，雖然中央政治上出現過一些混亂，但整個封建經濟却在穩定發展，這個勢頭到開元二十幾年達到了頂峯，故有"開元盛世"之稱。老杜"憶昔開元全盛曰"那一段著名的詩句顯然不會瞎說。即便到了安史之亂前的天寶十四載唐帝國的經濟實力仍是很堅厚的（當時人口已達半個億），均田制、租庸調等農村基本法規在執行上還沒有明顯的偏差。走狗即便有，似乎也不可能張牙舞爪、過於苛厲。安史亂後王維、儲光羲一個蟄居長安、一個貶死嶺南，似乎都沒有再寫田園詩。故爾他們的詩裡沒有走狗的影子不足爲怪，一來走狗根本沒有多少活動餘地，走狗的行跡在當時的農村生活畫卷裡不佔明顯位置；二來盛唐詩人或也有堅持"寫主流"的習慣，無意於"暴露文學"。

到了中晚唐，初盛時建立起的農村制度破壞殆盡，走狗們作威作福的好日子也來了。戴叔倫《女耕田行》、韋應物《觀田家》、張碧《農父》、王建《田家行》、張籍《山農詞》、柳宗元《田家》、姚合《莊居野行》、元稹《田家詞》、杜牧《題村舍》、于濆《苦辛吟》、聶夷中《田家》、《詠田家》、唐彥謙《宿田家、杜荀鶴《山中寡婦》等詩中到處狗影幢幢，民不聊生之景觸目可見。北宋農村經濟雖比中晚唐要好一些，但狗狼成群的基本社會現象沒有改變。這在許多名人的詩裏都有反映，如梅堯臣《田家》、《田家語》、《汝墳貧女》、王安石《河北民》、王令《餓者行》、蘇軾《吳中田婦歌》、文與可≪織婦怨≫、秦觀

《田居》、劉攽《江南田家》、張舜民《打麥》、陳師道《田家》等。南宋初，這類詩歌被懷國恥、禦強虜的憤激或哀怨之音淹沒（民族矛盾超過了階級矛盾））只有楊萬里的農村田園詩裡偶有一些零星的影跡，如《憫農》、《農家嘆》（陸游也有一首題旨類同的《農家嘆》）、《旱後郴寇又作》等。范成大的前後《催租行》便是接續這一脈的著名詩篇，如《催租行》：

> 輸租得鈔官更催，踉蹡里正敲門來。
> 手持文書雜嗔喜：“我亦來營醉歸耳”。
> 床頭慳囊大如拳，撲破正有三百錢：
> “不堪供君成一醉，聊復償君草鞋費”。

——幾乎是一篇微型小說或舞台影視小品，“狗”的嘴臉勾畫得維妙維肖。《後催租行》則更集中更典型，老農陸續賣去三個女兒應付次第三年的催租，雖有點刻意“創作”的味道，但讀來仍叫人心酸。《勞畬耕》更值得一提，詩人憤慨地斥責狗類的惡行和稻農的悲辛：

> 不辭春養禾，　　　但畏秋輸官。
> 奸吏大雀鼠，　　　盜骨眾螟蠐。
> 掠剩增釜區，　　　取盈折緡錢。
> 兩鍾致一斛，　　　未免催租瘢。
> 重以私債迫，　　　逃屋無炊煙。
> 晶晶云子飯，　　　生世不下咽。

　　食者定游手，　　種者長流涎！

可以感覺到詩人寫這些詩句時心裡是窩着一腔火的，感情傾向十
分淸楚。范成大作爲統治階級高層官僚的一員，懷着詩人神聖的
使命和藝術的良心，不以個人身分地位遭際爲參照寫出如此力透
紙背的詩句確實難能可貴。
　　有人說范成大詩沒有寫出封建社會中被剝削的農民對統治階
級進行的鬥爭。筆者以爲前後《催租行》、《勞畲耕》等詩已經
藝術而又十分深刻地暴露了地主階級及其政治經濟制度的罪惡，
令人恚忿幾至扼腕。如果范成大詩裡的農民像我們的新編樣板戲
裡的楊白勞那樣掄起扁擔大打前來催租逼債的公差狗腿子，不僅
詩歌的美學效果破壞殆盡，作爲悲劇本質意義的革命內涵也顯得
淺薄而滑稽了。范成大《次韵汪仲嘉尙書喜雨》中有二句詩：
"但得田間無嘆息，何須地上見錢流"，或可看作他的官箴。詩人
淳正的胸懷畢竟停留在人道主義、愛及黎元的層次上，故爾農家
的日子稍稍寬鬆，衣食粗足的前景有盼頭時，詩人忍不住還要歌
唱一番"農家樂"。正像北宋的"田家"詩不全是憫農罵狗一樣，
范成大的"田家之詠"也有許多如王禹偁的《畲田調》、歐陽修的
《田家》、張耒的《田家》一樣是吟唱"農家樂"的。（其中粉
飾現實的思想內容我們看起來可能很彆扭）當然這個"樂"的主
要含意在樂天知命上，不是快樂得忘乎所以的意思。如"樂哉今
歲事，天末稻雲黃"（《田舍》），"老翁翻香笑且言，今年田
家勝去年"（《樂神曲》），"誰知細細靑靑草，中有豐年擊壤
聲"（《插秧》），等。《上沙田舍》更寫出田家收穫季節的細

微心理：

> 更無雲物起微陰，壠畝人家各好音。
> 歲晚陽和歸稻把，夜來霜刀到楓林。
> 兒童笑裡豐年面，烏鳥聲中落日心。
> 釀秫炊秔都入手，膝拚腰脚辦登臨。

——"樂哉"、"好音"、"笑裡豐年面"，已經很說明問題了。
其他《臘月村田樂府》、《夔州竹枝歌》、《刈麥行》、《雨後
田舍書事》等詩也都寫出了"狗"不在時田園的實景和農家的心
態，《顏橋道中》、《上沙舍舟》等行旅紀行詩中匆匆過往間詩
人也無意而眞實地描繪過近似的畫面，即便是嚴厲抨擊走狗惡行
的《勞畬耕》，內裡亦有偏僻山區的峽農"官輸甚微"、"未嘗
苦飢"、"捫腹常果然"的字句，我們能據此指責詩人"藝術"
不眞實，"思想"不徹底麼？范成大這種對田家的認識態度在
《四時田園雜興》這一代表作品中表現得尤爲充分、尤爲集中。
　　《四時田園雜興》六十首寫於淳熙十三年即一一八六年，這
年他六十週歲，已退居石湖四年。細讀《四時田園雜興》，發現
有"狗"的踪跡的只有五首："小婦連宵上絹機"、"采菱辛苦
廢犁鉏"、"垂成穡事苦艱難"、"租船滿載候開倉"、"黃紙
蠲租白紙催"。其中"黃紙"一首完全是《催租行》的翻版，詩
裡"皀衣"與《催租行》裡的"里正"打秋風的口氣也十分相似。
"租船"與"小婦"固然剝削嚴重，但似乎還有所剩餘："尚贏
糠麧飽兒郎"、"留得黃絲織夏衣"。"糠麧"、"黃絲"質量

雖差，應可粗敷衣食。最見賦稅制度罪惡的只有"垂成"、"采菱"兩首：

> 垂成穡事苦艱難，忌雨嫌風更怯寒。
> 賤訴天公休掠剩，半償私債半輸官。

> 采菱辛苦廢犁鋤，血指流丹鬼質枯。
> 無力買田聊種水，近來湖面亦收租！

一是"穡事垂成"，預算下來幾乎顆粒無剩；一是苛捐雜稅逼迫人無處可活。確是淋漓盡致。然而我們又不能不看到范成大筆下還有大量"農家樂"正面描寫的篇章："二麥俱秋斗百錢"、"新筑場泥鏡面平"說有糧吃；"百沸繰湯雪湧波"、"村巷冬年見俗情"說有衣穿；"菽粟瓶罌貯滿家"說有酒喝；"煮酒春前臘後蒸"說的是田家有好酒而城裏人喝不到；"撥雪挑來踏地松"說城裡人吃不到新鮮菜蔬；"炙背檐前日似烘"嘲笑做官的人太忙太苦太可憐；"中秋全景屬潛夫"則月亮還是田家的圓，月光也是田家的清；"槐葉初勻日氣涼"椰榆當官不如山居快活逍遙；"高田二麥接山青"、"寒食花枝插滿頭"說農家逢年遇節載歌踏舞，出外旅遊；"社下燒錢鼓似雷"、"雨後山家起較遲"描繪的是田園的閒情逸趣；"朱門巧夕沸歡聲"、"屋上添高一把茅"則稱頌農家的知足常樂……《四時田園雜興》還有不少描繪田園風物的篇章："土膏欲動雨頻催"、"湖蓮舊蕩藕新翻"、"蝴蝶雙雙入菜花"、"三旬蠶忌閉門中"、"梅子金黃杏子肥"、"千頃芙蕖放棹歸"等等，一派恬靜幽美的農村風光，透出人情

之敦厚，田園之可愛。這樣的"田園"哪能不誘人退居林下、歸
入江湖？難怪賈政看到被清客們稱之爲"非范石湖田家之詠不足
以盡其妙"的"田園"時也忍不住要說："入目動心，未免勾引
起我歸農之意"。事實上"范石湖田家之詠"確是托出了詩人稱
美歸隱的衷曲。——范成大很大一個多數的田園詩都是環繞着歸
隱這個當時最流行的主題的，詩又寫得那麼認眞，那麼工細，那
麼精妙，那麼有神，正是反映了他對這個主題的關心之深重。

　　讚頌山水林泉，稱美江湖隱居是南宋詩歌的一個重要主題，
幾乎所有有點名氣的詩人都吟唱過。有的學者稱之爲"流行病"，
也不算錯。傳染上這個"流行病"的詩人大致有兩類：一類是
當了官甚而比較大的官的，他們往往感憤於官場黑暗齷齪和仕途
風波險惡而眞心想歸隱。國運日蹙的形勢下，當了官的特權也很
有限，而犯了"錯誤"時，處理却往往雷厲風行。北宋遺留下來
的"優待知識份子幹部政策"雖餘溫尚存，但由於朝中權力傾軋
文武百官大換班屢有發生，再高的官員都難免有榮枯無常、朝不
慮夕的感覺。另一類則是江湖寒士，布衣騷客。他們先是發了奮
還當不上官，罵了一通葡萄酸之後索性死了仕進的心。——范成
大屬於前者。他官運很不錯，這得歸因於他在外交戰線上或者說
對敵鬥爭中贏得的聲譽。孝宗乾道六年（公元一一七〇）他以起
居郎假"資政殿大學士"身分擔任"祈請國信使"赴金國辦外交
（主要任務是請求金國歸還河南的陵寢）。這次出使可說是"不
辱君命"，贏得了兩國朝野的一致讚賞，出足了風頭。這點政治
資本使他後來官運亨通，不僅能在好幾處大州府擔任第一把手，
而且一度還當上了朝廷中樞的"參知政事"，相當於副宰相。他

的歸隱（實際上是提早退休）除了頭腦裡釋道思想時時佔了上風
之外，常年病疾纏身也是一個很重要原因，後者似乎更直接地使
他對身外之事感到厭倦，處於情緒低落的狀態。他好幾次申明若
不是爲了衣食開銷他早就不當官了，他有一首爲自己解嘲的詩，
借蚊子發感慨：“小蟲與我同憂患，口腹驅來敢倦飛”（《次韵
溫伯苦蚊》）。他好幾次看見逍遙遺世的垂釣者禁不住對自己奔
走仕途的愁容倦狀生起反思，比如《暮春上塘道中》：“明朝遮
日長安道，慚愧江湖釣手閒”。又如《再渡胥口》：“罾戶釣徒
來問訊，去年盟在肯重尋”？再如《鄂州南樓》：“却笑鱸鄉垂
釣手，武昌魚好便淹留”。他十分欽慕晉張翰因秋風起思吳中鱸
膾、蒓羹而棄官歸鄉的氣格，范也是吳中人氏，自稱“鱸鄉垂釣
手”，故當他從成都任回歸故里吳中時便吟出了：“不須更說桑
榆晚，霜後鱸魚也自肥”的詩句。可是不久他便又進京當官了。
“長年畏簡書，今夕念簑笠”（《鄱陽湖》），“江湖處處無窮
景，半世紅塵老歲華”（《七月二日上沙夜泛》）等詩句反映了
他在這個問題上確實是有矛盾痛苦的。他自嘲做官奔仕爲“黃粱
夢”，也是緣由於同樣的心曲：“困來亦作黃粱夢，不夢封侯夢
石湖”（《邯鄲道》），“黃粱飯裡夢魂醒，青簑笠前身世閒”
（《次韵蜀客西歸者，來過石湖並寄成都舊僚》）。

　　歸來田裡，遁跡石湖，脫去烏紗帽戴上青簑笠後，其實他也
並不“閒”，從《刈麥行》（“梅花開時我種麥……朝出移秧夜
食麨”）、《檢校石湖新田》（“今朝南野試開荒……從今拚却
半年忙”）等詩來看他與陶淵明一樣是親自參加農業生產勞動的。
——他政治地位高，經濟上也相當寬裕，當然談不上自食其力的

問題。事實上他是在吳中山水佳勝處的石湖別墅過着宦顯者悠遊
舒適的生活，他的大量閒逸歸隱詩也是這時寫出的——"靑篛
笠前身世閒"指的是贏得了對自己餘生的支配權，即有所謂"獨
立自主"的意識。然而這種積極意義的自主意識很快演變爲消極
無爲思想（主要表現爲逃避人生責任的念頭），他靈魂深處的人
生觀到這時乃暴露得十分徹底。隨便可以找出一堆例子：

> 閒裡方知得此生，痴人身外更經營。
> ——《題南塘客舍》
> 受用切身如此爾，莫於身外更乾忙。
> ——《園林》
> 一心定後冥欣厭，四大安時適慘舒。
> ——《老態》
> 若將外物關舒慘，直恐中塗混主賓。
> ——《再題白傅詩》
> 君看汗簡沉碑者，隨水隨風幾窖塵。
> ——《偶書》

這裡明顯可以看見釋老的影子在閃爍，不妨再舉一例："憂渴焦
山業海深，貪渠刀蜜坐成禽"（《雪中聞牆外鬻魚菜者求售之聲
甚苦有感三絕》之二）。意思與前幾例相彷彿，却直用了釋老的
語彙。釋老的誘惑、病疾的牖纏使他"心事如灰入壯懷"（《夜
雨焉），"但思禪板與蒲團"（《西樓夜坐》），從厭倦世事發
展到了看穿世事。

最有名的代表詩作要算《重九日營壽藏之地》了。

家山隨處可行楸，荷鍤携壺似醉劉。
縱有千年鐵門限，終須一個土饅頭。
三輪世界猶灰劫，四大形骸強首丘。
螻蟻鳥鳶何厚薄，臨風拊掌菊花秋。

齊生死、等彭夭、三輪世界、四大形骸都看穿了，還是學學那位
出門總是載酒荷鍤（背著鐵鍬）的劉伶吧！走到哪裏，醉到哪裏，
一朝醉死，即行埋葬（背著鐵鍬就是爲了自掘墳墓）。“荷鍤携
壺”是南宋看穿派們最愛用的典故，最覺時髦的宣言。（譬如劉
克莊《長相思·餞別》“勸一杯，復一杯，短鍤相隨死便埋。”）
——“縱有千年鐵門限，終須一個土饅頭”一聯竟有幸被曹雪芹看
中，安排在《紅樓》妙玉的嘴裏吐出，實在很有意思。妙玉的原
話是：“古人中自漢晉五代唐宋以來，皆無好詩，只有兩句好，
道是‘縱有千年鐵門檻，終須一個土饅頭’”（六十三回）。注意她
一筆抹殺了漢晉至唐宋的全部詩歌，“只有兩句好”。我們雖不
敢斷定妙玉的話是否反映了曹雪芹本人的審美見解和哲學認識，
但貫穿於《紅樓》一書中曹雪芹的許多看穿派思想言論恐怕不能
說與范成大這兩句詩的精神境界無關。“鐵門限”，“土饅頭”
兩個詞雖源出唐僧王梵志，但不能剝奪范成大這一聯詩的專利——
《紅樓》裏“鐵檻寺”，“饅頭庵”的杜撰顯然也是這一聯詩派
生——范成大這一聯詩不僅於研究范成大本人進退出處的思想基礎
關係重大，而且在文學哲學上對於後世的精神影響也不可低估。

順便提一下，范成大晚年的詩裏釋典用得很多，錢鍾書先生《宋詩選註》說他也許是黃山谷以後，錢牧齋之前用釋典最多也最內行的詩人，這無疑也是與他詩裏嚴重的＂出世＂主題攸關。——歸隱的主題做多了，往往便容易做到釋老的主題上去，看穿派做久了，必然滑入宗教。

世人只是嘖嘖嘆賞他的＂田園＂却往往沒有窺探到他＂田園＂背後歸隱的機杼和釋道的業緣。——范成大＂田園＂主題實際上有廣義的內涵。

行旅紀遊也是范成大詩歌的一個重要主題，其中山川的啓興，歷史的反思，並由之生發出民族尊嚴與愛國情懷的篇章尤爲出名。這類詩歌以乾道六年范成大出使金國期間寫的七十二首七絕爲代表（《石湖居士詩集》卷十二）。這七十二首詩無疑是范成大詩歌作品中灼灼閃光的部分，它們與田園——歸隱詩面目不同，也與田園——歸隱詩派生的關懷民生疾苦 、爲民請命作喉舌（＂汝不能詩替汝吟＂）的詩面目不同，表面似沒有熱度，冷冰冰敍述著沿途所見所聞，字面雅訓，態度儼然，露出方回說的那種＂貴人之風＂，完全是以外交官的身分在觀察事物，生發感慨，思考歷史與現實。這一卷詩裏范成大的愛國情懷與民族尊嚴得到充分的表現，是我國歷史上顯示了華夏正氣的優秀文學代表作品之一。最末一首（《會同館》）很有代表性。

　　萬里孤臣致命秋，此身何止一漚浮。
　　提攜漢節同生死，休問羝羊解乳不。

儼然以蘇武自比，所謂"提攜漢節同生死"從思想上、精神上做好了捍衞祖國尊嚴而不惜犧牲的準備。《出塞路》一首也突出了"漢節"的高峨，隱以"插天垂楊"爲比附。《京城》"如許金湯尚資盜，古來李勣勝長城"，《雙廟》："大梁襟帶洪河險，誰遣神州陸地沉"，幾乎是在當面斥責坐使國土、京師淪喪的直接責任者，因爲"向來天數亦人謀"。而同時《相州》又通過一個老車伕之口表達了對愛國抗敵名將韓琦的敬愛與尊仰，《柏林院》直接訴出"胡來胡現劫灰深"，《唐山》更是指著鼻子罵"胡地鬼"了。詩云："勣唐遺德照清灣，百聖聞風不敢班，何物苦寒胡地鬼，二名猶敢廢堯山！"唐山即堯山，山下有放勛廟（堯名放勛），是紀念華夏民族領袖人物的聖地，只因重了金主之父（宗堯）之名，遂改堯山爲唐山。詩人這裏予以嚴正斥責。

　　這一卷詩裏更多表現的還是因山河易主而生發的黍離之悲，其中又以京師舊景觸目驚心者居上：

　　　　狐塚獾蹊滿路隅，行人猶作御園呼。
　　　　連昌尚有花臨砌，腸斷宜春寸草無。
　　　　　　　　　　　　——《宜春苑》
　　　　菜市橋西一水環，宮牆依舊俯清灣。
　　　　誰憐磊磊河中石，曾上君王萬歲山。
　　　　　　　　　　　　——《金水河》
　　　　松漠丹成去不歸，龍髯無復有攀時。
　　　　芳園留得觚稜在，長與都人作淚垂。
　　　　　　　　　　　　——《壺春堂》

這一類詩還可以舉出許多，其中最有名氣的當然要數《州橋》了。幾乎所有的宋詩選本與講授宋文學的都要提到它，把它作爲北方淪陷區人民渴望光復、盼求統一的強烈心聲。其實，這首詩中最要緊的兩句："忍淚失聲詢使者，幾時眞有六軍來"，是本質"眞"的理想，並非具象"眞"的現實。這樣乃更顯現出詩人愛國之心熱、恢復之心切。當時的宋金雖稱"叔侄"之國時有外交往來，但實質上仍是敵對國家。金國嚴厲控制下的北宋故都最熱鬧的大街上竟會有遺民父老大膽竄出來，"忍淚失聲"攔住南宋使者詢問："幾時你們的軍隊眞的打過來？"這似乎不可想像。我們不知道當時的金國有沒有"秘密警察"，但史書記載南宋使者來金國時照例都配備以衆多的隨行監護，場面嚴肅，氣氛相當緊張。故一般南宋的使者都十分小心，不敢惹出麻煩。韓元吉孝宗乾道九年也當過去金國的使者，他的《書<朔行日記>後》（《南澗甲乙稿》卷十六）有一節話很說明問題："異時使者率畏風埃，避嫌疑，緊閉車（使者專車）門，一語不敢接"。這樣的形勢下即便北方父老再大膽也接觸不上膽小的南宋使者。事實上范成大的《攬轡錄》（這部書幾乎就是他當年出使金國的日記）裏也不見這一典型的動人場面的記載。相反書中提到汴梁時却說"民亦久習胡俗，態度嗜好與之俱化"。——范成大出使金國上距"靖康恥"汴梁陷落已四十三年，年輕的一二代"久習胡俗，態度嗜好與之俱化"並不奇怪，當時十七八歲的人此時亦已年過花甲。這些遺老看見故國使者，大都怳有隔世之感，《攬轡錄》載言：遺黎往往垂涕嗟嘖，指使者曰："此中華佛國人也"。比范成大早一年當使者的樓鑰在他的《北行日錄》（《攻媿集》卷一百十一）也有類似的記載：" 戴白之老多嘆息掩泣，或指副使曰：" 此宣和官員也" ——街上圍觀，抹著眼淚指指點點，是可能有的，上前搭話的幾乎沒有，攔道而忍淚失聲問話則是絕對不可能的。因此相對來說《翠樓》一首情景描寫迹近實際：

> 連祍成帷迓漢官，翠樓沽酒滿城歡。
> 白頭翁媼相扶拜，" 垂老從今幾度看"。

這一對" 白頭翁媼" 自稱已圍觀過好幾回了，但似乎一回也沒上前與" 漢官" 搭過話。" 迓漢官" 的日子竟是" 翠樓枯酒滿城歡"，父老戴白們的感情似乎要被沖淡不少。——詩人" 寫真實" 時心情無疑是悲涼的，且夾有陣陣隱痛。可與對比" 幾時真有六軍來" 的則有《龍津橋》：

> 燕石扶欄玉作堆，柳塘南北抱城迴。
> 西山剩放龍津水，留待官軍飲馬來。

這一首似寫的是現在北京的地方，" 留待官家飲馬來" 是范成大自己的感會和想像，當然切合情理，隱隱有類似岳飛" 長驅渡河洛，直搗向幽燕"（《送紫岩張先生北伐》）的含義。同樣原因陸游的著名詩句：" 遺民淚盡胡塵裏，南望王師又一年"（《秋夜將曉出籬門迎涼有感》）、" 三秦父老應惆悵，不見王師出散關"（《三山杜門作歌》）等也是因抒發詩人自己的感會想像，而切合情理，他讀范成大《攬轡錄》情感激發也只停留在" 亦逢漢節解沾衣"的程度上。

　　我們再看一首《相國寺》：

　　　　傾檐缺吻護奎文，金碧浮圖暗古塵。
　　　　聞說今朝恰開寺，羊裘狼帽趁時新。

這首詩與《攬轡錄》裏說的："民亦久習胡俗，態度嗜好與之俱
化"正可印證。范成大自註云："寺中雜貨，皆胡俗所需而已"。
相國寺"開寺"做法事、做道場，廟市雜貨則展銷應時的"羊裘
狼帽"——這種現象則是范成大骨子裏最感慨轉而又最憤慨的。

　　　　嶢闕叢霄舊玉京，御床忽有牛羊鳴。
　　　　他年若作清宮使，不挽天河洗不清。
　　　　　　　　　　——《宣德樓》
　　　　長安大道走邯鄲，倚瑟佳人悵望間。
　　　　若見羶腥似今日，漢宮何用憶關山！
　　　　　　　　　　——《邯鄲驛》

這裏的"牛羊"、"羶腥"無疑都是"胡俗"的象徵，"他年若
作清宮使"專門來清除這些"羶腥"的污染，便需花費不少精神
氣力。這個"他年"當指舊京失土光復之年。——這幾首詩表
現出的范成大的民族情緒實際上是他政治態度的濃縮和昇華，是
必須予以肯定的。他的政治態度也是由來一貫的，自早年之"莫
把江山誇北客，冷煙寒水更荒涼"（《秋日二絕》），到中年的

"願挽靈旗北指，爲君直搗陰山"（《冬祠太乙》），到晚年之"別有英雄懷古意，他年擊揖誓中流"（《次韵袁起岩提刑遊金焦二山》），"胸奇百鍊當活國"，"匈奴未滅家何爲"（《吳歈一首送丘宗卿自平江移會稽》），我們時時可感到詩人閃發自心底的報國熱意，儘管這種報國熱意總是被"如之奈何"的浩嘆所沖淡和冷却。——范成大終沒有被人冠以"愛國詩人"的稱號。

　　范成大的行旅紀遊詩數量很大，從年輕時代到終老石湖各時期的詩歌裏幾乎都有。《石湖居士詩集》中除了上面說的卷十二使金瞻觀北方廣大淪陷區之外，卷十三由杭州赴桂林，卷十五至十六由桂林赴四川，卷十八至十九由成都歸吳中，卷二十遊吳中，卷二十一赴官寧波，卷二十二遊南京等則是犖犖大端，散見各卷的更多，如卷二之遊南京，卷三之遊吳中，卷七之遊浙江等。這一主題的詩不僅是范成大詩歌的重要組成部分，也是規範范詩藝術風格特徵的重要依據。其形式五七言古近體均有，比較而言，五古、五律、七律、七絕寫得比較多，也寫得好，最能代表這一類詩藝術水準與表現風格。五古如《過平望》、《新嶺》、《回黃坦》；五律如《南樓望雪》、《清明日狸渡道中》、《南台瑞應閣》；七律如《初歸石湖》、《高淳道中》、《再渡脊口》、《雪霽獨登南樓》；七絕如《金氏庵》、《碧瓦》、《自橫塘橋過黃山》、《自天平嶺過高景庵》、《拄笏亭晚望》等等都是名篇佳制，限於篇幅，稍舉二三例以示大概。《初歸石湖》：

　　　曉霧朝暾紺碧烘，橫塘西岸越城東。
　　　行人半出稻花上，宿鷺孤明菱葉中。

> 信脚自能知舊路，驚心時復認鄰翁。
> 當時手種斜橋柳，無數鳴蜩翠掃空。

風光如畫，色澤鮮明，人行畫中，動態可掬。七絕更集中地表現
出石湖詩那種獨特的美色：

> 醉墨題窗側暮鴉，蔓藤綠壁走青蛇。
> 春深有燕捎飛蝶，日暮無人掃落花。
> 　　　　　　　——《金氏菴》
> 陣陣輕寒細馬驕，竹林茅店小帘招。
> 東風已綠南溪水，更染溪南萬柳條。
> 　　　　　　　——《自橫塘橋過黃山》

清爽明淨，溫婉恬雅，嫵麗滋潤，極有風致。我們發現范成大每
當行旅出遊，他的詩清思充盈，活機跳脫，而當他一坐定在官衙，
安居樂逸，作品中馬上露出嘆老、嗟病、空虛、寂寥、孤獨的情
緒，好作品都是路上跑出來的，其"江山之助"歟？——偏偏近
八百年來竟沒有一個"評論家"稱范成大爲"山水詩人"的。
　　范成大的起居行止——進退出處不儘決定了他的詩歌主題，
而且還影響了他的詩歌風格，說到范成大的詩歌風格，古人於此
視角最多，分歧最大。有的說"溫潤"（姜夔），有的說"宏麗"
（宋濂），有的說"清遠"（王昶），有的說"高峭"（陳訏），
有的說"精工"（徐曉亭），有的說"佻巧"（王士禎），
有的說"婉秀便麗"（葉燮），有的說"滑薄少味"（李重華）

——以上各家的說法顯然均有"各照一隅"之嫌，范成大詩歌的風格本來便不是單一的。囿於題旨，筆者這裏不擬對此多說什麼話，只想發明一點：范成大詩歌的主題與他的詩歌風格一樣也是多平面、多方位的，決不是三言兩語或一片標籤貼上便可了事的——因爲標本太豐富了。

論詩人的姜白石

姜白石，一代詞宗，樂壇泰斗，這幾乎可以說是定論，《白石道人歌曲》受到後人高度的重視，其中自度曲的工尺譜、琴曲《古怨》的指法尤爲治詞曲史、音樂史者津津樂道。然而《白石道人詩集》却議者寥寥，作爲詩人的姜白石似乎尚未引起研究者的興趣。

其實，姜白石的詩在南宋當時是很負盛名的，差不多趕得上尤楊范陸的聲望。姜白石與楊萬里、范成大、尤袤、蕭德藻等著名詩人都有唱和，交往甚深。《白石道人詩集》的《自敍》說：“余識千岩於瀟湘之上，東來識誠齋、石湖，嘗試論茲事（詩），而諸公咸謂其與我合也”。《自敍》還記載姜白石“近過梁溪（無錫）見尤延之先生”，兩人探討詩歌又引出一段有名的議論，可見姜白石不僅詩做得好，而且還有一套理論，這套理論又與楊萬里、范成大、蕭德藻、尤袤等十分契合。這幾個人往來詩文，標榜旨趣，大有開風氣之先的味道。按，世稱姜白石學詩於蕭德藻，但實際却應算作是蕭德藻的朋友。同時人周密《齊東野語》載：“復州蕭公，世所謂千岩先生者，也以爲四十年作詩始得此友”，可見蕭德藻本人是將姜白石看作詩友的。楊萬里有一首叫《進退格贈張功甫姜堯章》的詩，其中有一句道：“更差白石做先鋒”，熱情地肯定了姜在詩界一馬當先，衝鋒陷陣的地位。先秦時的荀卿便有名言：“藝之至者，不能兩而工”，姜白石不僅詞曲驚動一世，他的詩也臻時流之上品，他的詩歌理論更是自成格局，影響巨大，透出當時詩壇風氣轉變之迹，而作爲詩人的姜白石，難能可貴的是他的理論與創作是統一而完整的。

　　姜白石論詩有一句十分著名的話：

> 　余之詩，余之詩耳。窮居而野處，用是陶寫寂寞則可，必欲其步武作者，以釣能詩聲，不惟不可，亦不敢。
>
> 　　　　　　　　　　　　　　　　——《自敍》

話說得十分清楚，姜白石是提倡"寫自己"的，所謂"陶寫寂寞"正是寫他自己的愁緒鬱悶，當然有時也寫他的清曠豁達，總之是他心靈的摹寫和抒展。基於這一點，他絕不肯"步武作者"，亦步亦趨，所謂"不惟不可，亦不敢"，道理正在這裏。詩貴天籟自鳴，發抒志意，"人異輯，故所出亦異"，詩人禀於天者：氣格、胸襟、目力、境界不同，他們的作品豈會一樣？又豈能一樣？後人對姜詩的認識和評價最關鍵的一點也正是他的自出機杼、自得其妙。同時代的《藏一語腴》云：姜堯章奇聲逸響，多天然，自成一家，不隨近體"。清王士禎《帶經堂詩話》云："《白石集》予鈔之近百首，蓋能參活句者。白石，詞家大宗，其於詩亦能深造自得……其詩初學黃太史，正以不深染江西派爲佳"。江鶴亭的《姜白石詩詞合集序》也云："其詩初學西江，已而自出機杼"。——他們同時都指出姜白石的詩是從"江西派"潮流裏跳出來的，並且拭洗得頗乾淨。姜白石《自敍》也有明確的自白：

　　異時泛閱衆作，已而病其駁如也。三薰三沐師黃太史氏，

居數年，一語喋不敢吐，始大悟學即病，顧不若無所學之爲

得。雖黃詩也偃然高閣矣。

——姜白石曾沉浸於＂江西派＂的波瀾，且學的是正宗嫡祖黃山

谷，學了幾年，才大徹大悟，＂一語喋不敢吐＂。他現身說法以

自己的經驗告誡後學，非但要提防墮入黃陳＂江西＂諸公的窠臼，

也千萬不必被他自己牽著鼻子走。＂以吾之說爲盡而不造乎自得，

是足以爲能詩哉？＂很明白，他要求後學對前人的說教採取＂得

魚忘筌＂的態度，期期然＂造乎自得＂——這又正與王士禎對他

的評價＂深造自得＂相統一。

　　但是＂造乎自得＂並不在外在的標新立異，而在氣格，蘊蓄

的內師心源，不是有意求之，刻意作之，而是不得不爲之，不得

不如此。他有一段非常著名的話，正可引作註脚：

　　　作者求與古人合不若求與古人異，求與古人異不若不求

　　與古人合而不能不合，不求與古人異而不能不異。

　　　　　　　　　　　　　　　　　　——《自敍》

——與古人合或與古人異，只是實際上的創作效果，而不應是予

先抱定的主觀意旨。於此姜白石有一層言簡意賅的分析：＂彼惟

有見乎詩也，故向也求與古人合今也求與古人異。及其無見乎詩

已，故不求與古人合而不能不合，不求與古人異而不能不異＂。

這後一重境界他還有比喻：＂其來如風，其止如雨，如印印泥，

如水在器，其蘇子所謂不能不爲者乎＂。對於姜白石這一段＂有

見乎詩"，"無見乎詩"的論述，許多理論研究者和批評史編寫者都將它看作是一種"學至於無學"或者說"工至於妙"的學詩過程──悟境也好，妙境也好，都是"學"到一定程度，"工"到一定火候而呈現出的圓通透徹的境界，其要害先在一個"學"字。譬如郭紹虞先生就堅持這個理解，並在這個理解的基礎上斷定姜白石的詩說開了後來嚴羽妙悟的先聲，故有"若認丹邱開妙悟，也應白石作先鋒"的詩句（見《論詩話絕句》）。

　　其實這個理解是很成問題的，說得嚴格點便是誤解。理由很簡單，姜白石《自敍》也說得很清楚，亦步亦趨"學"的結果並不能帶來"工"的效果而恰恰是淪於"一語噤不敢吐"的尷尬境地，乃有"始大悟學即病，顧不若無所學之爲得"的結論。結論與得出結論的途徑都十分明白，他與嚴羽正好走的是兩條相反的路，儘管程序或者說形式上頗爲相似，都是由"學"而"悟"，或者說"自悟"、"妙悟"。嚴羽的"悟"是悟出盛唐詩的種種好處，所謂"盛唐諸人惟在興趣"，羚羊掛角，無迹可求，水中月，鏡中像那一套；而姜白石的"悟"則是悟到"學即病"的道理，即悟到"無所學之爲得"的妙諦。故爾姜白石現身說法的並不是一個"學至於無學"、"工至於妙"的漸修過程，而是一個學而悟出無學之妙的幡然教訓，說它爲"妙"正在其認識思維的昇華和飛躍。筆者以爲，姜白石說的"有見乎詩"與"無見乎詩"有點像後來王國維說的"兩種詩人"的才具和稟賦，即所謂"客觀之詩人"與"主觀之詩人"的區別。姜白石這裏的詩歌審美追求恰似王國維所說的"主觀之詩人"，閱世愈淺，見詩愈少（乃至無見乎詩），則性情愈眞。──這個見解與他自出機杼，深造自得的總體理論精神上是一致的。

　　姜白石的總體理論又與他的一班朋友的詩歌主張十分相似，尤其是與楊萬里同聲相應，形成一股以楊萬里爲首的新的理論潮流，這股理論潮流的戰鬥宗旨便是反"江西派"的覇權。楊萬里也是由"江西"窠臼裏跳脫出來的，他的《誠齋荆溪集自序》裏"忽若有悟"一節話鼎鼎大名，無需贅述，棄盡諸家，自出機杼的"誠齋體"也是風靡一世，人人稱道。"問儂佳句如何法，無法無盂也沒衣"（《酬甘叔懷》）、"傳派傳宗我替羞，作家各自一風流"（《跋徐恭仲省干近詩》），"個個詩家各築壇，一家橫割一江山"（《和陵季承左藏惠四絕句》）等等響亮的誓言是他那個時代最誘人企慕的口號。姜白石的那套理論無疑打上楊萬里的印記，可以說他的詩歌創作活動與理論主張表示無一不受楊萬里的影響。尤袤告誡他的一段話，姜白石耿耿銘懷，記在他的《自敍》裏："（尤延之）先生因爲余言，近世人士，喜宗江西，溫潤有如范致能者乎？痛快有如揚廷秀者乎？高古如蕭東夫，俊逸如陸務觀，是皆自出機軸，寘有可觀者，又奚以江西爲。"——跳出"江西"自出機杼，乃有詩的生機，乃有詩人的獨立的價值。姜白石的詩歌主張與"江西派"的理論法則是針鋒相對的。

　　然而姜白石在具體的詩法見解上却還不免留有一些"江西派"痕跡，集中表現他的《白石道人詩說》中。《詩說》雖有許多條目與他的詩歌主張是一貫的，如"一家之語，自有一家之風味。如樂之二十四調，各有韻聲，乃是歸宿處。模仿者語雖似之，韻亦無矣"。又如："陶淵明天資既高，趣詣又遠……斷不容作邯鄲步也！"等等。其他如贊許"自然學到"，強調"勝處要自

悟＂等都是旨趣同一的，但這部《詩說》論詩重在詩法與詩病，
＂不知詩病，何由能詩，不觀詩法，何由知病＂，一涉及詩法詩
病，便易染上江西氣味。如什麼＂首尾停勻，腰腹肥滿＂爲章法
之標準，＂句意欲深欲遠，句調欲淸欲古欲和＂爲句法之標準，
＂意格欲高，句法欲響＂，＂雕刻修氣，敷衍露骨＂等大似＂江
西派＂口吻。《詩說》於法度尤嚴，所謂＂守法度曰詩＂，＂波
瀾開闊，如在江湖中，一波未平，一波已作。如兵家之陣，方以
爲正，又復是奇；方以爲奇，忽復是正。出入變化，不可紀極，
而法度不可亂＂。這個＂法度＂頗似＂江西派＂的＂活法＂，但
顯然又比呂本中那一套說法圓通周密。＂學有餘而約以用之，善
用事者也；意有餘而約以盡之，善措辭者也；乍敍事而間以理言，
得活法者也＂。這裏的＂活法＂似更超出了＂江西派＂＂飽參＂、
＂悟入＂、＂詩眼＂、＂中的＂等等陳套，論調上高升了一層，
對＂江西派＂獺祭故實，奪胎換骨的基本理論作了重大的修正。
其他的強調詩有氣象、體面、血脈、韻度，主張精巧、委曲、靈
妙，反對輕狂、露俗、拙鄙等都顯示了一個時代詩風轉捩的重大
跡象，爲後來的四靈、江湖崛起奠定了厚實的基礎。

　　爲什麼姜白石在詩歌的根本認識上比較淸醒，而具體的論列
又會出現＂江西＂詩法的幽靈呢？這個問題如放在當時的詩歌理
論的潮流中來觀察不難解答。宋人詩話一般慣例都是隨感式條文，
前期幾種偏重詩人佚事遺聞的鈎抉，詩歌的本事考據，＂江西＂
法席盛行後，詩話內容則又偏重於詩法、詩格的形式探討，間以
詩句美感的直觀體會，雋語警策的評點鑒賞等。　其中尤以＂江西＂
詩法流遠布廣，入人心深。《白石道人詩說》無疑是＂詩話＂

的一種，十幾種叢書都作單篇"詩文評"收入，它留有"江西"詩法的痕跡本無足怪，時代風氣使然，鮮有幸免者，楊萬里的《誠齋詩話》同樣如此，連鼎鼎大名的嚴羽《滄浪詩話》也如此，儘管它以客觀的詩本體論來探討詩歌的藝術審美特點和形象思維規律，仍不免有《詩法》一篇，內裏又有不少"江西派"的法則規矩，其中有幾條與白石《詩說》極其相似。嚴羽指責"江西"之苛厲，不容有疑，他這個"取江西派心肝"的"劊子手"尚且如此，姜白石又焉能幸免？在姜白石本人自我感覺上似乎已大反特反潮流，大反特反傳統了，《詩說》的最末一句話可窺見消息："噫！我之說已得罪於古之詩人，後之人其勿重罪余乎！"《序》裏又偽託所謂"南岳云密峰頭異人"所授，遁辭也，不攻自破，姜白石多少還有點怕"文責自負"。筆者這裏要提一下的是《詩說》中有一段話與姜白石的詩歌創作，尤其是他的詩歌風格、氣象極有關係：

> 詩有四種高妙：一曰理高妙；二曰意高妙；三曰想高妙；四曰自然高妙。礙而實通，曰理高妙；出自意外，曰意高妙；寫出幽微，如清潭見底，曰想高妙；非奇非怪，剝落文采，知其妙而不知其所以妙，曰自然高妙。

這一段話涉及創作論，也涉及風格論。而兩者在"高妙"這一個字眼裏融合一體，這正是姜白石的詩在法度矜嚴的基礎上明確的審美追求。說法上似乎有點玄虛，實際仍落實在精思獨造，天然自得的基點上，在風格論上則更強調清妙秀遠，簡約含蓄而詞意不窮。

於是我們再來談談姜白石的詩歌創作。

姜白石對自己的詩是有清醒認識的，他知道自己的詩歌創作達不到他的審美理想，因而自認是一個不合格的詩人，他的《自敍》末尾有一段話很有意思：

余之詩，蓋未能進乎此也，未進乎此，則不當自附於作者之列。悉取舊作秉畀炎火，俟其庶幾于不能不爲而後錄之。或曰：不可，物以銳而化，不以蛻而累。以其有蛻，是以有化。君於詩將化矣，其可以舊作自爲累乎？姑存之，以俟他日。

這裏的"或曰"的"或"，未必眞是什麼朋友，很可能也是託詞。但這個"蛻"的比喻下得很精妙，一來可見出"將化"之迹，二來也排除"爲累"的口實。這一點他比楊萬里精明，楊萬里是直腸子，悟出舊作之疵病，"大概皆江西體也"，便一把火全燒了。姜白石也動過焚稿的念頭，正要"悉取舊作秉畀炎火"，却被那個"或"的一勸，便"姑存之，以俟他日"了。"以俟他日"恐怕便與等待他日刻版發行差不多意思了。

一部《白石道人詩集》一百八十首詩，或在"將化"和"已化"之間。——"將化"是朝向"蘇子所謂不能不爲者"的審美理想作出具體可觀努力之稱謂；"已化"則是已達到了這個審美理想的作品。"蘇子所謂不能不爲者"正是"不求與古人合而不能合，不求與古人異而不能不異"的審美境界，其具體化又落實在所謂"四個高妙"之中——甄鑒更細，恐怕便在"想高妙"和"自然高妙"之間——姜白石的詩的形式美正可自這一點上理出綱目。

　　姜詩古體、近體面貌上很有些不同，宋人項安世《謝變秀才示詩卷從千岩蕭東夫學詩》有兩句評判姜詩頗有見地："古體黃陳家格律，短章溫李氏才情"。意思是姜的古體仍出入江西格律的圈子，而律絕則有晚唐風味，所謂"溫李才情"是晚唐風味的代名詞。（錢鍾書先生說："與其說溫李，也還不如說皮陸"）也許因爲他的律絕沾染了晚唐風味，故作爲詩人的姜白石被劃入江湖派的陣營，列入《江湖小集》的花名冊。因爲江湖派即晚唐派，學姚賈，學溫李，學皮陸都是一回事。大抵江湖派中有一條不成文的規矩，近體必須崇學晚唐（這是根本的一點），古體則有較大的自由，如江湖派大將趙汝鐩，古體不但學王建、張籍，而且還學李白、盧仝。姜白石的古體時入黃陳格律，並不妨礙他的江湖面目。其實，姜白石的律絕短章受楊萬里的影響似乎更明顯。（楊萬里也學了七年的晚唐，從乾道六年到淳熙四年），只是法度上比楊萬里更精飭嚴整，而骨子裏還是自由無羈的，清晰地透出精造自得的氣象。姜白石實際上應是江湖派的一個起了重要帶頭領路作用的前輩。

　　我們不妨就先看他的七律：

　　　　亞字橋亭面面風，六人同坐榭陰中。
　　　　松交舊路如留客，石礙流杯故惱公。
　　　　山色最憐秦望綠，野花只作晉時紅。

> 夕陽啼鳥人將散，俯仰興懷自昔同。
>
> ——《次朴翁遊蘭亭韵》

意到語工，不期於高遠而自高遠，末句生起了同王羲之一樣的人生感懷。宋人（如陳藏一、范石湖）便有稱姜白石人品灑落如晉宋之雅士，可謂得其神矣。

> 前日松間步屧歸，更將荷葉障秋暉。
>
> 如今城里抛團扇，應是山中試袷衣。
>
> 水有秋容蓮漸少，樹含涼氣鳥慵飛。
>
> 炎天既懶趨城市，從此尤須戀翠微。
>
> ——《乍涼寄朴翁》

襟韵高，風神蕭灑，法度嚴整而情性無遮礙。整首詩白描捉景，清潤圓秀，微吟寓志，格調雅遠。姜白石的七律幾乎全是不易寫好的應酬之作，"送"、"寄"、"賀"、"留別"、"次韻"比比，但佳句迭出，如飲醇醪。尤須提一筆的是姜的七律中有一首叫做《送朝天續集歸誠齋時在金陵》，全篇是對楊萬里的讚美，內有兩句云：

> 箭在的中非爾力，風行水上自成文。

正也指出了他自己真切的藝術追求和審美理想。楊萬里這個"翰墨場中老斲輪"對他的影響實在太大了。

　　心有靈犀，意有指染，楊萬里的風韻在姜白石的七絕中更明
顯地表現出來：

　　　　渺渺臨風思美人，荻花楓葉帶離聲。
　　　　夜深吹笛移船去，三十六灣秋月明。
　　　　　　　　　　　　　　　——《過湘陰寄千岩》
　　　　橋西一曲水通村，岸閣浮萍綠有痕。
　　　　家住石湖人不到，藕花多處別開門。
　　　　　　　　　　　　　　　——《次石湖書扇韻》

一首寄贈蕭千岩，一首次韻范石湖，秀麗雋逸，輕靈幽遠中透出
一種清新的質樸的美感。姜白石的詩與蕭千岩、范石湖、楊誠齋
唱和很多，朋友之情眞摯，藝術追求相近，感情的抒發亦細膩眞
切，風格的顯現亦自然無僞。我們再看兩首，《次韻德久》：

　　　　籬落青青花倒垂，避人黃鳥雨中飛。
　　　　西郊寂寞無車馬，時有溪童賣菜歸。

《釣雪亭》：

　　　　欄杆風冷雪漫漫，惆悵無人把釣竿。
　　　　時有官船橋畔過，白鷗飛去落前灘。

一幅幅天然佳景，印送出一組組動態的美，這些詩與楊萬里的

《小池》、《秋涼晚步》、《水中山花影》、《曉行望雲山》等短
章佳制藝術手法上何等相通啊！錢鍾書先生《談藝錄》稱譽楊萬
里"擅寫生"，"如攝影之快鏡"，"眼明手捷，蹤矢躡風"，
"稍縱即逝而及其未逝，轉瞬即改而當其未改"。這些讚語套在
姜白石的七絕上又何嘗不可！而在這一幅幅畫面的勾勒中詩人自
己的心境胸懷也融化其中了。有時他的七絕如即興的小曲，幽雅
清戾，氣韻高絕。如《過垂虹》：

> 自作新詞韻最嬌，小紅低唱我吹簫。
> 曲終過盡松陵路，回首烟波十四橋。

讀這詩令人遐思清舉，且聞音樂天籟交響縈廻，詩人風流的心靈
如浮目前。姜白石是音樂家，對音樂十分敏感，他的不少詩的情
緒思想都與音樂糾葛在一起。如《平甫見招不欲往》：

> 老去無心聽管絃，病來杯酒不相便。
> 人生難得秋前雨，乞我虛堂自在眠。
> ——其一
> 樓閣萬重秋雨裏，峰巒四合暮潮邊。
> 鳳城今夕涼如水，多少人家試管絃。
> ——其二

"管絃"與詩人的生活息息相關，而詩人透出的韻味正是他心靈
音樂的旋律。清《香石詩話》云："宋人七絕，每少風韻，惟姜

白石能以韻勝"，最是抓住了姜白石七絕審美評判關鍵的一點。
　　姜白石七絕還以組詩形式舖排，像音樂的多重奏，旋律協和，
氣勢清越，一層層推出詩人心靈的潮汐，展現詩人意象中主客觀
交合的世界。《除夜自石湖歸苕溪》十首，最有名氣，舉兩首為
例：

　　　　細草穿沙雪未銷，吳宮烟冷水迢迢。
　　　　梅花竹裏無人見，一夜吹香過石橋。
　　　　　　　　　　　——其一
　　　　笠澤茫茫雁影微，玉峰重疊護雲衣。
　　　　長橋寂寞春寒夜，只有詩人一舸歸。
　　　　　　　　　　　——其七

整首詩彌漫著一種空靈幽遠的冷韻，楊萬里讚譽這組詩"有裁雲
縫月之妙思，敲金戞玉之奇聲"，殆非虛詞。再看《湖上寓居
雜咏》十四首：

　　　　湖上風恬月澹時，臥看雲影入玻璃。
　　　　輕舟忽向窗邊過，搖動青蘆一兩枝。
　　　　　　　　　　　——其二
　　　　處處虛堂望眼寬，荷花荷葉過欄杆。
　　　　遊人去後無歌鼓，白水青山生晚寒。
　　　　　　　　　　　——其四

再看《雪中六解》六首：

> 曾泛扁舟訪石湖，恍然坐我范寬圖。
> 天寒遠掛一行雁，三十六峰生玉壺。
> ————其四
> 萬壑千岩一樣寒，城中別有玉龍蟠。
> 舊人乘興扁舟處，今日詩仙戴笠看。
> ————其五

上崑崗盡是美玉，姜白石七絕佳品眾夥，美不勝收。他如《過桐廬》、《牛渚》、《下孤城》、《武康丞宅同朴翁詠牽牛》等皆是名篇，詞旨清新，富饒韻味，給人以美的享受。姜白石五絕數量較少，質量稍遜，藝術上與七絕不可同年而語。姜白石還有六絕一體，但無甚佳品，我們討論姜白石絕句就主要指他的七絕。

姜白石的古體，七古不及五古，其差距頗似五絕之於七絕。五古名篇有《昔遊詩》、《古樂府》等。《昔遊詩》有序云："夔早歲孤貧，再走川陸，數年以來，始獲寧處。秋日無謂，追述舊遊可喜可愕者，吟爲五字古句，時欲展閱，自省平生，不足以爲詩也"。————自認"不足以爲詩"，寫作動機是爲了"時欲展閱，自省平生"。但正惟其不存一個做詩的框框在心間，態度隨便，法度疏疎，寫起來反而放得開，左抽右旋，舒展自由，一任思緒馳騁，想像沉浮，故往往眞情畢凸，情趣盎然，風韻動人。其三云：

九山如馬首，一一奔洞庭。
小舟過其下，幸哉波浪平。
大風忽怒起，我舟如葉輕。
或升千丈坡，或落千丈坑。
回望九馬山，政與大浪爭。
如飛鵝車砲，亂打睢陽城。
又如白獅子，山下跳狰獰。
須臾入別浦，萬死得一生。
始知茵席溫，盡復杯中羹。

其十二云：

濠梁四無山，陂陀亘長野。
吾披紫茸氈，縱飲面無赭。
自矜意氣豪，敢騎雪中馬。
行行逆風去，初亦略灑灑。
疾風吹大片，忽若亂飄瓦。
側身當其冲，絲鞚袖中把。
重圍萬劍急，馳突更叱咤。
酒力不支吾，數里進一舍。
燎茅烘濕衣，客有見留者。
徘徊望神州，沈嘆英雄寡。

前者與波浪搏擊，生死付偶，末兩句大濃化淡，詞意無窮；後者

與風雪抗衡，驚魂突奔，末兩句感慨世情，老氣戾多。眞所謂
"清潭見底，寫出幽微"，筆筆逼眞，工細可嘆，又恰如"非奇非
怪，剝落文采"，漸入"自然高妙"之境，可喜可愕而不自知，
殆亦可見"將化"至"已化"之軌跡。他如《洞庭八百里》（其
一），《我乘五板船》（其五）、《揚舲下大江》（其七）、
《既離湖口縣》（其十三）以及七古中的《丁巳七月望湖上書事》
皆是巨制大筆，體現了"其來如風，其止如雨，如印印泥，如水
在器"的審美規範。《箜篌引》則呈現另一種風貌和旨趣：

> 箜篌且勿彈，　　　老夫不可聽。
> 河邊風浪起，　　　亦作箜篌聲。
> 古人抱恨死，　　　今人抱恨生。
> 南鄰賣妻者，　　　秋夜難爲情。
> 長安賣歌舞，　　　半是良家婦。
> 主人雖愛憐，　　　賊妾那久住。
> 緣貧來賣身，　　　不緣觸夫怒。
> 日日登高樓，　　　悵望宮南樹。

詩人低吟微諷一變而爲角徵之聲，幾乎是投向社會黑暗的一柄匕
首，唱訴了民生之不幸，"今人抱恨生"，展示出詩人筆底深厚
的人民性內涵。

　　姜白石詩歌創作具有很高的藝術成就，與他的詩歌理論是契
合的，同步的，基本上實踐了他自己隨物賦形，依勢作態，"不
能不爲"，"自然高妙"的審美主張，故爾他的詩不僅在當時影

響很大，至今仍有積極的審美意義和耐久的可讀性。

　　最後有必要說一說姜白石詩的思想內容。長期以來，論者大多批評姜白石的詩歌理論不注重較積極的思想內容的追求，他的作品雖在形式美方面有較高的成就，却往往脫離現實，表現了一定的形式主義、唯美主義的傾向，甚至批評他面對嚴重的民族矛盾採取消極頹廢的生活態度。細讀姜白石的詩，我們可以發現事實不盡如此，姜詩在思想內容上很有一些可取之處，前面引的《筆篴引》便見一斑。

　　姜白石屢試不第，終身未仕，是一個布衣隱逸。這一類人物大都是儒家窮則獨善己身和道釋出世思想的糅雜產物，他們也曾選擇過積極入世的生活道路；追求過達則兼濟天下的人生理想。姜白石也試圖以音樂才能謀求做官，曾上書論雅樂，進《大樂議》、《琴瑟考古圖》、《聖宋鐃歌鼓吹曲》於朝廷，可惜均未受到重視，一身才藝，磊落清風，於是只有歸隱一途了。隨著朝政愈趨黑暗，他的遁世之心也愈趨堅決，知識份子不苟於世，不肯同流合污的情操在特定時代來說是有一定積極意義的，姜白石詩中表現歸隱情緒，稱頌嘯傲林泉篇章不少。如《三高祠》：

> 越國霸來頭已白，洛京歸後夢猶涼。
> 沈思只羨天隨子，蓑笠寒江過一生。

看破功名事業，逃脫塵俗之心不亞於陸龜蒙（天隨子），《除夜自石湖歸苕溪》中亦有“三生定是陸天隨，又向吳淞作客歸”的詩句。散淡閒寂、自由自在的歸隱生活時時能尋覓到（體驗到）

天然樂趣：

> 布衣何用揖王公，歸向蘆根濯軟紅。
> 自覺此心無一事，小魚跳出綠萍中。
>
> （《湖上寓居雜咏》之七）

他在歸隱的孤舟生涯中隨處都發現有自己情緒、寄託之處，他往
來於富春江上，《過桐廬》則飽覽山水秀美，雲日清閒，"記取
合江江畔樹，他年此處好垂綸"，《過德清》則慧心潛識，天涯
有伴，"經過此處無相識，塔下秋雲爲我生"。他甚至羨慕路上
遇見的牧童："馬背如何牛背，短衣落日空山。只壓身歸盤谷，未
須名滿人間"。（《馬上值牧兒》）。他深深知道自己的必然，所
謂"先生只合作詩窮"，故大多數時候他安貧樂道："士生有
如此，儲粟不滿瓶。著書窮愁濱，可讀《離騷經》"（《奉別沔
鄂親友》之十）。但生活的局促，有時貧寒的交迫也使他心中產
生懷才不遇的怨屈，《寄時父》中云："吾儕正坐清貧累，各自
而今白髮生，人物渺然須強飯，天工應不負才名。"這樣的互相
勉勵總有點相濡以沫的寒窘之態。《春日書懷》之二云："春雲
驛路暗，游子眇歸程。永懷故山下，風雨悲柏庭。翁仲不解語，
幽鳥時時鳴，人家插垂柳，客裏又清明。"詩人飄零羈旅的心境
可見。那個世道上，無論歸隱林下，還是客游他鄉，詩人心裏都
有許多難言的愁緒；所謂"世路蒼黃總是愁"。由此，我們在讀
到他的"平生最識江湖味，聽得秋聲憶故鄉"（《江湖寓居雜咏》
之一）時，才會理解縈繞盤曲於詩人肝腸的隱痛；讀到他"萬

里青山無處隱，可憐投老客長安"（《臨安旅邸答蘇虞叟》）時
才會明白詩人還有更大的悲哀。

有時他亦看出、說出世道不明，政治污穢，正直的詩人除了
逃避現實還能做什麼呢？

　　　晴窗日日擬雕蟲，惆悵明時不易逢。

　　　二十五弦人不識，淡黃楊柳舞春風。

　　　　　　　　　——（《戊午春帖子》）

這恐怕正是他"名下一生勞夢想"，"十年心事只凄凉"的注脚
吧，詩人難言之衷曲又有誰理解。不過他心底依然保持著自己的
節操，與污濁的世道和這個世道上得意的官宦躲開一段心理的距
離。《釣雪亭》云："時有官船橋畔過，白鷗飛去落前灘"，這
個"飛去"的"白鷗"正是詩人自己人格化的顯現，是他心底高
潔的象徵。這種委婉含蓄的表述方法，不僅與他在《詩說》中強
調吟情性要"止乎禮義"的思想認識一致，更與"美刺箴怨皆無
迹"的審美理想契合。極偶爾姜白石亦露出"壯志只便鞍馬上，
客夢長在江淮間"（《送范仲訥往合肥》）的熱血激情，但更多
的是安於現狀，自我完善的吟唱，打發他自己詞人、詩人、樂人的藝
術生涯。他的名詞《揚州慢》的思想意義曾引起過一番爭論，倘
對他的全部布衣生涯和審美旨趣有所認識的話，不難發現他那種"
黍离之悲"中寄託的往往更多是他自己感會於時世變遷的凄愴之
情。但我們似不能據此說他的詩詞激發不起人們同仇敵愾的愛國
之志。——藝術的力量其緊要處便是感染人，打動人，通過被感

染、被打動的讀者（審美主體）發揮社會意志和人情向背的力量，姜白石的詩詞恐怕應該從這一點上認識其藝術力量，儘管在直接反映積極的思想內容方面他確有較大的局限。

楊萬里《送姜堯章謁石湖先生》中有兩句詩讚美姜白石：“彭蠡波心弄明月，詩星入腸肺肝裂。”姜白石的詩看似弄明月，唱湖山，清妙窅遠、幽韻獨絕，實則咳唾珠玉，寄寓心志，熱血潛流，肺肝爲裂。——詩人的心不平靜，詩人的靈魂追求與藝術創造是諧協一致的。以某個角度來看，姜白石塡詞度曲倒有一點爲藝術而藝術的味道，把它們當作一件藝術品精心細雕，而他的詩，則是他情緒眞實的傾瀉，心路坦誠的描繪，要作僞要裝扮也不可得，“非惟不可，亦不敢”。他自己一意強調的“蘇子所謂不能不爲者”，殆指此乎？“詩言志”，這一句中國詩歌理論史上最古老、最簡賅的話的最強烈、最深遠的意義恐怕正在這裏。

論詩人的朱熹

　　朱熹作爲兩宋道學的集大成者成就主要在哲學上，他的一大堆影響深遠的道學著述奠定了他在中國哲學史上的名氣和地位。朱文公的木頭牌位從南宋淳祐元年起就被捧入黌宮與孔孟一道歆饗天下讀書人的香火，七百多年來的讀書人也正是從道學──哲學範疇來認識他、研究他、評價他的。不過他有點像後來的胡適之，哲學是本行，却時時優遊於文學之中。他喜愛文學，關心文學，情性到時也寫詩。《詩集傳》、《楚辭集註》、《楚辭辨證》、《楚辭後語》、《韓文考異》等著述可以說是他文學研究上極有份量的成果，衆目睽睽，誰都沒有異詞，但他是詩人這一點注意的人並不多。朱熹一生寫了一千一百八十六首詩（且不算詞、賦），他的書牘序跋、講學語錄保存了他大量關於詩歌的見解和評論。然而直至今天幾乎還沒有看到過一篇討論朱熹詩歌創作和詩歌理論的專文，筆者這裏主要就是談談這個問題。──從某種意義上說這也是考察和理解朱熹思想的一個更明晰的角度。

　　朱熹以道學自命，無意當詩人。他屢屢聲明"熹不能詩"、"仆不能詩"，他稱自己的詩"笑殺吹竽濫得痴"（《寄江文卿劉叔通》，《朱文公全集》卷九。以下只註篇名）。宋人羅大經《鶴林玉露》記載："胡澹菴（銓）上章荐詩人十人，朱文公與焉。文公不樂，誓不復作詩，迄不能不作也。"這件事朱熹自己也承認過，旣不願當詩人又手癢要寫詩，這正是他思想深處詩與道矛盾認識的表現。朱熹授道等身，臨死前兩隻眼睛幾乎全瞎了還在修改《大學·誠意》；寫詩也等身，慶元六年（公元一二〇〇年）二月初八他死的前一個月還在詩中唱道："履薄臨深諒無幾，且將餘日付殘編"（《南城吳氏社倉書樓爲余寫眞》）。朱熹對道以獻身精神投入了巨大的熱忱和精力，他對詩却又有一副特別的心腸，將之放在一個特殊的位置。

《朱子語類》第一百四十卷記載他的話道："今言詩不必作，且道恐分了爲學工夫，然到極處當自知作詩果無益"。——"作詩無益"的重要原因是"恐分了爲學工夫"，即擔心寫詩擠佔了聞道爲學的精力和時間。他指責元祐詩人本來有許多要緊事要做、要思考。"諸公"却"盡日唱和而已"，也主要著眼在擠占做正經事業的工夫一點上。朱熹在《答楊宋卿》裏說："古之君子，德足以求其志，必出於高明純一之地，其於詩固不學而能之"。強調君子以道德高純、義理明辨爲上，似乎也沒有明確反對寫詩。所謂"詩固不學而能之"正是孔子"有德者必有言"的推演，與二程強硬的"詩文害道"說有明顯的區別，但比起另一位酷愛詩歌並強調"曲盡人情莫如詩"（《伊川擊壤集·觀游吟》）的道學家邵雍來說當然又遠遠不及了。朱熹將"講義理"與"學詩文"兩者的位置擺得十分明確：

　　今人不去講義理，只去學詩文，已落得第二義。

　　主乎學問以明理，則自然發爲好文章，詩亦然。

　　義理既明，又能力行不倦，則其存諸中者必也光明四達，何施不可？發而爲言以宣其心志，當自發越不凡。可愛可博矣。

——（均見《朱子語類》）

後兩條語錄意思更爲明確：理義精明乃有好詩文。朱熹將義理放在第一位，將詩文放在第二位，正是這個矛盾最近乎實際合乎自然的解決。

朱熹對詩歌的確切態度下面一段話似乎更清楚一些：

> 詩之作本非有不善也，而善人之所以深懲而痛絕之者，懼其流而生患耳。初亦豈有咎於詩哉。——《南岳遊山後記》

故他主張“閒隙之時，感事觸物，又有不能無言者，則亦未免以詩發之”（《東歸亂稿序》）。這便也是《答曾景建》中所謂“偶自得之，未必專以是爲務也”的意思，只不過要防範“流而生患”，故爾“戒懼警省之意則不可忘也”。朱熹《清邃閣論詩》有一條云：“作詩間以數句適懷亦不妨，但不用多作，蓋便是陷溺爾”。可見他的前提後防是很堅固的——詩歌偶爾做做無傷大雅（何況有些人事情節非詩則不能寫盡“難喻之懷”），但萬萬不可當作頭等大事來辦。爲之，他對那些汲汲乎以詩博能名的“專業”詩人極有反感。在評價一個人、議論一件事時他也時時心中把持這一桿秤、這一條準則。舉兩個例子，《跋張公予竹溪詩》：

> （公予）好爲詩歌……所與遊多一時名勝類。皆退讓推

伏，樂稱道之。……然予聞公予天資孝友絶人，其篤於兄弟
之愛，至犯患難取禍辱而不悔，有古篤行君子所難能者。諸
公乃徒盛稱其詩而曾不及此，予不能識其說也。因竊記編之
後以示鄉人，使知公之所以自見於世者，不但其詩而已，蓋
於名教庶幾亦深有補云。

觀察一個人、評價一個人，不能徒然看他的詩，更要緊的是看他的
言行是否有補於名教，即義理道德方面的建樹或表現如何。再看
《跋景呂堂詩》：

　　余謂後學宗慕前輩而表其遺迹，固爲美事，然黙而識之
求其所以至於彼者而勉焉可也，何以詩爲哉？

"後學宗慕前輩"，亦應以遵循道德楷模，義理師範爲主，不必
專在編詩文刻集子一類事上弄花樣。最說明問題的還有一件事，
朱熹《題嗣子詩卷》云："大兒自幼開爽，不類常兒。予常恐其
墮於浮靡之習，不敢敎以詩文"。這固也說明他的善察與心細。
後來這個"大兒"夭折了，別人拿著他的詩卷來給朱熹看。詩做
得很好，朱熹吃了一驚，"予初不知其能道此語也，爲之揮涕不
能已"。我們且不討論這件事是否給朱熹有什麼震動或啓發，但
他最初的態度却是與他的詩歌認識合拍的。——處處留心防範詩
歌誘人的邪力未免有點迂執僵硬，且也神經過敏。

　　其實，他老先生自己就屢屢"陷溺"，和好朋友相會，談笑
之餘不免就要唱酬，還坦白承認其樂趣無窮。如《和劉抱一》"

適意何勞一千卷，新詩閒出笑談餘”。《再和》又云：“木瓜更得瓊瑤報，吟咏從今樂有餘”。有時發起興來，詩如泉湧，不可止遏。羅大經《鶴林玉露》載：“嘗同張宣公（杖）游南岳，唱酬至百餘篇。瞿然曰：吾二人得無荒於詩乎？”據他在《南岳遊山後記》中說，上山前他們（同遊的實為四人）曾一再設誓戒詩，但山川形勝太美了，做詩的欲望太強了，不由得一再破戒，“唱酬至百餘篇”。朱熹也只得一再修正誓約，連連詭辯、自欺欺人。——吟唱的時候是興之勃發，墮入其中，不知無覺，到清醒過來時乃有所驚懼，有所警惕，擔心“荒於詩”，墮於浮靡之習而不能自拔，顛倒了嚴正的主從關係。不僅如此，當他忘了驚懼警惕時甚至還會杜撰十二生肖詞、回文詞之類的東西，完全墮入遊戲不經的地步。可見詩歌邪力的誘惑他老夫子自己首先便抵擋不過。大抵也是人物開爽，感情豐贍的緣故吧。有一次他觀賞李龍眠的畫和尤袤、楊萬里等人的詩，忽然生起“尤物移人，甚可畏也”的驚惶（《跋李伯時馬》），這似也說明他深知自己善情易感，不時要為自己敲敲警鐘。他也曾經下過決心，絕不作詩，還勸人戒詩（即便寫也須圍繞著義理道德服務，不可偏離正確思想方向）。自從那首題名很長的詩《頃以多言害道，絕不作詩兩日讀大學誠意章有感至日之朝起書此以自箴蓋不得已而有言云》寫成之後，他確是板著面孔寫了一連串思想純正的詩篇《仁術》、《聞善決江河》、《仰思》、《困學》、《示四弟》、《克己》、《曾點》等。即便是尋春登臨的內容也偏要來個篇末點題、曲終奏雅，如《春日偶作》：“聞道西園春色深，急穿芒屩去登臨。千葩萬蕊爭紅紫，誰識乾坤造化心。”不過聞道春色深，急忙去登臨畢竟還是詩人本色，未失詩人的情感活力與敏銳心理（何況他很快就忘了這個決心）。——朱老夫子畢竟是個有濃重詩人氣質的道學家，也不妨可以稱他是將道學作為主要事業責任的詩人。筆者研究他最覺有味的便是他在道學與做詩兩者之間周旋調和的苦心。

朱熹對詩歌的基本態度清楚了。道學是第一義的當行職責，做詩是第二義的感情輔助。詩弄弄無妨，弄得太多，太認真便要陷溺墮落，朱熹詩論主張因而也相應強調思想標準第一，藝術標準第二。他要求於詩歌的首要一條便是義理純正，所謂"詩以道性情之正"（《建寧府建陽縣學藏書記》），所謂"宣暢湮鬱，優柔平中"以達"義精理得"（《南岳遊山後記》）。《答楊宋卿》裏幾句話最有代表性：

> 熹聞詩者志之所之。在心為志，發言為詩。然則詩者豈復有工拙哉？亦視其志之所向者高下如何耳……故詩有工拙之論，而葩藻之詞勝，言志之功隱矣。

話說得十分明白，道充而詩生，志高而詩至，詩歌倘若以藝術標準（格律、詞藻、巧思）放在第一位，則"詩言志"最基本的聖訓之義便湮淪隱沒了。一句話，詩不能以工拙論優劣。"華詞無益"、"不汲汲乎辭"等是他教訓後學的口頭禪。《答鞏仲至第四書》有云："要使方寸之中無一字世俗言語意思，則其為詩，不期於高遠而自高遠矣"。"要使方寸之中無一字世俗言語意思"還有一個形象的比喻："洗滌得盡腸胃間夙生葷血脂膏"，使

仁義溫厚之氣藹然發於筆墨畦徑之外，即是說義理境界要光明純
透，思想面貌要纖塵不染，才能做出好詩來。

　　朱熹就是以這個標準觀照前人的詩歌，規範後來的詩人的。
即使是他十分賞愛的詩人，其思想內容略有偏差，他也毫不客氣
地批評指斥。如他很欣賞唐陳子昂的《感遇》詩，讚之為“詞旨
幽邃，音節豪宕”，“然亦恨其不精於理而托於仙佛之間以為高
也”（《齋居感興二十首小序》）。在這個嚴峻的標準面前，詩
人無論古今貴賤、名聲大小、資望高低一律平等，李杜蘇黃也不
例外。《跋杜工部同谷七歌》云：“杜陵此歌豪宕奇崛，詩流少
及之者。顧其卒章，嘆老嗟卑，則志亦陋矣。人可以不聞道哉？”
《跋黃山谷詩》云：“此卷詞筆精麗而指意所屬未免如李太白，
所以見譏於王荆公者。覽者亦可以發深省矣”。《清邃閣論詩》
云：“東坡晚年詩固好，只文字也多是信筆胡說，全不看道理”。
這幾段話裏對李杜蘇黃都有尖刻的指責，並非因為他們是詩界權
威而稍有寬貸（這至少是一種批評的正風），指責的要點又正在
持志指意即思想內容上。當然朱熹並不全盤貶斥他們的詩歌，只
是就他們部分篇章的思想內容失誤提出嚴正批評。尤需指出的是
朱熹對他們的人品都是讚賞和尊仰的。他讚美李杜人品的言論甚
多，不必贅述，對蘇黃的詩他很不以為然，但對他們兩位的人品
朱熹卻是抱著十分尊仰的態度，我們讀讀他的《跋陳光澤家藏東
坡竹石》、《跋山谷宜州帖》等文字便可知道了。說到這裏，朱
熹《題李太白詩》中有一節話不妨一引。李白原詩為：“世道日
交喪，澆風變淳厚。不求桂樹枝，反棲惡木根。所以桃李樹，吐
華竟不言。大運有興沒，群動若飛奔。歸來廣成子，去入無窮門”。

他在題言末唷嘆："今人捨命作詩，開口便說李杜。以此觀之，何曾夢見他腳板耶！"李白這詩在朱熹看來有胸襟，有思致，志趣高遠，寄意廣大，故深爲賞愛。同時又譏責了那些捨命作詩，開口閉口李杜而實際上又不懂李杜的人。——這又是人品詩品相通的例子了，儘管對詩品的理想標準有些游移不定。

實際上朱熹賞愛某人的詩，不少是緣由於敬仰其人，貴重其人品乃厚稱其詩品。比如，有個叫李彌遜的人，是主戰派領袖人物李綱的至友，政治主張也相同，朱熹十分敬重他。李有一首與政治毫不關涉的《武夷》詩，刻在一個寺觀的東楹上。朱熹"每至其下輒諷玩不能去"。當他發現這詩"歲久剝裂，又適當施供張處，後數十年當不復可讀"時，急忙命道士別爲摹刻，使陷置壁間，"庶幾來者得以想見前輩風度"（《跋李侍郎武夷詩》）。又如，一個叫李勉仲的人，曾與朱熹一同應試禮部，落榜後縱情詩酒間，狂放不羈。"襟懷坦然，意象軒豁，論說縱橫，雜以詠笑，傲倪一世"。不意朱熹對此種人品也抱有濃烈好感，十分欣賞其人的詩，讚爲"極清新穩密，時出巧思，偉麗可喜"（《跋李勉仲詩卷》）。——這裏很可看出朱熹骨子裏的人生態度，讚賞狂放不羈，詩酒縱橫的一面正是朱熹詩人氣質的感情判斷，這與他前面對思想政治、人品風範的理性認識似乎也並不矛盾，至少是可以平行存在。當然兩者之間理性看得更重一些，尤其是當他的理性清醒得近乎一本正經時。再舉一個很能看出兩者間矛盾表現的例子，《題曹操帖》云："余少時曾學此表，時劉共父方學顏書鹿脯帖。余以字畫古今詬之，共父謂予：'我所學者，唐之忠臣；公所學者，漢之篡賊耳'。時予默然亡以應"。這裏說的是書法，他的審美趣味使他讚愛曹操的字，但一經那位劉共父點破：一個是"唐之忠臣"，一個是"漢之簒賊"，他茫然無以對，心中不無震動。這件事雖發生在他的"少時"，也無涉詩歌，但其間的人品與藝品矛盾表現却是十分典型的。

朱熹的思想標準與政治標準往往掛鈎得很緊密。——朱熹對一首詩的內容表現和一個詩人的政治態度尤其是在南宋偏安形勢下主戰主和的態度十分敏感，他屢屢讚美陸游的詩，著眼點便在陸游詩中強烈的抗敵主張和深沉的愛國情志，他自己的詩歌創作在這一點上也是態度鮮明的。 我們讀朱熹的《感事書懷十六韻》、《感事》等詩，其關懷國事、干預政治的深志坦然可見。神州陸沉，胡塵滿眼，朱熹同許許多多深懷憂虞的志士一樣，"丹心危欲折，竚立但彷徨"。紹興三十一年秋，南宋軍隊在虞允文指揮下擊潰了準備渡江南侵的金兵，接著金廷內亂，完顏雍奪取政權自立為帝，親自在江淮前線督兵的金主完顏亮被部將殺死在揚州，荆襄兩淮一線金兵全部北撤，南宋政權乘虛收復了大片土地。當朱熹聽到這個消息時，激動萬分，禁不住詩思潮湧，寫出了《聞二十八日之報喜而成詩七首》和《次子有聞捷韻四首》，表達了他驅除強虜、光復失土的由衷殷望。

> 胡馬無端莫四馳，漢家原有中興期。
> 旆裘喋血淮山寺，天命人心合自知。
> ——《聞二十八日之報喜而成詩七首》之一
> 渡淮諸將已爭馳，兔脫鷹揚不會期。
> 殺盡殘胡方反斾，里閭元未有人知。

　　　　　　　　　　——其四

漢節熒煌直北馳，皇家卜世萬年期。

東京盛德符高祖，說與中原父老知。

　　　　　　　　　　——其五

神州荆棘欲成林，霜露凄涼感聖心。

故老幾人今好在，壺漿爭聽鼓鼙音。

　　　　　　　　　　——《次子有聞捷韻四首》之一

殺氣先歸江上林，貔貅百萬想同心。

明朝滅盡天驕子，南北東西盡好音。

　　　　　　　　　　——其二

孤臣殘疾臥空林，不奈憂時一寸心。

誰遣捷音來蓽戶，眞同百蟄聽雷音！

　　　　　　　　　　——其三

　　朱熹後期雖有過"攘外必先安內"的建議（先整頓思想綱紀，後再起軍事北伐），但他抗禦外敵、恢復中原的志願則是始終如一的，這從他對主戰派領袖張浚的敬愛態度也可以看出，他的《拜張魏公墓下》稱："念昔中興初，孽豎倒冠裳。公時首建義，自此扶三綱。精忠貫辰極，孤憤摩穹蒼。……志士既豫附，國威亦張皇"。在《跋張魏公詩》中又說："舉大義以清中原，此張公平生心事也。觀此詩可見其寢食之不忘，然竟不得遂其志，可勝嘆哉！"這話與他前面的詩一樣反映出了朱熹深沉強烈的愛國主義政治態度。朱熹在送友赴官等酬應詩中也不忘表示他的政治意向，如《送張彥輔赴闕》：

執手何草草，　　　送君千里道。

君行入修門，　　　披膽謁至尊。

問君此去談何事，袖有諫書三萬字。

明堂封禪不要論，智名勇功非所敦。

願言中興聖天子，修政攘夷從此始。

深仁大義天與通，農桑萬里長春風。

朝綱清夷軍律舉，邊屯不驚臥哮虎。

一朝決策向中原，著鞭寧許他人先？

又如《送彥集之官瀏陽》：

聞君千里行，　　　四牡方騤騤。

重此別離感，　　　青天欲愁陰。

君行豈不勞，　　　民瘼亦已深。

催科處處急，　　　椎鑿年年侵。

君行寬彼甿，　　　足以慰我心。

前者談軍國大事，意中許多建議；後者勸牧民之道，一片拳拳衷曲。即便是遊山玩水的作品，如《廬山萬杉寺》也時而流露出"願以清淨化，永爲太平基"的美好願望。

朱熹直接議論政治的詩歌不多，遠不如他的那些言詞激切，披肝瀝膽的"封事"（奏章），但他直接談論道學的詩歌尤少，即便如《石子重兄示詩留別次韻爲謝三首》、《鵝湖寺和陸子靜》《送林熙之詩五首》這樣的正經詩實際上也只是略沾了點道學

味的朋友之間的勸贈之言，《長溪林一鶚秀才有落髮之願示及諸
賢詩卷因題其後二首》更是曉人以陋巷簞瓢無窮樂，勸人不要輕
易出家當和尚的諍言。——朱熹強調的所謂思想內容却大都落實
在澹泊 守志、寄懷 高遠一點上 ， 這也是他低調的"述懷"、
"言懷"、"感懷"詩數量很多的緣由。儘管這一類詩大都染有明
顯的消極逃世的色彩，但朱熹却絮絮叨叨、樂此不倦。這一層變
異是我們討論朱熹詩論時最需注意的，也是我們在理解朱熹的義
理內容、道德規模時心中首先要有數的。他的創作與理論的矛盾
現象與其說是個遵循上的折扣問題，毋寧說是個認識上的偏差問題。
這個偏差的由來後文還要涉及，這裏不妨先聽聽他的衷懷：

　　　　終當反初服，　　高揖與世辭。
　　　　　　　　　　　——《述懷》

　　　　抗志絕塵氣，　　何不棲空山。
　　　　　　　　　　　——《月夜述懷》

　　　　終期謝世慮，　　矯翮茲山崗。
　　　　　　　　　　　——《秋懷》

　　　　我願辭世紛，　　茲焉老漁簑。
　　　　　　　　　　　——《落星寺》

　　　　稻粱隨處有，　　珍重采薇歌。
　　　　　　　　　　　——《醉作三首》之一

　　　　一詠歸來賦，　　頓將形迹超。
　　　　　　　　　　　——《試院雜詩》之三

　　　　持身乏古節，　　寸祿久栖遲……

> 漸喜涼秋近，　　滄州去有期。
> 　　　　　　　——《梵天聽雨》
>
> 端居適自慰，　　世事復有期。
> 終然心所向，　　農畝當還歸。
> 　　　　　　　——《春日言懷》

《題鄭德輝悠然堂》整首詩便是歌咏歸隱、仰望陶潛的，所謂"認得淵明千古意"。《次劉明遠宋子飛反招隱韻二首》也說："却學幽人陶靖節，正緣三逕起絃歌"、"榮丑窮通只偶然，未妨閒共聳吟肩"。——調門兒幾乎都差不多。這種思想認識和反映這種認識的詩歌創作以及充分欣賞這種創作傾向的理論標準的變異正是上述偏差的表現，也可以說是他思想深處人生矛盾的表現。儘管他有時也吟出"經濟夙所向，隱淪非素期"(《感懷》)的感懷，為白髮已垂，事業未竟而感到悚懼，但"幸聞衞生要，招隱夙所藏"(《秋懷》)的觀念始終占著上風。

朱熹七十一歲生涯中歷仕高宗、孝宗、光宗、寧宗四朝，為官約十年。他的政治生涯的結局是被戴上"偽學逆黨"的帽子，剝奪一切職名與祠祿，趕出朝廷（差一點被押送管制）。他死後十年才獲摘帽，"賜遺表恩澤"，徹底平反，恢復名譽，諡"朱文公"。十三年後他《論》、《孟》集註被定為"大學"教科書，他的學說升為官方哲學。前個十年中他幾番懷著經濟夙願和從政決心跳入宦海，却又幾乎每次都是自己逃回岸上，屢屢"請祠"，主動告退的原因一是為了講學授道，闡揚儒教，另一重原因不能不說是早年吸入頭腦裏的佛、道的誘惑。朱熹青年時代十分好佛、好道。《誦經》、《久雨齋居誦經》等詩篇表現了他披讀釋氏書的興趣，據《崇安縣志》記載，他在福建時與當地的禪宗和尚道謙、圓悟等來往密切，還曾請教過道謙禪宗哲學的有關問題，如"狗子有佛性"。又據《佛祖歷代通載》載，有一次劉子翬打開朱熹的箱子，別無所有，只珍藏一本當時著名禪宗大師宗杲的語錄。朱熹受道家的影響更大，《登閣皂山》、《送單應之往閣山》等詩都有濃重的道家色彩。他曾羨慕道家的飛仙術，《讀道書作六首》："不學飛仙術，日日成丑老。空瞻王子喬，吹笙碧天杪"。《過武夷作》："詧言羽衣子，俛仰日婆娑。不學飛仙術，累累丘冢多"。我們不妨來讀一節《讀道書作六首》吧："岩居秉貞操，所慕在玄虛。清夜眠齋宇，終朝觀道書。形忘氣自冲，性達理不餘。於道雖未庶，已超名迹拘"。──到後來乾脆要當道士仙客了，《送李道士歸玉笥》之一："偶隨雲去伴雲歸，笑指清都在翠微。爲我中間留一榻，他年去著薜蘿衣"。《題赤城觀》也說："此身舊有蓬瀛約，玉笥歸來問姓名"。他的一首《鷓鴣天》詞中亦有"脫却儒冠著羽衣，青山綠水浩然歸"的句子。──朱熹的這些詩歌鮮有人提及和論述，但這對於朱熹思想的成形却是十分重要的。儘管朱熹有時聲稱"吾道一以貫"，其實他並非是個一以貫之的儒派人物。他世界觀的矛盾自己也往往供認不諱，《再賦解嘲》還唱出"宇宙一瞬息，人生等浮游"，"顛倒不自知，旁觀乃堪羞"幡悟式的結論。面對浩渺宇宙，身歷仕途凶險，積極入世的經濟夙願很快就被少壯熟習的釋老冲淡，甚而吞裹，儒家的固有思想中"獨善"也往往壓倒"兼濟"。但他又不肯眞的退出人生舞台和事業圈子，自甘湮沒，於是澹泊守志，

寄懷高遠便成了他這種既不甘屈節降志又活得栖栖皇皇的士大夫
知識份子最合適的"道"之正途，何況"獨善"又還是調劑"兼
濟"的一種體面的方式。實際上也就是他受儒、佛、道三種思想夾
攻而採取的調和姿態。

　　朱熹選擇的這個"道"的正途很自然地成爲他對詩人人生態
度的基本要求。他自己首先是以這一條準則要求自己的，"冲澹
養志"幾乎是他對詩歌內容和審美境界的最執著的追求：

　　　　澹泊方自適，　　好鳥鳴高林。
　　　　　　　　　　　　　——《試院即事》
　　　　澹泊忘懷久，　　渾淪玩意深。
　　　　　　　　　　　　　——《挽籍溪胡先生》之二
　　　　對此景淒淒，　　還增冲淡意。
　　　　　　　　　　　　　——《對雨》
　　　　杜門守貞操，　　養素安冲漠。
　　　　　　　　　　　　　——《杜門》

《六月十五日詣水公菴雨作》很值得一引：

　　　　雲起欲爲雨，　　中川分晦明。
　　　　才驚橫嶺斷，　　已覺疏林鳴。
　　　　空際旱塵滅，　　虛堂涼思生。
　　　　頹檐滴瀝餘，　　忽作流泉傾。
　　　　況此高人居，　　地偏園景清。

> 芳馨雜峭蒨，　　　俛仰同鮮榮。
> 我來偶茲適，　　　中懷淡無營。
> 歸路綠泱漭，　　　因之想岩耕。

　　這首詩不僅透露出朱熹"中懷淡無營"的胸襟，更重要的是集中反映了朱熹詩歌的風格特徵：沖淡平和，高遠清曠，天然渾成，意思蘊藉。朱熹論詩特別注重的也正是這一點。

　　朱熹認真探索過詩的生成過程："人生而靜，天之性也。感於物而動，性之欲也。夫既有欲矣，則不能無思。既有思矣，則不能無言。既有言矣，則言之所不能盡而發於咨嗟咏嘆之餘者，必有自然之音響節奏而不能已焉，此詩之所以作也"（《詩集傳序》）。——這一節話將這個流程描繪得相當精細。質言之，詩是心中自然流出，口中平淡說出而決不能刻意制作，苦苦排湊，用他自己的一句話來表白即是："詩須是平易不費力，句法混成"。（他最欣賞李白的兩句詩："清水出芙蓉，天然去雕飾"）出於這樣的詩歌審美要求，他讚賞陶潛的"超然自得，不費安排"，讚賞王維的"蕭散自在"；讚賞李白的"從容"、"自在"；讚賞梅堯臣的"枯淡中有意思"。他在《跋張公予竹溪詩》中稱美張公予詩"精麗宏偉，至其得意往往也造於閒澹"；在《跋南上人詩》中稱美南上人詩"清麗有餘，格力閒暇"——閒澹、閒暇似要比精麗、清麗高一籌。《向薌林文集後序》中他又稱美向薌林"一觴一咏悠然若無意於工拙，而其清夷閒曠之姿，魁奇跌宕之氣，雖世之刻意於詩者，不能有以過也"。旨要便在一點：無意於工拙。他讚美韋應物"其詩無一字做作，真是自在"

清邃閣論詩》）也正是強調這一點。——做作與自在、刻意與無
意，朱熹在論詩中反覆再三強調這兩者間的對立。如《跋劉叔通
詩卷》：“叔通之詩不爲雕刻纂組之工，而其平移從容不費力處
乃有餘味”。朱熹讚美他父親朱松的詩時也特別點明這一點：“
其詩初亦不事雕飾，而天然秀發，格力閒暇，超然有出塵之趣”
（《皇老吏部朱公行狀》）。

　　朱熹以爲：古人之詩，大率只是平平說去而意思自長，聲味
自永；今人之詩，則務寄意多而酸澀，務聲律繁而蕩佚，故“不
滿人意，無足深論”。他不僅一再批評黃庭堅的詩“著力做”、
“費安排”、“刻意爲之”，甚至連古人的杜甫這方面的傾向也
大有微詞：“晉宋間詩多閒澹，杜工部等詩常忙了”（《清邃閣
論詩》）。他還不止一次批評了“嵌事使難字”，用字講來歷，
造句問出處的做詩風氣。經過一番分析研究，朱熹得出結論：今
人之所以忙於作詩、刻意作詩、費大力氣、竭盡心智，其意在圖
虛名，在求人知，根本一點便是“不虛不靜”——“不虛不靜，
故不明，不明，故不識”，對詩的質性，詩的功用本身沒有正確
的認識和理解，却“盡命去奔做”，能做得出好詩來嗎？——不
虛不靜，忙碌奔趨，又正是落在冲淡平和、自然渾成審美理想的
對立面了。朱熹對詩品的要求（風格氣象）與他對人品的要求
（志趣高下）是和合統一的。

　　冲淡平和、自然渾成的審美理想和批評準則決定了朱熹的文
學史觀，朱熹對詩歌發展的結論是很有點悲觀的。他有著名的
“詩三等”說：

　　古今之詩，凡有三變。蓋自書傳所記虞夏以來下及魏晉
自爲一等；自晉宋間顏謝以後下及唐初自爲一等；自沈宋以後
定著律詩下及今日又爲一等。然自唐初以前，其爲詩者固有
高下而法猶未變。至律詩出而詩之與法始皆大變。以至今日，
益巧益密而無復古人之風矣。

　　　　　　　　　　　　——《答鞏仲至第四書》

這種厚古薄今的觀念固然有受其父親朱松影響的因素，但似又不
能不大部歸因於他自己的"愼思明辨"。朱熹對詩歌史有一套自
己的認識體系，遠比他父親的單篇片言有深度、廣度。更說明問
題的還是他的《跋病翁先生詩》：

　　病翁先生……詩也，規模意態全是學文選樂府諸篇，不
雜近世俗體。故其氣韻高古而音節華暢，一時流輩少能及之。
逮其晚歲，筆力老健，出入衆作，自成一家，則已稍變此體
矣。然余嘗以爲天下萬事皆有一定之法，學之者須循序而漸
進，如學詩則且當以此等爲法，庶幾不失古人本分體制，向
後若能成就變化，固未易量。然變也大是難事，果然變而不
失其正，則縱橫妙用，何所不可？不幸一失其正，却似反不若守古本舊法
以終其身之爲穩也。李杜韓柳初亦皆學選詩者，然杜韓變多而柳李變少，變不
可學而不變可學。故自其變者而學之，不若自其不變者而學之，
乃魯男人學柳下惠之意也。嗚呼！學者其毋惑於不煩繩削之
說而輕爲放肆以自欺也哉。

這一大段話有幾層意思：一、與"詩三等"的說法相吻合，朱熹認為選體詩是學詩者最理想的範本，古來大家名家如李杜韓柳輩都是學選詩起步的。二、詩能變而不失其正固是好事，也是難事。變而失其正則不如"守古本舊法"。這個變即前文"益巧益密"的詩歌格律化趨向。在"因"與"革"的矛盾對立上明顯偏向"因"的一面，即復古保守的一面。朱熹充分肯定病翁先生（劉子翬）的選體詩，而對他的"稍變此體"不無異詞，從而得出"自其變者而學之；不若自其不變者而學之"的結論。三、強調萬物皆有定法，學詩尤然，只能循序而漸進。切勿被"不煩繩削而自合"一類誘惑人心的話頭所欺騙，墮入放肆蕩佚，不可收拾的田地。——朱熹崇尚漢魏六朝古詩，反對杜韓轉變律詩的根本態度已經很明確了。他曾想"抄取經史諸書所載韻語，下及文選漢魏間古詞，以盡乎郭景純、陶淵明之所作，自為一編，而附於三百篇、楚辭之後，以為詩之根本準則。又於其下二等之中擇其近於古者各為一編，以為詩之羽翼輿輪。其不合者悉皆去之，不使其接於吾之耳目而入於吾之胸次，"（《答鞏仲至第四書》）。——從這話的後半截聽來，堅持學漢魏、學六朝（即學選體）已不僅僅是個形式體制正變雅俗的問題，這裏已經明確表示沈宋以後下至今日的第三等詩的思想內容帶有某種污染性或腐蝕性，其嚴重程度竟至欲"不使其接於吾之耳目而入於吾之胸次"。——朱老夫子活著時倘真的掌管文教風化大權，後果實在可虞。

　　朱熹不止一次強調李杜皆學選，意在堅持與捍衛選詩的權威地位。他對李杜又還區別對待，這裏面還有個標準。"李太白終始學選詩，所以好；杜子美詩好者亦多是傚選詩，漸放手，

夔州諸詩則不然也"（《朱子語類》）。他也不止一次貶抑杜
甫夔州後諸詩：

> 杜陵夔州以前詩佳，夔州以後自出規模，不可學。
> 人多說子美夔州詩好，此不可曉。
> ——《清邃閣論詩》
> 杜子美晚年詩都不可曉，呂居仁嘗言詩字字要響，其晚
> 年詩都啞了，不知如何以爲好法。
> ——《朱子語類》

朱熹拘於定法不變的成見，厭惡律詩的誕生，否定杜韓的出入衆
作，自出規模，尤其是否定老杜思想內容到形式技巧都十分成熟
的夔州諸詩，顯然是不恰當的。這恐怕是他生硬地搬來儒學中的
一些思維模式和傳統精神誤用、濫用到詩藝上的緣故吧！否定詩
的發展演化，缺乏前進的眼光和容納變革的心胸，其理論必然陷
入僵化可憐的境地。

　　然而我們觀察一下朱熹的詩歌創作，又可以發現一些有趣的
現象。他的詩確實是以學選體起步的，古詩十九首的影響尤爲明
顯。早年的《擬古八首》幾是漢魏古詩的音聲格調："離離原上
樹，戢戢澗中蒲"、"綺閣百餘尺，朝霞冠其端"、"郁郁澗底
樹，揚英秋草前"、"高樓一何高，俯瞰窮山阿"……其他如
《古意》、《邵武道中》等詩也都是刻意摹仿選詩的產物。藝術上
還處於規規矩矩的倣傚階段。不過他的詩很快就從陶韋王孟一路
詩人那裏找到了新變的轉機，選體終於被拋到一邊（當然陶也跨

入選詩）。因爲陶韋王孟一路詩人的詩與他的論詩宗旨和審美趣味最爲投合（他也曾由衷地讚美過他們）：蕭散清遠，平淡沖和而意態自足，餘味溢發。朱熹的詩很喜歡以“雨”爲題，或者說在“雨”中他最喜歡作詩，大概是“雨”最能使人虛靜，最能誘發詩思靈感吧。這一些“雨”詩便很有代表性：《客舍聽雨》、《秋夜聽雨奉懷子厚》、《夜雨》、《兼山閣雨中》、《冬至陰雨》、《中元雨中呈子晉》以及前面曾引說過的《梵天聽雨》、《對雨》、《六月十五日詣水公菴雨作》等等，一片蕭疎的雨意風情，一派高曠的清思遠志，詩大多寫得淡雅深微，往往還彌漫著一種淒迷幽情的氣氛。前面《六月十五日詣水公菴雨作》已見大概，再如《夜雨》之一：

> 擁衾獨宿聽寒雨，聲在荒庭竹樹間。
> 萬里故園今夜永，遙知風雪滿前山。

朱熹絕大部分好詩──主要是七絕──都是從這一條路子上出來的（愛寫七絕本身便是對學選體的否定）。我們再看一些例子：

> 昨夜扁舟雨一簑，滿江風浪夜如何。
> 今朝試捲孤篷看，依舊青山綠樹多。
> ──《水口行舟二首》之一

> 勝日尋芳泗水濱，無邊春光一時新。
> 等閒識得東風面，萬紫千紅總是春。

——《春日》

白酒頻酌當啜茶，何妨一醉野人家。

據鞍又向崗頭望，落日天風雁字斜。

——《次韻擇之進賢道中漫成五首》之一

《次韻擇之舟中有作二首》也值得一引：

一江煙水浩漫漫，昨夜扁舟寄此間。

共向船頭望南北，不知何處是家山。

——其一

一席三人抵項眠，心知篷外水如天。

起來却怪天如水，月落烏啼浦樹邊。

——其二

他的七律也有很好的，如《又和秀野二首》、《九日登天湖以菊花須插滿頭歸分韻賦詩得歸字》、《歸報德再用前韻》等均是上品，且引末首爲例：

幾枝藤竹醉相携，何處千峰頂上歸。

正好臨風眺平野，却須入谷避斜暉。

酒邊泉淄寒侵骨，坐上嵐光翠染衣。

踏月過橋驚易晚，林坰回首更依微。

情景相生，意味雋厚。看來朱夫子迫於時勢潮流也動手寫律詩時，暗中還是與“益巧益密”的風氣頂著干的。其他如《云谷二十六咏》、《武夷櫂歌》、《十梅詩示元範》、《劉德明彥集祝弟以夏云多奇峰爲韻賦詩戲成五絕》等系列詩也都是清新含媚、滋潤淡逸的佳制，風格輕爽、姿態跌宕，看似率情而唱、信心而吟，實則氣脉一貫、音節自然，令人耳目一新。

朱熹作爲一個道學家，他的詩却絕少道學氣，更無頭巾氣、酸餡氣，他與一般詩家一樣，常用字眼也無非是水天山色、江風夜月一類。朱熹有時也用詩來說理，但絕不說孔孟周程的理，他的說理詩多有形象思維，不僅比說理的文章清爽透徹，而且比一般腫臃而空乏的抒情言志詩更覺意氣發越，親切近人。著名的《觀書有感二首》便是典型的例子，幾百年來膾炙人口：

> 半畝方塘一鑒開，天光雲影共徘徊。
> 問渠那得清如許，爲有源頭活水來。
> ——其一
> 昨夜江邊春水生，蒙衝巨艦一毛輕。
> 向來枉費推移力，此日中流自在行。
> ——其二

其實這一類“形象大於思維”的詩朱熹做過不少，這裏不妨再舉《偶題三首》爲例：

> 門外青山翠紫堆，幅巾終日面崔巍。
> 只看雲斷成飛雨，不知雲從底處來。

——其一

擘開蒼峽吼奔雷，萬斛飛泉湧出來。

斷梗枯槎無泊處，一川寒碧自縈回。

——其二

步隨流水覓溪源，行到源頭却惘然。

始悟真源行不到，倚筇隨處弄潺湲。

——其三

此中的"理"看來眞可讓人揣摩半日，但詩的字面十分淸秀，彷彿一幅平淡無奇的風景寫生。——到此朱熹寫詩的功夫我們已可領略大致。

筆者最後還想著重提一筆的是：朱熹寫詩來勁時，詩人氣質充分顯露時，他的形象是十分可愛的。我們這裏看他的一首《客來》：

悵望君家嶺上雲，便携佳友去尋春。

論詩劇飲無他意，未管殘紅落佩巾。

一個風流倜儻，豪邁開爽的詩人形象呼之欲出。"論詩劇飲"正是詩人的本色風範，"去尋春"之類的言詞恐怕也是一般道學夫子不肯輕易啓齒的。我們再看他的《出山道中口占》：

川原紅綠一時新，暮雨朝晴更可人。

書册埋頭無了日，不如拋却去尋春！

——著書立說，羽翼名敎的正經事業竟也有厭倦之時，"不如拋却去尋春"（又是"去尋春"），口氣何等輕率，意思何等痛快，出自這麼一個人的口中又是多麼有趣，多麼滑稽，然而這是眞實的。說它眞實不僅是因爲白紙黑字，更因爲他只有在興到做詩時才肯忘乎所以，露出眞容。他的一首詞裏（《水調歌頭·次袁仲機韻》）還有"與君吟弄風月，端不負平生"的話哩，那是因爲在詞這種文學樣式裏他可以更放肆，更率性地說眞話。——孔孟沒有見過詞，他自己大可不必爲詞強加點什麼思想準則。朱熹在別人把他看成詩人而他自己半推半就不肯承認時曾有一句詩嘆道："世間眞僞有誰知"，作爲詩人的朱熹這個題目已拉扯談了這許多，筆者相信不僅這"眞僞"可斷而無疑，"眞"到什麼地步庶幾也有個較爲淸晰的認識了。

江湖詩派泛論

江湖詩派，歷來的專家都不肯做專論，要寫大部頭的書，沒辦法，列一章或半章，甚而寫幾句或幾行。定論幾乎都同一：“成就極其有限”、“不值得深論”。筆者這篇東西，算不得專論，更不是深論，只是就江湖詩派的幾個問題泛泛談了些看法，故名之爲“泛論”。

江 湖 人 馬

南宋理宗寶慶初年陳起（宗之）編集《江湖詩集》、《續集》、《後集》等集子，江湖詩派之定名完全是由於這套詩集的緣故。詩集之定名則緣於集中所錄詩人之身份——大都是窮窘文士、山林隱逸、小職卑官、游幕食客，故統歸入“江湖”一類，爲什麼寫詩呢？因爲“家國不寧，進退無據”，便結友招群，唱和酬咏，借以消遣歲月，當然也還爲了稻粱之謀甚而以爲干謁之資。

這群江湖詩人的關鍵人物就是陳起。他是出版商，在杭州的睦親坊開片書舖，自己搞刻版發行。他會做詩，著有《芸居稿》。他聯絡了一大批江湖詩人，熱心爲他們發表作品、出版推銷。由於隨得隨刻，統目無序，內容取捨上又稍欠篩選工夫，故顯得有些零亂；也許還由於作品本身質量不高，又年代久遠，到清代已散佚不少。經清四庫館臣整理後得《江湖小集》九十五卷，錄六十二家。《江湖後集》二十四卷，錄五十家，其中吳仲方、張輯

兩家《詩餘》（詞）不算，剩四十八家，林逢吉、林表民原係一
人，實爲四十七家。——《小集》、《後集》加在一起共一百零
九家。當然名單上也還有些繆轇，如張端義《貴耳集》自稱其挽
周晉仙詩載《江湖集》中，而現存《小集》並無他的詩。原本或
恐殘闕，經清人掇拾補綴，難免微有些出入，姑不細論。——這
一百零九家，以陳起爲領頭，頗合舊時編"點將錄"的人數（托
塔天王晁蓋和一百零八梁山好漢）。主要籍貫爲今浙江、江西、
福建三省，浙江籍三十八人，代表人物爲陳起、戴復古、高翥、
葛天民等；江西籍二十八人，代表人物爲姜夔、劉過、趙汝鐩、
黃敏求等人；福建籍十七人，代表人物爲葉紹翁、敖陶孫、嚴粲
等。注意，四庫館臣將劉克莊遺漏了。劉克莊不但是福建籍江湖
詩人的代表，而且是整個江湖詩派的主要代表，方回《瀛奎律髓》
談及江湖派人馬時就說"劉潛夫（克莊）《南岳稿》亦與焉"。
揣摩來或者是他曾經當過顯達的"巨公"而被屏乎江湖詩人之外
吧？那麼，洪邁、吳淵兩個，爵位通顯，又爲何列入《江湖小集》
呢？有人說他兩個不是陳起原書所有，係清四庫館臣胡亂編入
的，這又固當別論，梁昆《宋詩派別論》就主張將這兩人開除出
去。

　　還有兩個人似乎應該追認進來。

　　一個是方岳（字巨山，號秋崖），不知怎麼名不見於江湖
《小集》、《後集》，可能與劉克莊一樣陳起編入而被四庫館臣遺
漏的。讀讀他的《秋崖集》，正是典型的"江湖"風味，《四庫
全書總目提要》稱他"可與劉克莊相爲仲伯"可證。另一個是嚴
羽。許多人會驚訝怎麼讓這樣"表現"的人加入江湖派，他批評

江湖詩人的話《滄浪詩話》裏白紙黑字，有目共睹。其實，一個
流派中人批評這個流派，古今中外文學史不乏其例。筆者說嚴羽
應歸入江湖詩派客觀上有三重原因：一、本人身份，二、社會關
係，三、現實表現，主要指作品風格。——嚴羽終其身未做過官，
早年在江西、吳中等地覊旅、飄泊，或當幕僚，晚年隱居老家
樵川莒溪之上（今福建邵武）與同鄉同族詩人嚴參、嚴仁、嚴粲
等酬唱吟咏。宋末元初黃公紹爲嚴羽《滄浪詩集》作序曾云，嚴
羽、嚴參、嚴仁，“江湖詩友目爲三嚴”；《邵武府志》（光緒
二十四年重纂本）卷廿一云：“嚴粲，善爲詩，清迴絕俗，與羽
爲群從兄弟而異曲同工”；江湖派頭面人物戴復古有《祝二嚴》
詩：“前年得嚴粲，今年得嚴羽。自我得二嚴，牛鐸諧鐘呂。”
聽口氣來，似乎戴復古的詩還是由於受了二嚴的啓發和薰染才變
得美妙高雅起來的。江湖派的花名册上有嚴粲而不錄嚴羽，恐怕
是嚴羽的《滄浪詩話》影響太大而被屏之册外的緣故吧！（嚴粲當時的詩
名似也高於嚴羽）案，戴復古是嚴羽的江湖深交，曾任邵武軍的儒學敎授，
兩人過往甚密，唱酬頗多。嚴羽的《逢戴式之往南方》、《送戴式之歸天台
歌》、《天末遇周子俊自行在還言石屏消息》（式之是戴復古的字、石屏
是戴復古的號）戴復古的《別邵武諸故人》、《江上夜坐懷嚴儀卿、李友
山》、《嚴儀卿約李友山、高與權酌別》等詩中都透露出他們之間深厚的
江湖情誼和共同的詩風嗜尙，戴復古的《論詩十絕》（所謂“詩家小學須
知”）與嚴羽見解多有相合之處，也可揣度此中消息。嚴羽的詩有不少是寫
給自己的“同志”看的，如《夢游廬山謠示同志》、《寄山中同志》、《舟中
示同志》等，這許多“同志”，都是逃避現實階級鬥爭和社會鬥爭的“同志”，
即是山人野逸一類人物，也即是江湖詩客、江湖派詩友。他的許

多詩"江湖"風味十足，蓬飄萍寄、宦游無成，不免要去藤夢葛巾、林泉松雪中討生活。"蕭條遺世心，江海坐來深"（《閒居寄友》），這"江海"也正是"江湖"的意思。處江湖日深，論詩縱然有李杜之高志、盛唐之大纛，但自己寫起詩來却難免落"江湖"之窠臼。鄭振鐸先生《插圖本中國文學史》談"南宋詩人"就將嚴羽與劉克莊、戴復古、方岳三個江湖派最主要代表人物的名字排在一起，不知是有意還是無意，盡管他沒有用"江湖派"這個名稱。——嚴羽歸屬江湖派似可定案。

　　陳起組建的"江湖"人馬大抵如此。錢鍾書先生《宋詩選注》"徐璣小傳"說：徐璣和他的三位同鄉好友——字靈暉的徐照、字靈舒的翁卷、號靈秀的趙師秀——並稱"四靈"，開創了所謂"江湖派"。直接點明江湖派是"四靈"開創的，換句話說，"四靈"是後來陳起組建的江湖人馬的先鋒和前驅。這種廣義江湖派見解深有根據，似也更說明江湖派人馬衆夥，源遠流長。嚴羽《滄浪詩話》（同時代人同時代書）云："近世趙紫芝、翁靈舒輩獨喜賈島、姚合之詩，稍稍復就清苦之風。江湖詩人多效其體，一時自謂之唐宗"。劉克莊也說："今江湖詩人竟爲四靈體"（《跋滿傳備詩》）。清初全祖望《宋詩紀事序》云："乃永嘉徐趙諸公，以清虛便利之調行之，則四靈派也，而宋詩又一變。嘉定以降，江湖小集盛行，多四靈之徒也。"——由此可見出江湖詩人大多是"四靈之徒"，仿效四靈之體。故爾宋犖《漫堂說詩》將他們囫圇一幷看待："其後有江湖四靈徐照、翁卷等，專攻晚唐五言。"然而，四庫館臣却明確將他們分爲兩派："至於四靈、江湖兩派，遂弊極不復"（《四庫全書總目提要》）。梁崑《宋詩派別論》分得細緻一點：“南宋時以姚、賈詩爲準者，謂之四靈派；取在江湖小集中者，謂之江湖派。”不過他又說：“四靈素以唐詩爲號召，實則純遵守晚唐之格，而效者紛紛，一時有八俊之目，餘響及於江湖。”——無論是分是合，都承認江湖派與四靈間的精神聯繫和承沿跡象：四靈，江湖之先鋒；江湖，四靈之餘緒。

　　四靈是葉適抬出來的，四靈凋零之際，江湖小集已盛行，葉適當然看到兩派合併的好處，又琢磨著抬出劉克莊來掛帥。他的《題劉潛夫（南岳詩稿）》云：“四靈時，劉潛夫年甚少，刻琢精麗，語特驚俗，不甘爲雁行比也。今四靈喪其三矣，而潛夫思愈新，句愈工，歷涉老練，布置潤遠，建大旗鼓，非子孰當！”——劉克莊一掛帥，乃可算是正式完成了兩派的融合，而劉克莊本人亦已與四靈以“江湖”的名義又稱朋友了，如他的《贈翁卷》：“江湖不相見，才見又西東。”——《四庫全書總目提要》：“江湖末派以趙紫芝爲矩矱，以高翥爲羽翼，以陳起爲聲氣之連絡，以劉克莊爲領袖。終南宋之世，不出此派”。頭頭各有分工，組織儼然，派性十足。“終南宋之世，不出此派”，頗有江湖不捐細流的寬濶氣象。筆者這裏順便例舉一人以爲江湖小卒，前面曾談過江湖派大將方岳，有趣的是南宋還有一位名叫方岳的詩人字元善、號匊田），有《匊田集》，早佚。另有《深雪偶談》一種，全書久佚，今傳僅十六條，皆論詩談藝語，頗多江湖論調。拈一條爲例：“本朝諸公喜爲議論，往往不深喻唐人主於性情，使雋永有味，然後爲勝。”他推崇“唐體”，於賈島詩尤推崇備至，自謂做詩由翁卷、徐照而漸趨唐人。——這一位“南宋之世”

的方岳，當然亦應算是江湖人馬中的一員。

　　四靈之所以能與江湖融爲一體，主要是由於反"江西派"的
共同方向和聯合陣線。有的人據江湖派人物籍貫來查證，說江湖
派是由"江西"與四靈兩派合併的，因爲江湖派人物中以浙江籍
與江西籍爲衆。浙江人，四靈之徒；江西人，黃、陳之徒云云。
其實江湖派裏的浙江人未必都是四靈之徒，當然也有，如永嘉籍
的趙汝回、薛景石、劉植、薛嵎、盛烈五人，地域性、時間性的
嫌疑恐怕難脫。江西人呢？當然亦有不少受到過"江西派"的影
響，但未必是黃、陳的門徒，他們的詩也絕少有"江西"味道。
如趙汝鐩，江西袁州人，但却是江湖派的大將；又如黃敏求，他
是江西洪州分寧人，與黃山谷同鄉，但時間上與山谷老人隔了一
百多年，似也難以斷爲山谷之徒孫。事實上南宋從楊萬里起許多
江西籍的詩人都從"江西派"的影響裏掙扎了出來，二十八個江
西籍詩人決不是代表"江西派末流"大聯合到江湖派中來的。

江 湖 旗 號

　　這麼多人聚在"江湖"隊伍裏，前面有四靈打先鋒，後面有
劉克莊掛帥旗，他們的旗號是什麼呢？

　　前面說過四靈與江湖兩派是在反"江西"的共同方向和聯合陣線
的前提下合併爲一的，他們的目的很清楚，推倒"江西"的老祖
宗杜甫，樹起以賈島、姚合爲代表的晚唐詩風，他們稱之爲"唐
詩"、"唐聲"或"唐體"。江湖派的祖師爺葉適有一段話很可
注意：

慶曆、嘉祐以來，天下以杜甫爲師，始黜唐人之學，而江西詩派章焉。然而格有高下，技有工拙，趣有淺深，材有大小。以夫汗漫廣莫徒楞然從之而不足充其所求，曾不如胸鳴吻決，出毫芒之奇，可以運轉而無極也。故近歲學者，已復稍趨於唐而有獲焉。

——（《徐斯遠文集序》）

這裏的"近歲學者"即指四靈，"已復稍趨於唐而有獲"就是稍稍恢復了"唐人之學"即唐詩正格。細味他的意思，杜甫便稱不上是"唐人之學"的正宗，遑論"楞然從之"之芸芸"江西"諸君了。後人——如元之袁櫂——云："永嘉葉正則（適）始取徐翁、趙氏爲四靈，而唐聲漸復"（《書湯西樓詩後》），正指出了這層關節。葉適《徐道暉墓志銘》說得更直露峻急："發今人未悟之機，回百年已廢之學，使後復言唐詩自君始，不亦詞人墨卿之一快也。"——頗有點"天將降大任於斯人"的自我感覺。案，南宋時楊萬里就已將晚唐人稱作"唐人"，《荆溪集自序》、《讀唐人及半山詩》等詩文裏的"唐人"都是晚唐人。但葉適將晚唐詩體稱作爲唐詩、唐聲或唐體則恐怕不像楊萬里那麼單純的稱謂上的混同。錢鍾書先生《談藝錄》說："（四靈而還）南宋人言"唐"詩，意在"晚唐"，尤外少陵。"關鍵正在"尤外少陵"上。

杜甫被公開抬出來當"江西派"一祖三宗"的"一祖"，接受"江西"社的俎豆香火雖是後來方回定出的宗旨法規，但在黃、陳當時，學杜已是所謂"江西派"的主要理論綱領和創作規範。

方回說"江西派非江西，實皆學老杜耳"正是一語中的，所以他敢公開攤出事實："黃、陳號江西派，非自為一家也，老杜實初祖也。"——所謂"江西派"在詩史上的實質是整整一代人學杜的詩風，一百餘年學杜的潮流，換一個說法，那個時代的詩人們幾乎都游泳在學杜的潮流裏，並有意無意地摹仿著黃山谷、陳師道那種游泳的姿勢。筆者曾有一篇叫《江西詩派泛論》的文章，論之甚詳，這裏不想贅述。宋自南渡以後便出現了"江西派"獨盛的局面，寫成於南宋紹興年間的《苕溪漁隱叢話》已說："近時學詩者率宗江西"。學杜的風氣或潮流在南宋之初確是風靡天下，到紹熙、慶元後，四靈崛起，勢相頡頏，學杜浪潮由於弊端百出已露退落之勢。理宗淳祐至度宗咸淳年間，"江西"益呈衰頹寢微，漸被"江湖"壓倒。

　　"江西"、"江湖"勢力抵軋有較長一段時間，南宋詩流大有不歸楊則歸墨的局面，不墨守"江西"者，莫不濡染"江湖"（晚唐），許多論詩談藝者也往往將"江西"、"江湖"對舉，門戶顯然。如趙子固《彝齋集》卷三《孫雪齋詩序》："竊怪夫今之言詩者，江西、晚唐之交訧也，彼病此冗，此訾彼拘。"其實兩派的代表人物亦曾有過調和的言論，如戴復古《望江南》詞："賈島形模元自瘦，杜陵言語不妨村"，於兩派對立已流露出謀求緩和的願望，方回《瀛奎律髓》卷十批杜甫《立春》、卷二十三批姚合《題李頻新居》都陰有融合兩派、統定一尊之意，使賈、姚與老杜握手言歡，認同稱臣，"老杜、江西已兼有晚唐之妙，你們何必另立山頭、拉出人馬呢？"——在戴復古是立場不堅（他的詩還偶有"江西"氣味），而方回則不免老謀深算，要吃掉

對方。話不扯遠，"江西"的代表人物自曾幾、陳與義後已沒有
什麼有名氣、有威望、有成就的大將，漸漸守不住一百多年的舊
營盤、舊基業，趨於土崩瓦解。這裏順便提一下，梁昆《宋詩派
別論》頗懷褊祖"江西"的衷曲，苦心孤詣維護"江西"百年望
族的詩業，發明"江西派五期說"，即黃、陳兩頭領及《宗派圖》
上人物爲第一期；呂本中、曾幾、陳與義爲第二期；尤楊范陸
爲第三期；趙蕃（章泉）、韓淲（澗泉）爲第四期；第五期爲劉
辰翁（須溪）、方回（虛谷），是謂"餘響"——大有"泛江西
詩派"的味道，不免受招降納叛、四方搜羅之嫌。五期人物從北
宋貫穿到南宋亡，香煙不絕，適巧旁證了筆者"江西派"原是一
股源遠流長的學杜潮流的觀點。——南宋季年，學杜之潮流已不
絕如縷，而"江湖"却浸潤漫淹，汪洋一片。劉克莊說："自四
靈以後，天下皆詩人也"，正說明了"江湖"勢力之廣大，後來
宋亡做了遺民而保持崇高民族氣節的汪元量、眞山民等人也是
"江湖"營壘裏出來的。

　　"江湖"的晚唐旗號能打出來，堅持不倒，與"江西"抗衡
並最終壓倒"江西"與他們的戰略戰術正確也有很大關係。他們
進攻"江西"營壘的方略主要有兩條：一、以捐書以爲詩來攻
"江西"的資書以爲詩，以白描雅淡對付"江西"之獺祭板滯。二、
以一字一句浮聲切響之鍜煉精巧來攻"江西"的連篇累牘，汗漫
無禁，也即是葉適所謂"脰鳴吻決，出毫芒之奇"的意思。——
這兩套本事其實並不高明，也不難，只是擊中要害而已，費力小
而事功倍。再加上胸中的一點"靈"氣，結果却掃蕩了"江西末流"
的積弊，使天下學詩者一新耳目，踴躍追摹。葉適說的"橫絕

欻起，冰懸雪跨，使讀者變綷慘慄，肯首吟嘆不自已"恐怕並沒
有多少誇張。

　　不過，等到"天下皆詩人"時，"江湖"的弊病也暴露無遺，
甚而蕩而不返，其壞影響甚至超過"江西末流"。劉克莊後來之
所以想扔掉"江湖"這面旗幟以脫干係正是他看出了這一點，身
陷其中，感痛猶深，不願意爲江湖末流背罵名，他以後批評"江
西"、"江湖"往往各打五十大板，最有名的便是《劉圻父詩集
序》裏的一段話：

　　　　余嘗病世之爲唐律者，膠摯淺易，僒局才思，千篇一體；
　　而爲派者，則又馳騖廣遠，蕩棄幅尺，一臭味盡。

這裏的"爲唐律者"指江湖派："爲派者"即是江西派，他都不
滿意。《韓隱君詩集序》又說："資書以爲詩失之腐，捐書以爲詩
失之野。"——孤詣苦心，艮可鑒也。梁昆說他"潛夫初年宗四
靈，晚年宗江西，是四靈與江西合幷之產物矣"，當是沒有摸清
這層脈絡，理出他心理上前後變化之軌跡也。他晚年厭惡江湖尤
甚，而於"江西"却相對流露出一點好感，便又有人說他"復歸
江西"。其實，與其說他是復歸"江西"不如說是步塵陸游，他
在《瓜圃集序》中說："永嘉詩人極力馳驟，才望見賈島、姚合
之藩而已，余詩亦然。十年前始自厭之，欲息唐律，專造古體"。
結果是受了朋友的勸阻，沒有"專造古體"，唐律亦未全息，
轉而學起陸游好奇對、工駢儷的功夫，當然捐棄的書又拾了起來
——不管面貌變得怎樣，與"江西"畢竟還有很大距離，終不能

說是復歸"江西"，但是捏在手中的"江湖"大旗總算是毅然扔掉了。沒有了大旗的江湖派，便是一大群不受約束、散漫無歸的詩人，各抒各的志，各唱各的調，一直唱到宋朝的滅亡。

江 湖 淵 源

再從江湖派終結溯迴上來，且越過打先鋒的四靈，我們不難發現他們前面有兩位直接引路人或者叫啓發者。所謂江湖派的淵源實際上就是談談這兩個前輩的作用影響以及另一個略有爭議的人物在這個流派中的地位。

"兩個前輩"便是楊萬里和陸游；"另一個略有爭議的人物則是姜夔。

楊、陸稱"前輩"應是沒有疑義的，江湖派最主要的代表人物劉克莊、戴復古都言之鑿鑿。劉克莊《刻楮集序》稱："初余由放翁入，後喜誠齋"，這是他學詩的入門途徑。戴復古《諸詩人會吳門》詩稱："楊、陸不再作，何人可受降"，這是他頂禮心香的口辭；《石屏集》樓鑰序說他"登三山陸放翁之門而詩學大進"，可見又是列門牆的嫡傳。楊、陸有資格做劉、戴輩的引路人和啓導者主要有兩點：一、由"江西"入而不由"江西"出；二、倡晚唐體。——楊、陸兩位都是從學"江西"起家的，楊受學於王庭珪，陸則出自曾幾的門下。又自稱源出呂本中。但兩人都反出了"江西派"陣營，各自掛牌，獨立門戶，或明或暗、或多或少、或積極或消極地提倡晚唐體。細比較來，楊萬里的作用影響要比陸游大得多，事實上晚宋的"江西"與"晚唐"之爭也是由楊萬里拉開序幕的。

　　楊萬里創立"誠離體"在淳熙五年（戊戌，一一七八年）之後，由淳熙四年（丁酉）推前到乾道六年（庚寅，一一七○年）的七年間是他學晚唐絕句的時期。《荆溪集自序》："晚乃學絕句於唐人"，《讀唐人及半山詩》："半山便遣能參透，猶有唐人是一關"等言論可看出他那個時期的審美追求。案，楊萬里學"江西"幾三十年，當中經過學"半山七字律"的短暫過渡便進入學晚唐時期。淳熙五年"忽若有悟"後又跳出晚唐窠臼，自辟"誠齋體"，走入"無法無盂也沒衣"的自由境界，直至開禧六年（一二○六年）他逝世。——"猶有唐人是一關"之前他已破了兩關："江西體"的"關"和王安石的七律的"關"，"唐人"這一"關"是他飛躍入創造期前的最後也是最不易打破的一關。即便在他進入創造期後仍時而流露出對晚唐的眷戀，他對"晚唐異味"的擊節讚賞是世人皆知的，《讀笠澤叢書》："晚唐異味同誰嘗"，《跋吳箕秀才詩卷》："晚唐異味今誰嗜"等名句傳誦很遠。四靈正是從這一點受到啟發和鼓勵，一番商議後打出晚唐旗號的，盡管他們的眼睛只盯住賈島、姚合"二妙"——趙師秀編的《二妙集》幾乎成了他們的創作楷模。一面把晚唐的範圍收得很窄，一面又將這個窄的範圍放大爲整個唐聲、唐律，所謂"融會一法，涵受萬象"，根本不去研究楊萬里的"異味"究竟何所指，只用心在自己五律上因狹出奇、爭妍鬥巧上，實際上也開了後來江湖派弊病的先河。

　　陸游對四靈江湖的影響似乎要費點筆墨，因爲他不像楊萬里那麼坦率，言論上也從不說晚唐的好話，相反倒是經常地詆斥晚唐。他的《宋都曹屢寄詩作此示之》中有幾句詩："天未喪斯文，杜老乃獨出。陵遲到元白，固已可憤疾。及觀晚唐作，令人欲焚筆"，可見火氣還不小。《示子遹》："數仞李杜牆，常恨欠領會。元白才倚門，溫李眞自鄶"，也是從中唐罵到晚唐。不僅罵晚唐，而且還罵楊萬里的"晚唐異味"，他晚年——大概八十四歲——寫的《讀近人詩》有句："君看太羹玄酒味，蟹螯蛤柱豈同科"，據說便是針對楊萬里貪嗜"晚唐異味"而發的，楊萬里有兩句名言："可口端何似，霜螯略帶糟"（《和李天麟二首》）。陸游認爲"晚唐異味"便是蟹螯蛤柱一類東西，雖略有鮮味，但與"太羹玄酒"却不可同年而語。這"太羹玄酒"正是他一貫標榜的李杜門牆。錢鍾書先生《談藝錄》說他"其鄙夷晚唐，乃違心作高論耳"，揣度放翁之意，無非是表示自己入門之正。實際情況却未必如此，別人不說，單舉許渾爲例。"江西派"宗老杜，最厭惡許渾，陳師道《次韻蘇公西湖觀月聽琴》有句："後世無高學，末俗愛許渾"，因爲許渾的詩在藝術上有點迷惑人的魅力，對"江西"詩法很有點腐蝕破壞作用。陸游心裏却很讚賞許渾，他的《跋許用晦丁卯集》稱之爲"傑作"，他的詩，如《寄贈湖中隱者》脫胎於許渾的《陵陽初春日寄汝洛舊游》；《幽居夏日》脫胎於許渾的《贈王山人》，前者"反其意"，後者"偷其格"，受其影響可見。難怪陸游的老師曾幾說："放翁出其門，而詩在中唐、晚唐之間，不主江西。"同時代人姜特立、方回等也有證詞。——放翁於四靈江湖的影響重在"不主江西"；誠齋則重在"主晚唐"。兩人的詩風亦多有不同，故方回《滕元秀詩集序》中有"有誠齋，亦有放翁，有江西，亦有唐人"的話頭。比較而言，同是詩壇巨人、前輩，陸游於晚宋的影響不及楊萬里。

　　姜夔名列江湖派花名册，他的《白石道人詩集》編入《江湖小集》，他的身份照例是毋須多說的。但他的地位有點特殊，從某種意義上說來似可算是江湖派的“前輩”，生年上也屬於孝宗時人。楊萬里很欣賞他的詩，讚賞他得時代風氣之先，曾有“更差白石作先鋒”的著名言論，此“先鋒”似應包含了對他“反江西“的讚美。姜夔曾經“三薰三沐師黃太史氏”，不但入“江西”之門，而且拜的正是正牌嫡宗黃山谷。但學了幾年，“一語嘸不敢吐，始大悟學即病，顧不若無所學之爲得，雖黃詩亦傹然高閣矣。”——這段話是他的《詩集自敍》，當是實情。注意，這話頗似楊萬里口吻，只是決心稍不及楊萬里。楊萬里大徹大悟後立即焚其少作千餘首（“大概皆江西體”）。姜夔也動過焚稿的念頭，但被朋友一勸，便心軟了，捨不得燒。——姜夔同楊、陸一樣，都曾沾濡過“江西”的潮流，不過上岸得早。《白石道人詩說》雖有“江西”句法殘餘，其變化求新處似也未能出呂本中“活法”範疇，但於“江西”詩法披靡一世之時能獨樹一幟，難能可貴；在創作上更能自覺地走自己的路，實踐自己“無所學之爲得”的意願。從這條路走下去，便與楊萬里、范成大、蕭德藻等人走到一起了（“諸公咸謂其與我合也”），事實上他在詩界的地位與楊、尤、蕭幾位也相彷彿，比他在詞界的聲望略微低一些。梁昆雅愛“江西”，將楊萬里、范成大、陸游等歸入“江西派”第三期，其特徵是：“擴大而融化之，變通而神明之”，成就超異，幾掩山谷，其實他們只是曾經沾濡了“江西”的潮流而已。白石的情形大抵雷同。

以前有一種說法，在"江西"法席風行天下，學杜潮流氾濫漫衍時只有兩種詩人站住腳跟，沒有跟著跑。一種是理學家，如朱熹；另一種便是詞曲家，則以姜夔爲代表。那個時代詞曲家往往不能詩，與其說他是代表毋寧說是獨此一家──姜夔的可貴也正在這一點，不管怎麼說，他在創作上確是跳脫了"江西"的藩籬（他的詩論固有江西氣味，但詞曲家數的氣味更重）。不過說得嚴格、精確一點，姜詩也只是律絕短章跳出了"江西"，並且有了晚唐風味，他的古體似仍在黃、陳的圈子裏。江湖派內似有約定俗成，近體必須學晚唐，古體則有較大的自由，如趙汝鐩，古體不但學王建、張籍，而且還學李白、盧仝。宋人項安世說姜詩"古體黃陳家格律，短章溫李氏才情"（《謝姜夔秀才示詩卷從千岩蕭東夫學詩》）是切近實際的。正惟姜夔律絕短章學晚唐這一基本特徵，他算是江湖派中人；亦因爲他很早就爲"反江西"打先鋒，又可稱作爲江湖派前輩，故筆者在這"淵源"一章才細談他。

江 湖 習 氣

江湖派攻擊"江西派"的兩個主要方略便透出了他們的習尚和風氣。據劉克莊《跋眞仁夫詩卷》透露，他們很注重詩歌形式美的追求，其要點爲："繁濃不如簡澹，直肆不如微婉，重而濁不如輕而清，實而晦不如虛而明。"──簡捷點便是"淸圓秀遠，精微沖和"與他們"絕去塵穢，刊落冗腐"的鬥爭方向相表裏。出於這樣的審美用心，他們一般重近體而輕古體，近體中又重五律而輕七律，講究鍛字煉句而無心寓意構思，技法上喜白描而忌

用典。四靈開始便有意在近體（主要是五律）的有限篇幅裏下苦
功夫翻空出奇，故他們往往陷於苦吟一路。翁卷《呈趙端行》：
"病多憐骨瘦，吟苦笑身窮"；徐照《訪觀公》："昨來曾寄茗，
應念苦吟心"；趙紫芝《後哀徐山民》："寄言苦吟者，勿棄攝
生訣"，《宋詩啜醨集》稱："四靈之作，大都烹煉工苦"，當
是實情。四靈斂情約性，烹煉工苦為的是求得"情瘦而自潤，貌
枯而神澤"的審美效果，由於才氣、骨力、胸襟、境界等方面的
原因，他們的詩反而顯得格卑而氣弱，流於尖纖薄碎、窘促寡苦
的可憐境地。

　　窘於篇幅，淺於情意，骨趣猥俚，氣格孱弱——江湖派受貶
薄大抵不出這四層意思。有人指出四靈初起與江湖末流須有區別，
袁桷《書湯西樓詩後》："徐翁趙氏為四靈而唐風漸復。至於末
造號為詩人者，極淒切於風雲花鳥之摹寫，力孱氣消，規規晚唐
之音調。"這裏的"末造號為詩人者"指的是江湖末流。范晞文
《對床夜語》："四靈倡唐詩者也，學者闖其堂奧。辟而廣之，
猶懼其失，乃尖纖淺易，相扇成風……宗之者反所以累之也。"
這裏的"學者"、"宗之者"也正是江湖末流。按此兩家言，江
湖習氣之流弊不在四靈初起而在江湖末流。其實，趙紫芝選"二妙"
當時（選姚詩遠多於賈詩）已露出他們的必然局限，姚合之五
律意淺語詭，多寒傖之氣，雕鐫小景往往刻劃太甚，間流纖仄碎
近。——四靈本來才氣平平，間架太狹，學識太淺，一味清苦為
詩，追求因狹出奇，其成就可以想知。而江湖諸人也未必皆率意
淺易，氣格孱弱為四靈名聲之累。

　　泛泛看一看江湖詩人的詩便可說明問題。劉克莊是南宋繼楊

陸後最大的詩人，他的許多洋溢著愛國主義和現實精神的著名詩
篇，人所稱道，不想贅述，即便如《夢賞心亭》、《讀崇寧後長
編》等語氣平靜，意思蘊藉的詩也能見出他的胸中憤慨、目中遠
光。戴復古有《織婦嘆》、《庚子荐飢》等同情民瘼的優秀之作，
他的《頻酌淮河水》、《江陰浮遠堂》等詩清爽健拔，委曲悽愴，
可直追楊萬里渡淮諸詩，其中的亡國之痛，英雄之淚感人至深。
他的《江村晚眺》、《晚春》等詩則又清淡秀逸、靈動活脫，呈
現藝術上的另一番功力與造詣。其他江湖諸家的詩或白描捉景，
清潤圓秀，或微吟含諷，格調雅致，佳作不少。如方岳的《泊歙
浦》、《春思》、《山居》；利登《沽酒》、《田家即事》；葉
紹翁《遊園不值》、《西湖秋晚》；高翥《秋日》、《春詞》；
葛天民《春晚》、《西湖泛舟入靈隱山》；周弼《山居春晚》、
薛嵎《省試舟中》、樂雷發《秋日行村路》等等都是十分耐讀而
有持久生命力的詩篇。——由此看來，指責他們創作態度基本上是
逃避現實的，成就極其有限，恐怕說不通，江湖派受貶薄的那四
種毛病似也概括不了他們詩歌的創作的全部面貌。

　　另外，江湖諸人在鑒識的眼力上、胸次的靈氣上亦有很大
差距，不可一概而論。舉一個例子，四靈的祖師爺葉適有一首叫
《中塘梅林》的五古，受到許多人好評，劉克莊《後村詩話》也
嘆賞備至，說什麼“兼阮、陶之高雅，沈、謝之麗密，韋、柳之
情深，一洗古今詩人寒儉之態矣”。但是“四靈中如翁靈舒，乃
不喜此作”。——審美趣味便大不一樣，可貴的便在重藝術獨眼，
輕派性親疏。劉克莊有《贈翁卷》詩。稱讚他“非止擅唐風，尤
於選體工”，可見創作模式上翁卷還有較大的餘地——翁卷可算

是四靈中最有靈氣的一個，他字"靈舒"是貨眞價實的"靈"，生下來就有"靈"字，徐照、徐璣、趙師秀的名號本來都沒有"靈"字，是後來拉大旗殺向詩壇時依著翁靈舒的"靈"字改成了靈暉、靈淵、靈秀，以湊"四靈"之目。"四靈"中最著名的一首詩恐怕還算是翁靈舒的《鄉村四月》。

　　順便要提一筆的是，江湖詩人的人品有的很成問題，尤其是奔走權門干謁求進的習氣多爲後世之詬。清錢牧齋《王德操詩集序》云："詩道之衰靡莫甚於宋南渡以後，而其所謂江湖詩者尤爲塵俗可厭！蓋自慶元、嘉定之間，劉改之、戴石屏之徒以詩人啓干謁之風。所謂處士者，其風流習尙如此。彼其塵容俗狀塡塞於腸胃而發作於語言文字之間，欲其爲清新高雅之詩，如鶴鳴而鷹嘯也，其可幾乎？"——劉過、戴復古如此，劉克莊也如此，他晚年與賈似道結交，詩文中不乏諛賈的作品，江湖詩人歷來被人瞧不起，很大一個原因恐怕在此。

　　然而應引起我們正視的是江湖詩人也還有因關心國事，抒發感慨而忤逆權奸，鑄成文字獄的。陳起曾有兩句詩："秋雨梧桐皇子府，春風楊柳相公橋"，有人告發爲攻擊史丞相（彌遠），有人指出這兩句詩是點化劉子翬《汴京紀事》句："夜月池台王傅宅，春風楊柳太師橋"，還有人說是出於敖陶孫之手（敖陶孫《題三元樓壁》詩攻詰韓侂胄，曾獲盛名），結果兩人皆坐罪，劈《江湖集》版，朝廷還詔禁士大夫做詩。一直到紹定六年史彌遠死，詩禁乃解。劉克莊曾因咏落梅詩和"朱三鄭五"之句被言官揭發上綱，險遭不測。他的一首叫《黃巢戰場》的詩也被誣爲"謗訕"。於此又可見江湖詩人做詩還是頗具風骨的，也並非全忘懷世事。

　　江湖詩人，生於晚宋，論者許多將晚宋國脉寢微歸罪於江湖
詩人之格卑力孱，有的甚至追罪到楊萬里的頭上。譬如翁方綱，
他在《七言律詩鈔凡例》中一面指出楊萬里直接啓導了後來的江
湖詩人，一面痛斥“漸多靡靡不振之音，半壁江山所以日即於孱
弱矣。”國運不振，遷罪於文學，要一群布衣詩人負弱國病民之
責，未免有欠公平。江湖詩人做詩的毛病當然要客觀地批評，但
不應一語抹煞，說成全無是處。他們反形式主義，主張坦白抒情，
不受書本子束縛以及某些虛明微婉，清圓輕靈的風格似也應該受
到肯定。這麼一支廣大的詩歌創作隊伍，以寶慶初年陳起始刻江
湖諸集算起至宋亡也有五六十年歷史，他們的文學活動能說完全
沒有意義？打破“江西派”的獨霸局面，並最終擊敗他的殘餘勢
力，便值得大書一筆！尤其值得再提一下的是陳起這個人的文學
意識和組織能力，沒有他編撰江湖諸集，這一批人的絕大部分恐
怕就難以留下姓名和作品，也不會有這麼一個叫江湖派的詩人群
體的命名。他有點像現代西方的某些出版商和電影製片人，往往
是一種文學潮流或風氣客觀上的直接推動者。他懂詩，自己也做
詩，當然亦懂出版經濟。聯絡詩人爲了刻書，刻書爲了出售，出
售爲了掙錢，同時也爲了詩的事業，爲了詩的事業還吃官司、坐
流配。劉克莊《贈陳起》詩云：“陳侯生長紛華地，却以芸香自
沐薰”，高格調、大目光可見，在一部中國文學史上，由一個出
版商組織甚至可以說是開啓一個文學流派的恐怕絕無僅有，筆者
作這篇《江湖流派泛論》論得很泛泛，唯獨對這個陳起自認爲說
了幾句不甚泛泛的話。

嚴羽詩論與儒家詩敎

　　嚴羽的《滄浪詩話》問世七百多年來，對它的研究和稱述縷
縷不絕，尤其是明淸兩代談藝說詩者無不沐浴其言，浸染其說；
直到現在，古典文藝理論研究者和愛好者對它的重視和興趣猶未
衰減。本文不想談人們談得很多的問題，僅就《滄浪詩話》的一
個重要思想理論傾向發表一些看法，著重探測一下嚴羽對儒家詩
敎的社會功利說的態度。

一

　　《四庫全書總目提要》稱嚴羽《滄浪詩話》："其時，宋代
之詩，竟涉論宗。又四靈之派方盛，世皆以晚唐相高，故爲此一
家之言，以救一時之弊。"我們知道嚴羽是抱著救弊補偏的目的
才毅然以闡揚詩歌藝術規律爲己任，"不自量度，輒定詩之宗旨"，
寫他的《滄浪詩話》、提出"截然謂當以盛唐爲法"的口號
的❶。後人稱讚他"能於蘇黃大名之餘，破除宋詩局面，亦一時
傑出之士、思挽回風氣者❷，殊不知他的"功在反正."❸正是由
於他志在反正的初衷上。嚴羽在詩歌形象美感的基石上建起了他
的興趣說，在不忽視藝術形象反映現實內容的基礎上著重強調了
詩歌藝術的形象思維和美感特徵。他論詩的審美標準就是看一首
詩是否講究形象思維規律，是否符合形象美感特徵，也即是說是
否有"興趣"。

依憑這個審美標準，嚴羽發現：宋人多數不懂詩是要用形象思維的，而唐人尤其是盛唐人恰恰可以說多數是懂得詩是要用形象思維的，所謂"本朝人尚理而病於意興，唐人尚意興而理在其中"❹。故他的興趣說的旨歸便是以盛唐人的"唯在興趣"來治療"本朝人"的"不問興致"❺。嚴羽提出"學盛唐"就是要學盛唐諸公自覺掌握形象思維規律而施展出來的藝術手段，學他們用情景交融、含蓄吞吐的藝術意境來啓發美感、移人情性的本領，一句話說，就是學盛唐的"興趣"。（當然嚴羽的這個"興趣"還不能概括盛唐詩歌的全部特徵。）進一步說，首先要學到盛唐人寫盛唐詩的思維方式和表現方式，充分發揮詩的藝術美感力量，藉以感發人、鼓舞人、持人以情性，然後再去考究服務於社會功利，移風易俗、維繫人心的目的。嚴羽詩論和儒家詩教──主要指它的社會功利說──的微妙關係首先要以這一點尋到解析的大郤大窾。

我國長期的封建社會裏儒家詩教是詩歌創作和批評的天經地義的準則，對我國詩歌理論的規範發生過深遠的影響。

《尚書·堯典》標出了儒家詩教第一條原則："詩言志"，嚴格規定了詩歌創作的主旨，所謂"詩者，志之所之也，在心爲志，發言爲詩"❻。但是"心之所感有邪正，故言之所形有是非"❼，先王聖人便要出來定個標準。孔子說："《詩三百》，一言以蔽之，曰：思無邪"❽"思無邪"便是儒家第一個也是唯一的一個"言之所形"、志之所發，即詩的評判標準，"詩言志"歸之於"思無邪"，孔子便肯定了詩的四個方面的功用："詩可以興，可以觀，可以群，可以怨。"同時也提出了詩可以"邇之

事父，遠之事君" ❾。《詩大序》引伸和發展了孔子的詩的功利
意識，提出：

　　　先王以是經夫婦，成孝敬，厚人倫，美教化，移風俗。

　　並定"風以動之，教以化之"爲治國用世的詩教方針，具體
程序是："上以風化下，下以風刺上"。東漢鄭玄著《詩譜序》
更明確地標出了"美刺"的審美意識：

　　　論功頌德，所以將順其美；刺過譏失，所以匡救其惡。

　　正因爲詩有一個"論功頌德"，"刺過譏失"的功用和移風
易俗，以化天下的目的，就有人把詩的本義訓作"持"，所謂"
持人情性"。《詩緯含神霧》云："詩者，持也。"南朝劉勰從
之曰：

　　　詩者，持也。持人情性。三百之蔽，義歸無邪。持之爲
　　訓，有符焉爾。
　　　　　　　　　　　　——《文心雕龍·明詩》

唐孔穎達《論語正義》釋"思無邪"說：

　　　思無邪者，此《詩》之一言。……詩之爲體，論功頌德，
　　止僻防邪，大抵歸於正。於此一句，可以當之也。

　　"持人情性"有兩方面的內容,即所謂"莫先於內持其志,而外持風化從之"❿,目的則是一個:"大抵歸於正。"

　　這裏我們不僅可以看出儒家詩教對詩歌功利作用的高度重視,也可以看出封建統治者對詩歌功利標準的嚴格要求。他們認為詩歌與政治、道德、倫理、風俗、民心,即與整個封建社會生活有著緊密不可分的聯繫,因此他們對詩歌的功利要求首先便落在美刺褒貶、"陳善閉邪"⓫的認識意義上,目的很明確:事父事君,維繫倫綱,用之邦國,化成天下。

　　我們說儒家詩教,尤其是它的社會功利說,客觀上有其一定的現實意義。詩歌既然是社會意識形態的一種表現形式,它總是產生於社會現實生活又反過來作用於社會現實生活。所謂"順美匡惡,其來久矣"⓬,詩歌的美刺褒貶、移風易俗的社會功利作用和目的的客觀有、必須有是誰也否認不了的。但是緊接著的問題是:如何"順美匡惡"?如何"陳善閉邪"?即如何"美"?如何"刺"?——這便是詩歌社會功利作用問題的實質所在。

　　嚴羽認為詩歌是吟咏情性的工具,言志抒情為其能事,"惟在興趣"為其標幟。詩歌是有其獨特的反映現實的規律的。或者說詩歌是直接訴之於人的情感而發生作用的,它要借助於形象思維,它必須首先通過它的形象的美感力量去打動人或者說作用於人再間接服務於社會現實生活(比如被詩歌感奮起來的人們自覺捍衛真善美、揭露假惡丑)。詩歌有一個打動人感情的根本目的,必須具備這種藝術說服力。達不到這個根本目的,不具備這種藝術說服力,服務於社會功利等於一句空話。沒有"興趣"、"不問興致"的詩不能打動人的心弦,掀撼人的感情,同儒學的經義、策論、語錄、講義沒有什麼不同。在嚴羽看來這些"經義、策論之有韻者"❸、"語錄、講義之押韻者"❹根本不能算是詩，當然它們的"詩的社會功利作用"就無從談起，由此可見，在嚴羽的認識上詩是否講形象思維規律，是否有形象美感力量，即是否有"興趣"是如何"美"、如何"刺"的根本問題，也是詩歌藝術規律最精核的要義所在，全部詩歌服務於社會功利的秘密就在這一點上，成功與否的關鍵也正在這一點上。

宋人恰恰在這一點上失敗了。宋詩的弊病主要在"以議論爲詩"、"尚理而病於意興"，在"竟涉論宗"、"不問興致"。造成宋詩這個弊病的一個重要原因是儒學在宋代的泛濫。

兩宋是儒學歷史上赫赫鼎盛的濂洛關閩時代，宋代儒學由周敦頤、邵雍、張載、二程、楊時經羅從彥、李侗到朱熹、陸九淵完成了兩漢以來儒宗正統的復興，成了佔絕對優勢而至尊無上的統治階級的御用哲學。這個復興給宋代詩歌的理論和實踐帶來的影響是消極的。

儒學（理學）的極端派代表們一面排斥和敵視詩歌，一面又要求詩歌維護高度的純潔。程頤認爲做詩只是"玩物喪志"，他表示"不欲爲此閒言語"❺；朱熹說："今人不去講義理，只去學詩文，已落得第二義。"❻他們的"思無邪"比孔子的"思無邪"狹隘得多、嚴厲得多，"非禮勿言"被推到了極端，人的感情被視作洪水猛獸，愛情入詩則更犯了大忌。"情之溺人也甚於水"❼，救溺的方法只能是明心見性。這樣，詩便成了理過其辭，淡而寡味的理學詩，所謂"詩揚心造化，筆發性園林"❽，這一類詩大多演繹孔孟聖心，發揮語錄經典，空乏乾巴，味同嚼蠟，

張載《聖心》、程頤《謝王佺期寄藥》、邵雍《生男吟》等便是
這一類玩意兒。

　　另一方面，儒家詩教影響下的正統論詩者又大多把社會功利
作為詩歌審美的唯一標準，用以檢驗前人的遺產，規範以後的創
作。杜甫的詩在宋代聲譽極高，一個很重要的原因正就是儒學極
盛、儒家詩教浸染一代的緣故。杜詩的內容意識與儒家的觀念形
態、儒家詩教的功利主義最是投合。宋張戒《歲寒堂詩話》說：

　　　　子美詩，讀之使人凜然興起，肅然生敬，《詩序》所謂
　　　"經夫婦，成孝敬，厚人倫，美教化，移風俗"者也。

　　在嚴羽看來，杜甫的成功正不在他重視詩歌的社會功利作用，
而恰恰在杜甫能把這些社會功利的內容與他的真摯濃郁的感情完
美結合，即，使詩歌的思想性、藝術性奔會融合，完美發揮，既
有形象的美感力量又有純正的思致議論，情理交融，無迹可求。
儘管嚴羽推崇杜甫的還不在這裏。

　　朱熹的再傳弟子真德秀（西山）纂《文章正宗》把社會功利
的審美標準更推到了極端。他在《文章正宗綱目》中標明宗旨：

　　　　今所輯，以明文理，切世用為主，其體本乎古，其指近
　　　乎經，然後取焉。否則，辭雖工，亦不錄。

　　這幾句話正可見出正統儒者詩文取捨標準的不近人情。《文
章正宗》分四部分，第四部分即是"詩賦"。劉克莊《後邨詩話》

說：

>《文章正宗》初萌芽，西山先生以詩歌一門屬予編類，
>且約以世教民彝為主。

即使委託別人“編類”，也有約在先：“以世教民彝為主”。
正因為編纂者以如此狹隘的儒教觀念為基準，結果這部書“四五
百年來，自講學家外，未有尊而用之者”❶。原因很簡單：“病
其以理為宗，不得詩人之趣。”❷

二

宋詩陷入“以理為宗”的泥潭與儒家詩教的嘵嘵“美刺”有
關。正統詩論者大多死死記著一個“美刺”在心，以為詩只有個
“美刺”、只能有“美刺”，只需把“順美匡惡”、“陳善閉邪”
的“理”說清楚、說乾淨就是好詩。他們不懂詩講“美刺”首
先要講形象思維，要講形象美感。

有人說儒家詩教講“比興”，講“比興”不就是講形象思維
嗎？儒家詩教固然講“比興”，但他們把“比興”理解得相當狹
窄，甚至幾乎把“比興”直接等同於“美刺”。如鄭玄，他注
“比興”說，“比，見今之失，不敢斥言，取比類以言之；興，嫌
於媚諛，取善事以喻勸之”❹，使比興說與《詩經》以及《詩經》
的大小序一樣蒙上了一層濃厚的經學色彩。即使如朱熹對“比
興”較為高明的解釋，還只是把它們看作是表現手法而不是思維
形式。形象思維是依憑形象來認識、來反映事物的本質和規律，

來顯示客觀世界的眞理。它可以借助於“比興”手法來表現，而
僅僅拘於“比興”兩法嚴格說來還不就是形象思維。

　　《福建通志》說：“羽以妙遠言詩，掃除美刺，獨任性靈。”
《四庫全書總目提要》稱嚴羽《滄浪集》：“其所自爲詩，獨
任性靈，掃除美刺，清音獨遠，切響逐稀。”可見嚴羽“言詩”
和“所自爲詩”都有這麼一個自覺傾向：“掃除美刺，獨任性靈。”
嚴羽雖然被認爲言詩、作詩“掃除美刺”，但他對“美刺”、
“比興”却從來不置可否，更沒有聲言要“掃除”，如孔子對鬼
神的態度一樣相當愼重，有一定的保留。反映在《滄浪詩話》裏
便是一字不提，蓋闕如也。

　　嚴羽標舉“興趣”，強調詩歌藝術的形象思維和形象美感，
但詩歌社會功利作用的客觀有、社會功利目的必須有，嚴羽畢竟
是認識的（儘管他有輕視或忽視的傾向）。他撇開或繞過“美刺
比興”而孜孜爲人建築了一個講“美刺比興”必須具備的前提。
“詩有別趣，非關理也”，“不涉理路”❷，“尚意興而理在其
中”，正是他那個時代詩要用形象思維的說法。美也好、刺也好、
比也好、興也好，都必須通過形象的美感能打動人這樣一個前提
才談得上，離開了這個前提，詩的社會功利就只是一句空話。
《詩大序》以來的儒家詩教正統論詩者大多未能窺識到這一點，有
宋一代尤其是所謂江西詩派盛行以來的芸芸說詩、做詩者更不懂
得這一點，空議“美刺”、說理爲詩、“竟涉論宗”、“不問興
致”，於詩的社會功利恐怕最終仍是“可憐無補費精神”。

　　正因爲嚴羽對“美刺比興”一字不提，後來便有人誤解他
“不知比興”：

　　嚴滄浪詩貴妙悟，此言是也。然彼不知比興，教人何從
悟入？……說詩、說禪、說教、俱無本據。
　　　　　　　　　　　　　　　（吳喬《圍爐詩話》卷五）

　　吳喬認為嚴羽不知“比興”，他那一套“詩貴妙悟”的理論
再高明也是懸空的，所以說他“說詩、說禪、說教，俱無本據”。
這裏吳喬說的“不知比興”同他在《圍爐詩話》卷一裏說的“宋
人不知比興”一樣，指的是未意識到形象思維，不知“比興”在
詩歌創作中的重要作用。看來吳喬未免錯會了嚴羽，嚴羽的基於
詩歌形象思維規律的興趣說《圍爐詩話》一言未及，“惟在興趣”
是嚴羽對詩歌的形象思維和藝術審美的概括，他所謂的“妙悟”
就是以“興趣”為對象，以悟出詩的形象思維規律和形象美感
特徵為目的的。從這層意義上來說，在詩歌本質（包括“比興”）
的認識上吳喬的見解與嚴羽的本意沒有矛盾。不“言”比興不
等於不“知”比興，嚴羽不言比興寄寓有他的微意。

　　嚴羽不但對詩的“美刺比興”一字不提而且對儒家詩教嚴定
的詩歌最高典範的《詩經》也採取同樣的“闕如”的微妙態度，
頗有點像孔子所謂春秋筆法。《詩》學皈依了儒家一統之後，論
詩者無不以三百篇為正宗鵠的，為萬世楷模，所謂“《詩》之為
經，人事浹於下，天道備於上，而無一理之不具”[23]。嚴羽偏偏在
這一點上卻有他獨特的看法。《滄浪詩話》全書提到《詩經》的
只有一句話，那就是《詩體》篇第一節的第一句：“風雅頌既亡”。
“風雅頌既亡”詩體便”一變而為《離騷》，再變而為西漢
五言，三變而為歌行雜體，四變而為沈宋律詩。”嚴羽只是在敘

述詩體衍變、詩的形式進化的歷史沿革才談到了 "風雅頌"，並
且只說 "風雅頌既亡" 而沒說風雅頌尚矣，盡矣，至矣，不假悟
矣等話頭，更沒有推衍 "順美匡惡"、"陳善閉邪"、"上以風
化下，下以風刺上"、"經夫婦，成孝敬、厚人倫，美教化，移
風俗" 等一套儒家詩教的陳辭濫調，而且除了這個一閃即逝的
"風雅頌" 之外翻遍全書再也找不到第二個 "風雅頌"，也沒有發
現 "三百篇" 的影子，更不曾稱引過一句詩曰詩云的話。論詩最
遠論到楚辭，楚辭後的古詩、蘇李、五言、樂府，一直到 "本朝
諸公" 及趙紫芝、翁靈舒輩以至於與他同時的江湖派詩人，上下
一千餘年，巨細無遺，獨獨不論 "風雅頌"、"三百篇" ！ "風
雅頌既亡" 好像既然 "既亡" 就再也沒有必要置一詞、措一語。
他教人 "功夫須從上做下，不可從下做上" ❷的具體內容是熟讀、
熟參從楚辭到李杜等盛唐諸公的作品，也閉口不提三百篇的典範
性。這種 "闕如" 不得不引起我們充份的注意，這與他言詩、做
詩 "掃除美刺" 一樣淵源於同一個對儒家詩教的懷疑和不滿的態
度，這種避而不論正是他心中懷疑和不滿的慎重表現。潘德輿
《養一齋詩話》說：

　　　嚴羽《滄浪詩話》……第溯入門功夫不自三百篇始而始
　　於《離騷》，恐尚非頂顛上作來也。

　　他對嚴羽詩論多有悅服，唯這一點稍嫌不足，故不辨嚴羽微
意所在而一味為之曲解：

> 滄浪謂漢魏不假妙悟，夫不假妙悟，性情之中聲也。漢
> 魏尚不假妙悟，況三百篇乎？知詩之本者，非滄浪其誰？
>
> （均卷一）

滄浪或正是"知詩之本"才對三百篇、對"美刺比興"不發一言，保持沉默的。

《滄浪詩話》還有一個明顯的特色──也是與儒家詩教大相背謬的地方──就是整部書裏禪家語用得很多，且用得嫻熟，左抽右旋，機鋒橫出，儘管他對禪本身的知識不甚了了。這當然與當時文人學士的普遍風氣有關，也與他以禪喻詩的論詩方法有關，但他這方面的表現特別顯得觸目。語言文詞的選擇往往能曲折反映出作者的思想哲學的傾向，嚴羽大說特說的那個"禪"雖名為宗教實則幾近乎一種與儒家的教義大相徑庭的哲學。後人指責他妄比詩、禪，背逆儒教："詩教自尼父論定，何緣墮入佛事？"❷甚至當時他的那位"出繼叔"吳景仙都說他"說禪非文人儒者之言"，幾乎把他視為異端。他回答道：

> 本意但欲說得詩透徹，初無意於為文，其合文人儒者之
> 言與否，不問也。
>
> ──《答出繼叔臨安吳景仙書》

他認為這種帶有濃重叛經離道色彩的禪家語能完滿表達自己對詩歌的見解，說起來又麻利通透，搔得到癢處，便明目張膽一路說去，根本不想問世之君子們容忍不容忍了。

嚴羽以禪擬詩，認爲“以禪喻詩，莫此親切”❷，後世捧他
的人竟也以禪擬他：

> 嚴儀卿崛起爐餘，滌除榛棘，如西來一葦，大暢玄
> 風。
>
> ——胡應麟《詩藪》雜編卷五

嚴羽在詩歌理論史上的地位竟可同“西來一葦”的禪宗初祖
達摩相比了，所謂“獨探玄珠”，所謂“剗除荊棘，獨探上乘”
❷，幾乎被捧上了天。

針對嚴羽明目張膽地背逆儒家詩教，尤其對“其來已久”的
詩歌社會功利說持懷疑態度，並標舉一個“興趣”的藝術標準來
牢籠詩歌的創作和批評，正統的儒家詩教代表便提出了抗議。馮
班《嚴氏糾謬》說：

> 滄浪只是興趣言詩，便知此公未得向上關捩子。

馮班這話倘使按他對嚴羽的誤解，即無視詩歌的思想內容和
社會意義，排斥詩歌的社會功利作用和目的來講，確實說得不錯，
但從嚴羽反對“以理爲宗”、“不問興致”強調詩歌的形象思維
規律和形象美感特徵的本質的一面來說，我們不妨可認爲滄浪
正是“只是興趣言詩”才抓得了詩道的“向上關捩子”的。許印

芳《滄浪詩話跋》說：

> 嚴氏雖知以識爲主，猶病識量不足，僻見未化。……故
> 論詩惟在興趣，與古人通諷諭，盡忠孝，因美刺，寓勸懲之
> 本意全不理會。

這段話正可爲嚴羽對儒家詩教的社會功利說的態度作個概括，嚴羽對“識”最是看重，也最是自負，“自謂有一日之長”❷，論詩又首標“學詩者以識爲主”❷，即要學詩者具備自己的眞識，如他“非傍人籬壁，拾人涕唾”，“自家實證實悟”，“自家閉門鑿破此片田地”❸的那種獨立見解，也即是他在《詩法》篇裏說的“須著金剛眼睛”、《詩評》篇裏說的“具一隻眼”的意思。嚴羽對儒家詩教尤其是它那一套“脚跟未曾點地”而又頑固地走到了極端的功利意識的懷疑和不滿正本之於他的“金剛眼睛”、“具一只眼”觀照出來的眞識。許印芳站在正統儒家詩教立場上指責他“識量不足”不正恰恰證明了他“識最高卓”❸嗎？嚴羽“論詩唯在興趣”並不是對詩的社會功利作用“全不理會”，而是在“理會”這些功利作用之前首先得“理會”詩的“興趣”，即詩的形象思維規律和形象美感特徵。這裏“僻見未化”四個字倒很精辟地點出了嚴羽詩論（包括他的思想哲學）的精神實質。“僻見”指與芸芸君子們完全不同的見解和立論，所謂“別具心腎，嘐嘐反古”❸，“未化”指未沐儒家詩教之化，所謂“非文人儒者之言”，思想哲學尚未皈依，一身異敎色彩。然而歷史與文藝本身的發展却證明了嚴羽的“僻見未化”正是他對詩歌美學

理論作出獨特貢獻的根本原因。"僻見"不掩其"灼見"的光輝，"未化"正是他獨立思考，不受束縛，大膽追求藝術眞理的難能可貴之處。因爲"未化"才有"僻見"，戴復古稱他"持論傷太高，與世或齟齬"（《祝二嚴》），嚴羽自稱"獨立一世外，所思千古前"❸，看來不是空話，而一本《滄浪詩話》又正是他以自己的"未化"去"化人"的一片痴心熱腸。

　　然而嚴羽與儒家詩敎並沒有完全割斷關係。他說，"詩者，吟咏情性也"❹，與儒家詩敎的言志說沒有原則上的不同。《詩大序》"詩者，志之所之也，在心爲志，發言爲詩"，之後，又緊接著說"情動於中而形於言"。孔穎達《左傳》昭公十五年《正義》說："在己爲情，情動爲志，情、志一也。"在詩歌風格的認識上嚴羽與儒家的"溫柔敦厚，詩敎也"❺，幾乎是完全一至的。他在《詩辨》中明確把"叫噪怒張，殊乖忠厚之風"的詩歌列入"末流甚者"，把"以罵詈爲詩"視爲詩中一厄。又，他在《答出繼叔臨安吳景仙書》中執意忌諱一個"健"字，說"於詩則用健字不得"，他稱許"雄渾悲壯"的詩風，卻又忌著"雄深雅健"的提法，認爲兩者"毫釐之差，不可不辨"。說穿了，他就是把"健"的詩風誤解爲張脉僨興，筋骨畢露，"叫噪怒張"或"以罵詈爲詩"，與他理想中的所謂"忠厚之風"乖戾了，也即是說與儒家詩敎的溫柔敦厚，怨而不怒的敎條背違了。因此嚴羽的逆經離道還不能算是很徹底的。

　　嚴羽對詩歌藝術本質的探討和形象美感特徵的辨析對於詩歌美學的理論發展無疑是積極的、重要的。嚴羽美學的思想核心的兩句話："尚意興而理在其中"——"詞理意興，無迹可求"，

不僅可見出嚴羽詩論較之前人和同時代人的進步和高明，而且對
"以理爲宗"的儒家詩敎不能不是一種最有效的補救。因此從美
學的、歷史的觀點看來，嚴羽詩論應該受到公允的肯定和讚賞
(儘管它還有一些不可避免的局限和缺陷)，而儒家的詩敎只有在
充分認識到並重視了詩歌藝術的特殊規律之後才能獲得它的眞正
生命和傳統尊嚴。

〖註釋〗

❶❺ 《滄浪詩話・詩辨》。

❷ 潘德輿：《養一齋詩話》，卷一。

❸ 鄧原岳：《滄浪詩話序》。

❹ 《滄浪詩話・詩評》。

❻ 《詩大序》。

❼ 朱熹：《詩集傳序》。

❽ 《論語・爲政》。

❾ 《論語・陽貨》。

❿ 劉熙載：《藝概・詩概》。

⓫ 朱熹：《詩集傳序》。

⓬ 劉勰：《文心雕龍・明詩》。

⓭ 劉克莊：《竹溪詩序》，見《後邨大全集》卷九十四。

⓮ 劉克莊：《吳恕離詩稿跋》，見《後邨大全集》，卷一。

⓯ 《二程遺書》，卷一十八。

⓰ 《清邃閣論詩》。

⓱ 邵雍：《伊川擊壤集序》。

⓲ 邵雍：《無苦吟》。

⓳ 《四庫全書總目提要》。

⓴ 見顧炎武：《日知錄》，卷三，" 孔子刪詩 " 條評《文章正宗》語。

㉑ 見范文瀾《文心雕龍注》卷八所引《周禮・太師》鄭注。

㉒ 《滄浪詩話・詩辨》。

㉓ 朱熹：《詩集傳序》。

㉔ 見《滄浪詩話・詩辨》。

㉕ 李重華：《貞一齋詩說》。

㉖ 《答出繼叔臨安吳景仙書》。

㉗ 《詩藪》外編，卷四。

㉘㉚ 《答出繼叔臨安吳景仙書》。

㉙㉞ 《滄浪詩話・詩辨》。

㉛ 《詩藪》內編卷二：" 宋末嚴儀卿，識最高卓。"

㉜　鄧原岳：《滄浪詩話序》。

㉝　《滄浪集・登天皇山》。

㉟　《禮記》。

嚴羽《滄浪詩話・詩辨》辨

　　嚴羽《滄浪詩話》在宋季的出現是中國詩歌理論批評史上一件大事，猶如一顆慧星掃過群星暗澹的宋代詩歌理論的天幕，劃出一道極亮的閃光。由於《滄浪詩話》論述方法和概念含意上的種種情況，它的一些旨義不易看眞，生出了不少誤解和曲解，導致了對它的認識和評價的許多分歧。七百多年來議說紛紜，爭論未休。有的譽爲至論，奉作瓣香；有的詆爲謬談，視作鬼嚛，見仁見智各以其意作"奇特解會"。儘管褒貶不一，甚至截然相反，《滄浪詩話》的盛名却是無可置疑的，它對後世的詩歌創作及理論發生了不可忽視的影響。

　　《詩辨》是《滄浪詩話》全書的理論總綱，後世圍繞著《滄浪詩話》的爭論主要是圍繞著這《詩辨》一篇，而嚴羽最視爲得意的也正是這《詩辨》一篇。他自詡道：

> 仆之《詩辨》，乃斷千百年公案，誠驚世絕俗之談，至當歸一之論。其間說江西詩派，眞取心肝劊子手。以禪喻詩，莫此親切。是自家實證實悟者，是自家閉門鑿破此片田地，卽非傍人籬壁，拾人涕唾得來者。李杜復生，不易吾言矣。

　　嚴羽對他的《詩辨》既自許如此，我們現在就細細來看一看《詩辨》究竟說了些什麼，對《詩辨》裏歷來有爭論的東西作一

番辨析、解釋，弄清楚嚴羽說詩的體系。並在這基礎上爲《詩辨》
作出實事求是的、客觀公允的評價。

　　《詩辨》開宗明義第一章第一句："夫學詩者以識爲主，入
門須正，立志須高。"❶嚴羽論詩首標一個"識"字爲學詩者之
"正法眼"。"識"的具體內容有二項：入門須正，立志須高。
再具體點，入門就是"以漢魏晉盛唐爲師"，立志就是"不作開
元天寶以下人物"。兩者是一而二，二而一的事，即所謂："推
原漢魏以來而截然謂當以盛唐爲法"。學詩者倘使立了這個志向，
那麼入門便是一個十分緊要的問題。入門不正，"路頭一差，愈
騖愈遠"，甚而墮入野狐外道，不可救藥，入門如果正了，"行
有未至，可加工力"，"雖學之不至，亦不失正路"。

　　嚴羽的這個"識"除了教人識得一個"學盛唐"的不二法門
外，又要求人具備自己的"識"，即自己的眞知灼見——"自家
實證實悟"、"自家閉門鑿破此片田地"的那種獨立思考和獨立
見解。也即是他在《詩評》裏所說的"具一只眼"、《詩法》裏
所說的"須著金剛眼睛"的意思。他如"識眞太白處"、"識其
安身立命處"、"識眞味"云云，亦均從這一"識"字生發。他
自己把"識"看得如此之重，他敎人一個"識"根本意義上來說
也是嚴肅的，目的很清楚，要人"庶不眩於旁門小法"(《詩法》)。
爲了引起重視，嚴羽甚至還用"見過於師，僅堪傳授；見
與師齊，減師半德"的話來激發人的自我之"識"，生怕後學丟
了一個"識"字，慧心一泯，手足無措，墮入到"野狐外道鬼窟
中"去。

嚴羽既要學詩者具備自己的真知灼見，又要學詩者走他指示的康莊大道，不免"謬戾而意且矛盾"，清葉燮責問道：

> 夫羽言學詩須識是矣，既有識，則當以漢魏六朝、全唐及宋之詩，悉陳於前，彼必自能知所抉擇、知所依歸，所謂信手拈來，無不是道。若云漢魏盛唐，則五尺童子、三家村塾師之學詩者，亦熟於聽聞，得之授受久矣。如此康莊之路，衆所群趨，卽瞽者也能相隨而行，何待有識而方知乎？
>
> ——《原詩》・外篇

這段駁難大有鞭辟入裏的邏輯力度，真有"識"之言，恰中嚴羽以"識"標榜又嚼食餵人的矛盾，一刀剔入肯綮。我們說嚴羽這個"識"雖有其自身的矛盾，但他標出一個"識"爲學詩者的"正法眼"無疑是正確的，也可以說是有真"識"的，後人竟也有稱他"識最高卓"的❷。

嚴羽憑著他的這個"識"看出了宋詩的弊病，也正是憑著這個"識"提出了他的系統的詩歌理論主張。他指出：

> 近代諸公乃作奇特解會，遂以文字爲詩，以才學爲詩，以議論爲詩。夫豈不工，終非古人之詩也，蓋於一唱三嘆之音，有所歉焉。且其作多務使事，不問興致，用字必有來歷，押韻必有出處，讀之反復終篇，不知著到何在。

他總括出的"以文字爲詩，以才學爲詩，以議論爲詩"正精確地

點中了宋代詩風的主要弊病。故他認爲宋詩"終非古人之詩"，
原因是"於一唱三嘆之音，有所歉焉，"要害只在"不問興致"
四個字上。──嚴羽正是巨眼看（識）到了這個"詩道之重不幸"
才"不自量度"以闡揚詩歌藝術規律爲己任，挽狂瀾、制頹波。
又正由於他心中有"識"故能言直膽壯，鋒芒畢露，爲一家之言，
救一時之弊。他說"雖獲罪於世之君子，不辭也。"正說明他對
自己的"識"的自信。

  "識"字標出來了，憑這個"識"，識到了學詩"截然謂當
以盛唐爲法"，就是說要以盛唐詩當楷模來學，並由這個不二法
門、康莊大道走入左右逢源、頭頭是道的詩的自由王國，那麼學
者又如何入這個門呢？於是嚴羽緊接著又拈出一個"悟"字。
"識"是"悟"的基本條件，"悟"是"識"的迫切要求，所謂因
"識"而"悟"、因"悟"而通於"禪"。

  佛教禪宗在唐代盛行之後，入宋餘焰仍熾，著名的禪宗典籍
《五燈會元》就編纂在宋代。當時的社會名流對談禪多有染指，
有的甚至很精湛，他們的詩往往有濃厚的禪意，這種禪意又多混
有老莊的成份。如蘇軾《送參寥師》云："欲令詩語妙，無厭空
且靜。靜故了群動，空故納萬境。"那個在黃州與蘇軾交游的陳
慥也是個"談空說有夜不眠"的飽禪之士，黃庭堅"無人知句法，
秋月自澄江"之類的詩句禪味亦很重，王安石寫過許多禪（學）
詩，如《即事》、《題半山寺壁》、《擬寒山拾得二十首》等。

  當時的許多學士文人開始談起了禪道詩道的相似之處，如韓
駒《贈趙伯魚》：

　　學詩當如初學禪，未悟且遍參諸方。一朝悟罷正法眼，
信手拈出皆成章。

　　韓駒認爲做詩的基本方法即是所謂"禪悟"（漸修之悟），
范季隨《陵陽室中語》記他的話說：

　　詩道如佛法，當分大乘小乘、邪魔外道，惟知者，可以語此。

　　與韓駒同時的李之儀也說："說禪作詩，本無差別"（《與
季去言書》，《姑溪前集》卷二十九），又《贈祥瑛上人》云：
"得句如得仙，悟筆如悟禪"（《姑溪後集》卷一）。《宋史》
本傳載李之儀從學蘇軾（卷三百四十四），劉克莊《江西詩派小
序》謂韓駒也出於蘇軾門下。雖然禪宗極盛的唐代就有意識到
"以禪喻詩"的人，如（釋）皎然。但有宋一代　"以禪喻詩"的源
頭恐怕還實自東坡而來。後人說東坡"機括實自禪悟中來" ❸，
不僅指他捉禪意入詩多，受禪機啓發寫詩多，還當有"以禪喻詩
的"機括"。
　　蘇軾開了"以禪喻詩"的風氣之後，趨風趕時的人不少，學
詩學禪、禪悟詩悟之說不脛而走，"學詩當如初學禪"、"學詩
渾似學參禪"、"參禪學詩無兩法"之類的《學詩詩》嚼爛了舌
根。嚴羽也正是看到了禪、詩在"悟"這一點上非常相似，才藉
禪以爲喻，揭出"以禪喻詩"的旗號的，儘管他對"禪"還不甚
了了。他說"禪家者流，乘有大小，宗有南北、道有邪正。"詩
呢？與禪相喻正好是：

> 漢魏晉與盛唐之詩，則第一義也。大歷以還之詩，則小
> 乘禪也，已落第二義矣。晚唐之詩，則聲聞辟支果也。學漢
> 魏晉與盛唐詩者，臨濟下也。學大歷以還之詩者，曹洞下也。

他未分辨小乘禪即是所謂聲聞辟支果，臨濟、曹洞在後期禪宗中
都是顯宗，無甚優劣，故遭到後來錢謙益、馮班等人的挖苦和詆
訐。馮班《嚴氏糾謬》說：

> 滄浪之言禪，不惟未經參學南北宗派，大小三乘，此最
> 是易知者，尚倒謬如此，引以為喻，自謂親切，不已妄乎。

又說："凡滄浪引禪家語多如此，此公不知參禪也。"

嚴羽對禪本身沒有好好熟參，但不妨礙他對禪的基本觀點的
了解和認識，況且他"本意欲說得詩透徹"，根本無意於禪本身
的研究。他對禪本身的知識儘管"倒謬如此"，但"引以為喻"
則未必就是"不已妄乎"。徐增《而庵詩話》說得好："滄浪病
在不知禪，不在以禪論詩也"。

那麼，"悟"又是如何在詩、禪兩者之間溝通的呢？所謂
"悟"，在禪說來是信佛眾生對佛理的認識活動從感性到理性，一
旦豁然掌握了奧蹟的真諦的這麼一個心理過程或思維形式。禪對
思維的要求是心領神會，豁然貫通。而在自我意識中獲得了佛理
的最高認識，臻於內心圓融正覺的透徹之境便是所謂"妙悟"了。
在嚴羽看來對奧蹟微妙的詩道（詩歌特殊的藝術規律）的認識活
動也正是如此。他所謂的"學盛唐"正是要人們對盛唐第一流、

最上乘的作品揣摩、品味、咀嚼、涵茹，所謂"皆須熟讀"，
"朝夕諷咏"，"醞釀胸中"。嚴羽把這個過程叫做"熟參"，而
"熟參"的形式正是所謂"悟"，或者叫"證悟"。錢鍾書先生
《談藝錄》說："至於證悟，正自思學中來，下學以臻上達"。
而一旦參透並悟出了詩道的奧賾微妙，達到圓融透徹的自由之境
便是"妙悟"了——詩道和禪道正就在"悟"到"妙悟"這個心
理過程或思維形式上互相溝通的。故嚴羽說："大抵禪道惟在妙
悟，詩道亦在妙悟"，故"論詩如論禪"。

　　禪悟有頓、漸之別，嚴羽借禪喻詩，惟取漸修之義。

　　禪道常用具體現象、形象來暗示、象徵其理想的彼岸；詩道
常用具體的現象、形象來暗示、象徵其藝術的意境。兩者都必須
通過"悟"到"妙悟"的心理過程或思維形式來完成這種最高意
義的認識，儘管他們本質上截然不同：一個是想達到否定、揚棄
現實世界、現實人生的結論；一個是要尋求肯定、並更完美地顯
示藝術眞理、現實眞理的途徑。

　　但是後來的許多人却纏著詩、禪或禪、悟的同異爭議不休。
劉克莊《題何秀才詩禪方丈》："詩之不可爲禪，猶禪之不可爲
詩也。"李重華《貞一齋詩說》："詩教自尼父論定，何緣墮入
佛事？"黃培芳《香石詩話》："詩貴超悟，是詩教本然之理，
非禪機也。"潘德輿《養一齋詩話》："詩乃人生日用中事，禪
何爲者，以妙悟言之猶之可也，以禪言詩則不可。"——這些人
的一個根本共同點就是忘掉了嚴羽"以禪喻詩"的一個"喻"字。

　　有人把"悟"解作靈感，不當。

　　靈感是："應感之會，通塞之紀，來不可遏，去不可止。"

❹。"悟"則是："搜求於象,心入於境,神會於物,因心而得。"
❺靈感是未然而然;"悟"是依其然而求其所以然。

後人又有發揮他的"悟"的,認爲"悟"了之後,還須"深
造",還須"繼之以躬行,深之以學問"。胡應麟在《詩藪·內
編》卷二中說:"禪必深造而後能悟,詩雖悟後,仍須深造。"

陸世儀(桴亭)說:

> 人性中皆有悟,……如石中皆有火,必敲擊不已,火光
> 始現。……得火之後,須承之以艾,繼之以油,然後火可不
> 滅。……得悟之後,須繼之以躬行,深之以學問。
>
> ——《思辨錄輯要》卷三

在嚴羽看來,"悟"以後可以不必深造或繼之以躬行、學問,
只是左抽右旋,自由運用的問題了。所謂"悟"之後的"妙語"
之境正是指圓融透徹的最高修養,達到這個修養正依賴了
"妙悟"之前的艱辛的躬行力學和深造。一旦達到了這個"妙悟"
之境,在禪家來說是到了大光明正覺,一闡提人成了佛,自然不
必回過頭來再去課經、修行;在詩家說來正是嚴羽所謂"及其透
徹,則七縱八橫,信手拈來,頭頭是道矣"(《詩法》)。似也
不必回頭再鑽研、摸索達到"七縱八橫,信手拈來,頭頭是道"
的門路了。"悟"在創作論上指的是創作的自由以對它的本質特
徵的認識爲前提,一旦達到了這個認識,自然那個前提就不必再
去固執和講究了,所謂"得魚而忘筌"。清王士禎《香祖筆記》
說:"舍筏登岸,禪家以爲悟境,詩家以爲化境。詩禪一致,等

無差別"。"詩禪一致"正一致在"舍筏登岸"這個形式或者說
"悟"到"妙悟"的過程上。登了岸,獲得了陸上的自由,自然
可以"舍筏"了——所以在嚴羽看來禪也好,詩也好都一樣,圓
融透徹的"妙悟"對於人來說一輩子只能有一次,而一旦達到了
"妙悟"之境,便可終身受用不盡,無須再要什麼深造或躬行力
學了,這一點正是"詩禪一致,等無差別"的。故嚴羽說"以禪
喻詩,莫此親切"。

　　我們說正由於詩、禪本質的不同,禪道悟出後不妨四無窒礙,
豁然通透,毋需深造和躬行力學。但詩道的"悟"却有一個不斷
深化和發展的要求,對詩歌藝術規律的探索和認識是無止境的。
胡、陸對"悟"的發揮是符合詩道的思辨特徵和發展規律的,嚴
羽則未免陷入禪道太深,尚未意識到以禪喻詩還有這麼一點重要
的"不親切"之處。

　　弄懂了"悟"之後,乃可以進一步來看嚴羽所謂第一義之悟
和透徹之悟了。他說:

> 悟有淺深,有分限,有透徹之悟,有但得一知半解之悟。漢
> 魏尚矣,不假悟也。謝靈運至盛唐諸公,透徹之悟也,他雖
> 有悟者,皆非第一義也。

嚴羽這裏立"悟"諸界皆指的學者從最上乘、具正法眼、悟第一
義出發而說的,即深淺分限只是從盛唐悟入後出現的差距。故嚴
羽說"行有未至,可加工力"。如果不從第一義的盛唐(詩)悟
入,即所謂"他雖有悟者",那麼"路頭一差,愈騖愈遠"。

　　在嚴羽看來掌握所謂奧賾微妙的詩道，即詩歌藝術的特殊規律的能力必須通過第一流的作品（盛唐詩——第一義）的熟參而逐步培養，不斷提高，最後達到融會貫通、大徹大悟的最高修養。

　　那麼如何個熟參法呢？如何才能做到"悟"甚而"透徹之悟"，達到那個融會貫通，大徹大悟的藝術修養呢？他在《詩評》裏以讀《離騷》舉過一個實例：

　　　　讀《騷》之久，方識眞味，須歌之抑揚，涕洟滿襟，然後爲識《離騷》。

　　熟讀作品，精研作品，被作品的思想感情激奮，與作品的思想感情共鳴，才能悟出作者的匠心獨運的妙詣所在，才能認識並掌握詩歌藝術的特殊規律進而達到"妙悟"之境。

　　然而又究竟熟參詩的什麼呢？嚴羽說可從五個方面入手，所謂"體制、格力、氣象、興趣、音節"，從這五個方面甄別出高、古、深、遠、長、雄渾、飄逸、悲壯、淒婉九品，而其大概有二：一曰優游不迫，一曰沉著痛快。九品也好、兩大概也好，最後歸極致於"入神"——"詩而入神，至矣、盡矣、蔑以加矣"。所謂"入神"就是思想性與藝術性的奔會融合·完美發揮，就是得神似，有神韻，就是能傳神，用嚴羽自己的概念來解釋就是"詞理意興"高度統一。熟參便要參到這一步才算有得，才算"具一只眼"識了詩的眞諦，才算是"悟"。

　　嚴羽爲什麼要人從盛唐（詩）悟入呢？換句話說盛唐之詩究竟有什麼妙處呢？嚴羽看來：

　　　　盛唐諸人，惟在興趣，羚羊挂角，無迹可求。故其妙處
　　透徹玲瓏，不可湊泊，如空中之音、相中之色、水中之月、
　　鏡中之象，言有盡而意無窮。

　　嚴羽爲什麼要人從盛唐悟入以及他所理解的盛唐妙處便在這
一段話裏了，這正是他自己對盛唐詩熟參之後悟出的結論。

　　這裏嚴羽說了盛唐詩的藝術表現方法的高超精妙，從情感出
發，以興趣勝人，而這種表現方法是以借助形象又不執囿形象爲前
提的。嚴羽知道。離開了形象詩的一切就無所附麗，所謂空中之
音、相中之色、水中之月、鏡中之象正顯示了一種藝術形象的創
造上不即不離的境界。不即，就是不黏著於形象，不離，則又不
脫逸出形象之外，所謂“詩家聖處，不離文字，不在文字”。

　　我們知道詩歌的靈魂在其自身有意境，在給讀者有美感，尤
其是抒情短詩必須有含蓄吞吐、不可湊泊之妙致。詩歌是文字語
言的藝術，先得言中有意才能逸出言外得其言外之意，詩歌又必
需是借助形象來顯示境界，故又必須有“這個”形象然後才能逸
出“這個”形象去求其“象外之象”。空中之音、相中之色、水
中之月、鏡中之象，看來聽來似有恍惚縹緲的感覺，但細細一想，
無音、無色、無月、無象則又怎能在空中、相中、水中、鏡中
顯現？這個音、這個色、這個月、這個象正是語言文字，正是具
體形象的實在。但詩歌藝術不是語言文字機械的堆砌，也不是客
觀物象的自然眞實的圖摹，它有一個提煉、概括、典型化的過程。
故此音、此色、此月、此象又不能照眞音、眞色、眞月、眞象一
模一樣的簡單復製，而必須經過一個藝術的發酵的過程，使此音落

在空中、此色顯在相中、此月映在水中、此象現在鏡中——這才是藝術的境界，而不是現實的境界，這才是藝術的眞實而不是現實的眞實。我們知道詩的本質並非眞實世界的一個摹本。而是再創造出來的、獨自存在的一個完整的世界，它與眞實世界關係的妙處便在"不即不離"。惟其不離，所以有眞實感；惟其不即，所以有趣味感，旣要"超以象外"，又要"得其環中"（司空圖《詩品·雄渾》），這四個形象化的比喻是最親切妥貼不過的了。道是還有一句話能概括它們，那便是蘇軾咏楊花詞的名句："似花還似非花"。這樣的詩歌裏的形象便在不即不離之中，詩歌裏的文字便在不黏不脫之間。興象玲瓏，句意深婉，無工可見而耐人尋味。用嚴羽的話來說就是"羚羊挂角，無迹可求"，就是"透徹玲瓏，不可湊泊"了。嚴羽認爲只有這種完美的藝術境界才能充分滿足讀者的審美要求，才算是有"興趣"。

嚴羽論詩的審美標準正就是看一首詩是否有"興趣"，即是否有動人情意、發人思致的藝術美感。他有時叫它做"意興"，有時叫它做"興致"——審美意識只落在一個"興"字上。

"興"是我國詩歌理論上最古老、內涵最豐富、最能體現我們祖先對詩歌美感認識水準的一個概念。孔子就說過"詩可以興"、"興於詩"的話，他這裏"興"的意思偏重在藝術的感發志意的方面。劉勰《文心雕龍·詮賦》說"睹物興情"、"情以物興"，又說"觸興致情"。一是物、一是情，"興"的解釋便落在"情之感於物而發"的意義上，"情以物遷，辭以情發"（《物色》），"興"便是遷於物而發乎情的"有感之詞"。即使後來"興"被歸在詩的三用（即"三緯"）之一，也還離不開一個"起情的本質，《比興》篇所謂"起情故興體以立"，所謂"情之托喻，婉而成章"。但作為創造方法，即三用之一的"興"與情遷於物的有感之詞的"興"原則上是不混淆的，《文鏡秘府論·地篇》論體勢的《十七勢》節中就有"比興入作勢"和"感興勢"之分。所謂"比興入作勢"就是"遇物如本立義之意，便直樹兩三句物，然後以本意入作"——這便是比興作為詩之"用"、詩之"緯"、即創作方法的一義，也即朱熹"先言他物以引起所咏之詞"的意思。而"感興勢"就不同了：

> 感興勢者，人心至感，必有應說，物色萬象，爽然有如感會。

這便是劉勰"觸興致情，因變取會"的本義了。沈約《宋書·謝靈運傳論》說："興會標舉"，作者有感而發，讀者以情而會，詩歌的感發志意、移人情性的藝術感染力量便在其中了。李善注這句話說："興會，情興所會也"，情、興正可對舉，劉勰有"情往似贈，興來如答"的話（《物色》），皎然有"語與興驅，勢逐情起"的話（《詩式》）。托名賈島的《二南密旨》和楊萬里《答建康府大軍庫監門徐達書》對"興"的解釋更說明問題：

> 感物曰興，興者，情也。謂外感於物，內動於情，情不可遏，故曰興。
>
> 　　　　　　　——《詩學指南·二南密旨》
>
> 我初無意於作是詩，而是物是事適然觸乎我，我之意亦

適然感乎是物是事。觸先焉,感隨焉,而是詩出焉。我何與
哉?天也,斯之謂興。

　　　　　　　　　　　——《誠齋文集》卷六十七

　　"自古工詩,未嘗無興" ❻,"詩莫尚乎興" ❼。嚴羽認為
詩從審美範疇來說只是兩類可分:一類是"可以興",一類是
"不可以興"。"可以興"的詩才有(別)"趣","不可以興"
的詩便無(別)"趣"。所謂"趣"或"情趣"即是"味"或
"情味",鍾嶸"有滋味"的"味"、司空圖"辨於味"的"味"
——以文字為詩,以才學為詩,以議論為詩就是"不可以興",
當然也就沒有"趣"、沒有"味";有感而發,興會標舉,情景
交融、思與境偕,含蓄深婉,渾厚天成,便是"可以興",自然
也就有了"趣"、有了"味"。惟"可以興"才是詩的"本色",
寫得來"可以興"的詩的詩人才是詩家的"當行",也就是後人
所謂"興之為義是詩家大半得力處"(《貞一齋詩說》)的意思。
嚴羽說:"惟悟乃為當行,乃為本色",正就是要人悟出"可以
興"和"不可以興"之辨。
　　所謂"本色",即本然之色,保全天趣真色者也。《後山詩
話》:

　　　退之以文為詩,子瞻以詩為詞,如教坊雷大使之舞,雖
　　極天下之工,要非本色。

　　所謂"當行",即本行、內行、在行的意思。《濳南詩話》:

　　晁無咎……評山谷則曰，詞固高妙，然不是當行家語，
乃著腔子唱和詩耳。

　　"本色"、"當行"分指純粹、地道意義上的詩和詩人。嚴羽
"惟在興趣"的根本著眼點正在告訴詩人的"本色"是什麼，什麼樣的
詩才是"本色"的詩。《詩評》中嚴羽說："韓退之《琴操》，
極高古，正是本色。"高古是《琴操》的本色、本然之色，純粹
地道意義上的《琴操》必定是高古的。詩有詩的本色，以文字爲
詩，以才學爲詩，以議論爲詩就不是本色的詩，不是本色的詩原
則上也就不算是詩——興趣說的根本意義就在這一點上。在嚴羽
看來，詩的"本色"就是"可以興"，有興趣，就是有感而發、
興會標舉，就是情景交融，思與境偕，就是含蓄深婉，渾厚天成。
詩講"本色"的實質就在於講形象思維，講給人有美感享受，講
"詞理意興，無迹可求"。
　　在這個基礎上嚴羽提出"所謂不涉理路，不落言筌者，上也"。
"不涉理路，不落言筌"這句話最啓人疑寶，引起了無數爭
論。其實所謂"不涉理路"便是作詩不落在邏輯思維的抽象議論
上，詩要用形象思維的意思。有感情、有形象、有境界是詩的主
要美學特徵和全部安身立命所在。所謂"不落言筌"，言筌者則
謂言落罘罳，語入胃網的意思。不落言筌就是詩雖離不開言但決
不能拘於言、執於言，就是忌趁貼、戒著題，也就是說要不黏不
脫。這裏絲毫沒有強調詩旨精微、不可以言傳。有人說，不落言
筌，無迹可求，不是成了不睹文字的無字天書了？皎然說過"但
見情性，不睹文字"的話（《詩式》），司空圖說過"不著一字，

盡得風流"的話（《詩品·含蓄》），這都是詩論上高度形象化
的精僻說法。"不睹文字"、"不著一字"決不是不要文字、舍
棄文字、沒有文字，而是文字全融化成了情性，全融化成了郁郁
勃發的聲情意態的意思。這樣的詩正所謂不落言筌，盡得風流，
正所謂"詞理意興，無迹可求"，令人一唱三嘆，不能自己。而
決不是什麼沒有文字的"無字天書"。

　　馮班對不落言筌、不涉理路有過一段著名的論難：

　　　　詩者，言也。言之不足，故長言之，長言之不足，故咏
　　歌之。但其言微，不與常言同耳，安得有不落言筌者乎？詩
　　者，諷刺之言，憑理而發……但其理玄，或在文外，與尋常
　　文筆言理者不同，安得不涉理路乎？
　　　　　　　　　　　　　　　　　——《嚴氏糾謬》

這一段話看似極為解渴，很有點單刀直入，恰中滄浪病根的樣子。
但細辨之恐怕又並非這樣，這裏讓我稍費一點筆墨來作幾句辨析
吧：言微，馮班雖沒有說出"微"字的義界，就他本文來理解便
是指"不與常言同"的言。既是言又不與常言同，便自然有點虛
實難明，但正唯虛實難明便是這"微"的本義了——是言又似非
言，非言又却是言，這就是我前面所說的"不即不離、不黏不脫"
的意思了。所謂不落"言筌"的言筌正是指常言的框框，不依
常言來寄託詩意當然就不即不離、不黏不脫了，而不落言筌的實
質正便是"但其言微，不與常言同"。同樣，"但其理玄，或在
文外，與尋常文筆言理者不同"的"尋常文筆言理者"正是嚴羽

說的"理路"。所謂不涉理路，就是說詩中不能用"尋常文筆"
來言理，也即是不能以議論爲詩、詩不能老用抽象思維的意思。
故這個"理"未免就有點"玄"，所謂"玄"就是不在詩中，
"或在文外"，或者就是未出詩中，無迹可求的意思——理語不必
入詩中而詩意不可出理外，正是嚴羽"不涉理路"的本義所在。
——這不正恰恰從反面論證了"不落言筌，不涉理路"的正確性
嗎？馮班這段話正可引作"不涉理路，不落言筌者，上也"的精
要注釋！

　　沈德潛《清詩別裁集・凡例》："詩不能離理。然貴有理趣，
不貴下理語。"

　　潘德輿《養一齋詩話》："理語不必入詩中，詩境不可出理
外。"
都說著了這個"理"的理。

　　何文煥《歷代詩話考索》中的一段頗可引人深思的話似乎倒
很有助於說明這個問題：

> 　　彥周（許顗）誚杜牧之《赤壁》詩，社稷存亡都不問。
> 只恐捉了二喬，是措大不識好惡。夫詩人之詞微以婉，不同
> 論言直遂也，牧之之意正謂幸而成功，幾乎家國不保，彥周
> 未免錯會。

看來這位編纂《歷代詩話》的何文煥是很懂得點詩理的。在他看
來，"家國不保"就是"論言直遂"，也就是馮班說的"尋常文
筆言理"，而杜牧之的著名《赤壁》詩却不說"家國不保"、

"社稷存亡"的話而偏說"東風不與周郎便，銅雀春深鎖二喬"——
—這"銅雀春深鎖二喬"正是"家國不保"、社稷傾覆之意思的
詩（人）的語言，所謂"詩人之詞微以婉"正指的是馮班"言微
理玄"的意思。"彥周未免錯會"正錯會在"尚意興而理在其中"
（《詩評》）、"幽渺以爲理"和"論言直遂"、"正言義理"
的根本之辨。詩就在這個根本之辨上與文（論說文）劃出了思
維方式的界限。

　　於是我們知道了嚴羽"惟在興趣"在審美活動中重要意義所
在，他正是以有沒有"興趣"這個審美標準來觀照詩歌現象，尤
其是唐詩與宋詩不同氣象的。唐人與宋人詩氣象不同就不同在唐
人、宋人對於"興趣"的不同態度，故反映在詩歌的氣象上就迥
異其風貌了。

　　這裏我們必須著重指出的是嚴羽對"惟在興趣"的理解，即
他心目中的盛唐妙處還只專在所謂"優游不迫"、"氣象渾厚"
的一路，即透徹玲瓏、不可湊泊、羚羊挂角、水月鏡花的境界的
追求上，而顯然遺漏或者可以說摒棄了他自己曾公開肯定過的
"筆力雄壯"、"沉著痛快"，所謂鯨魚碧海、巨刄摩天一類的有
"興趣"甚而"入神"的好詩。在嚴羽看來王維的"明月松間照，
清泉石上流"、"行到水窮處，坐看雲起時"、孟浩然的"挂席
幾千里、名山都未逢"、"微雲淡河漢，疏雨滴梧桐"、劉眘虛
的"時有落花至，遠隨流水香"、韋應物的"歸棹洛陽人，殘鐘
廣陵樹"固然有"興趣"，李白的"牛渚西江夜，青天無片雲"、
"蜀僧抱綠綺，西下峨嵋峰"、"却下水晶帘、玲瓏望秋月"是有
"興趣"，杜甫的"水流心不竟，雲在意俱遲"、"片雲天共遠，

永夜月同孤"、"細雨魚兒出，微風燕子斜"是有"興趣"——
不錯。但李白的《蜀道難》、《夢游天姥吟留別》、《長相思》、
《行路難》、《遠別離》呢？杜甫的《北征》、《兵車行》、
《觀公孫大娘弟子舞劍器行》、前、後《出塞》、三吏三別呢？顯
然還沒有納入嚴羽"惟在興趣"、"無迹可求"的軌道，事實上
也是嚴羽"惟在興趣"、"無迹可求"、"羚羊挂角"、"香象
渡河"之神通無法牢籠和顯現的。袁枚的一段話正說著了點子：

> 嚴滄浪借禪喻詩，所謂羚羊挂角，香象渡河，有神韻可味，無迹象可
> 尋，此語甚是。然不過詩中一格耳。……詩不必首首如是，
> 亦不可不知此種境界。如作近體短章，不是半吞半吐，超超
> 玄著，斷不能得弦外之音，甘餘之味。滄浪之言，如何可詆？
> 若作七古長篇，五言百韻，卽以禪喻，自當天魔獻舞，花雨
> 彌空，雖造八萬四千寶塔，不爲多也。又何能一羊一象顯渡
> 河、挂角之小神通哉。
>
> ——《隨園詩話》卷八

鄭板橋《濰縣署中與舍弟第五書》中也認爲："若絕句詩、小令
詞，則必以意外言外取勝。"但是他說：

> 至若敷陳帝王之事業，歌咏百姓之勤苦，剖析聖賢之精
> 義，描摹英杰之風猷，豈一言兩語，所能了事？豈言外有言、
> 味外取味者所能秉筆而快書乎？

　　對"盛唐氣象"的認識不全、理解偏狹不能不說是嚴羽興趣
說的一個明顯的缺陷。這個缺陷暴露了他主觀體驗上的識量不足
和審美意識上的嚴重局限。

　　到這裏嚴羽認爲盛唐詩的種種妙處都解析了，眞正的、本色
的詩的標準也立起來了，嚴羽於是揭出了最本質規律的詩學正義：
"詩有別材，非關書也，詩有別趣，非關理也　"——寫詩要具
備一種特殊的才能，只有掌握了這種特殊才能的人才能稱作爲詩
人，這與讀書或者說學問似乎沒有什麼關係❽；詩是有其獨特的
反映現實的規律的，或者說是直接訴之於人的情感而發生作用的，
這與講道理、發議論也似乎沒有什麼關係。

　　然而自然有人要問：做詩就不再需要讀書了？要做詩人就不
再需要鑽研學問了？嚴羽緊接著就補充道："然非多讀書，多窮
理則不能極其至。"《詩人玉屑》引嚴羽這句話作："而古人未
嘗不讀書、不窮理。"兩句話的含義甚有差別。上句的意思是：
然而不多讀書、不多窮理，詩是做不到極致的，詩要做到極致
至）還得多讀書、多窮理。這個補充顯然是生怕別人引起誤解而
作的補偏性修正，在理論上雖圓了點，且堵住了視書本子爲做詩
的身家性命的人的嘴❾，但却後退了，且與"非關書也"、"非
關理也"之立論牴牾不合。我們不能不認爲這裏《詩人玉屑》的
引文來得貼切扣題，無隙可乘。"而古人未嘗不讀書、不窮理"，
"古人"，當然是指寫"古人之詩"即眞正的詩、本色的詩的詩
人，也就是漢魏到盛唐透徹之悟的諸公。"未嘗不讀書、不窮理"，
書是一樣的讀，理是一樣的窮，古人做出來詩透徹玲瓏，不
可湊泊，羚羊挂角，無迹可求，而近代諸公却作"奇特解會"，

資書以爲詩，說理以爲詩，玩弄文字以爲詩——這便是一個書如
何讀、理如何窮的問題了。嚴羽壓根兒不反對讀書、窮理，何況
從盛唐詩悟入尤必須要熟參盛唐諸公之詩，所謂熟參正便是讀其
書（詩）、窮其理，不但要"朝夕諷咏"，"醞釀胸中"，好的
集子，如李、杜二公的還須"枕藉觀之"，"如今人之治經"。
嚴羽又如何會反對讀書、窮理呢？他只不過提醒人們不要讀書以
爲書累、窮理而成理障礙罷了。故補之以"而古人未嘗不讀書、不
窮理"——眞有點"言有盡而意無窮"的味道，夠後學們熟參熟
參的了。清張實居說：

> "詩有別才，非關書也，詩有別趣，非關理也，"爲讀
> 書者言之，非爲不讀書者言之。
> ——《師友詩傳錄》

正是有識之見。

嚴羽"別才別趣"的論定一出，後世的意見是針鋒相對的。
反對的人說：

> 請看盛唐諸大家，有一字不本於學者否？有一語不深於
> 理者否？
> ——周容《春酒堂詩話》

肯定的人說：

嚴氏所謂別才別趣者，正謂性情所寄也。試觀古今來文人學士，往往有鴻才碩學、博通墳典，而於吟咏之事，概乎無一字見於後，所性不存故也。

——張宗泰《魯岩所學集·書〈潛研堂文集〉》

"非關理也"實質上與"不涉理路"是同一問題，不再重複。單單就"非關學也"上的對立更尖銳："嚴滄浪以爲詩有別才，非關學也，此眞瞽說以欺詫天下後生。"（黃道周《漳浦集·書雙荷庵詩後》）——"詩學自有一副才調，具於性靈。試觀古人未嘗不力學而詩則工拙各異，則信乎才自有別，非一倚於學所能得也。"（徐經《雅歌堂甃坪詩話》）

徐經的見解很可取，黃道周則不免流於謾罵，講不出多少反駁的道理。

朱彝尊《靜志居詩話》說：

今有稱詩者，問以七略四部，茫然如墮雲霧，顧好坐壇坫說詩，其亦不知自量也。

崔旭《念堂詩話》引他的詩云：

詩篇雖小技，其源本經史。必也萬卷儲，始足供驅使，別材非關學，嚴叟不曉事。

其實沒讀過"七略四部"又爲何不能稱詩、作詩呢？非得要

"必也萬卷儲"才能當詩人？"閭巷有眞詩"且不說了，北齊斛
律金"不解押名"，其《敕勒歌》乃爲一時樂府之冠，他有什麼
"萬卷儲"、"本經史"。做詩固然需要讀書、需要學問，但不
專在讀書、學問。詩本來自生活，來自現實，重即目不重用事，
尚直尋不尚補借。生活豐富，感情眞摯，又能正確反映現實，就
能做出好詩，這便是"別才"的正義。此中道理講得通透的還是
沈德潛。他說：

> 嚴儀卿有"詩有別才，非關學也"之說，謂神明妙悟，
> 不專學問，非教人廢學也。
> ——《說詩晬語》

　"別才別趣"的推出，嚴羽的興趣說終於全部完成了它完整
而精嚴的有機發展程序：他首先標出一個"識"，"識"雖是屬
於主觀意識性的東西，但它來自熟參，即來自讀書窮理。憑這個
"識"，識了盛唐詩是詩歌的第一義、最上乘的作品，因而也是
最有效的並且是唯一的學習典範。所謂"悟"正要求人從盛唐詩
悟入，從學詩者來說就是要悟出盛唐詩的"興趣"以及盛唐人寫
出有"興趣"的詩的本領。"興趣"的最後歸宗爲"別才別趣"。
興趣說的精核只有兩句話：
　㈠有興趣的詩即可以興的詩，才是"別趣"的詩，才是詩的
　　本色，才是詩。
　㈡寫得來有興趣的詩即可以興的詩的詩人，才是"別才"的
　　詩人，才是詩家的當行，才是詩人。

　　盛唐人、盛唐詩"唯在興趣"，所以是詩人，是詩；
　　本朝人、本朝詩"不問興致"，所以稱不上是詩人，稱不
　　上是詩。
　　興趣說的旨歸只有一句話：
　　用盛唐的"興趣"來醫治本朝（宋）的"無興趣"。
　　嚴羽這裏將盛唐詩和宋詩作了如此截然分判，不免有偏頗。
但他是就一代詩風總的傾向而言，並不是一筆抹煞宋詩。他在
《詩辨》裏明確說過："然則近代之詩無取乎？曰，有之，吾取其
合於古人者而已。"──他對近代之詩（宋詩）仍是有所取的，
條件是：有興趣，可以興，"合於古人者"。

　　馮班說："滄浪只是興趣言詩，便知此公未得向上關捩子"
（《嚴氏糾謬》）。馮班的話倘使按嚴羽忽視詩歌的思想內容和
社會意義，"只是興趣言詩"來講，所謂"未得向上關捩子"確
實說得不錯。但是從嚴羽反對以文字爲詩，以才學爲詩，以議論
爲詩，強調詩歌的特殊藝術規律和美感特徵的本質方面來說，我
們不妨可以認爲他正是"只是興趣言詩"才抓得了詩道的"向上
關捩子"的。

　　馮班的話正提示我們，可以興，有興趣固然是好詩的首要條
件，但不等於說可以興，有興趣的詩就是好詩。這裏還有個是否
"可以觀"的問題，即考察一下其思想意義有否積極的認識價值。
有感而發、意情眞摯同時又具備深刻的思想意義和積極的認識價
值的詩才是盡善盡美的詩。一味追求"興趣"，排除思想內容，
不顧其認識意義的詩未必就是好的詩、成功的詩。"興之爲義是
詩家大半得力處"並不是"全部得力處"。而這一點正恰恰是嚴

羽忽視或短視的。這不能不說是嚴羽"惟在興趣"、"只是興趣
言詩"的一個很大缺陷。但是他對藝術審美的深刻認識應該受到
我們充分的肯定和讚賞，他的興趣說對詩歌理論發展的貢獻不僅
是積極的，而且是重要的。《滄浪詩話》認識價值的根本一點就
在這裏。

　　然而嚴羽的"興趣"在詩歌理論史上是有脈可尋的。
　　南朝著名詩歌理論批評家鍾嶸第一個感到了詩歌必須具備形
象美感，具備搖撼人思想感情的藝術力量。他堅決反對當時"綺
縠紛披，宮徵靡漫"的所謂"宮體詩"、"理過其辭，淡乎寡味"
的玄言詩、"以用事爲博"，"拘攣補衲"的事類詩──他可
眞算得上是我國最早同"以文字爲詩，以才學爲詩，以議論爲詩"
的作詩傾向作鬥爭的人。鍾嶸從詩歌藝術的審美要求出發提出
了"五言居文詞之要，是眾作之有滋味者也"，標出一個"有滋
味"來對抗那三種無滋味的衰靡詩風。那麼，又如何才能使詩"有
滋味"呢？他說那就要賦比興三義"酌而用之"，"乾之以風力，
潤之以丹采"，做到"言在耳目之內，情寄八荒之表"以便"陶
性靈、發幽思"，"使味之者無極，聞之者動心"(均見《詩品》)。
他說"文已盡而意有餘，興也"，他的"滋味"又恰恰正
是"趣"的意思，從某種意義上來說鍾嶸在齊梁時代已經接觸到
"興趣"言詩的問題了。他的"興趣"又很注重觸物起情，有感
而發："氣之動物，物之感人，故搖蕩性情，形諸舞咏"。鍾嶸
的論詩實質上就是提倡"興""趣"一攜，"風""雅"兩挾。
　　然而啓迪嚴羽"興趣"的恐怕還是唐皎然的"興"解和司空

圖的"象外之象"說。皎然《詩式》："取象曰比,取義曰興,義即象下之意"。所謂"興"則是"取象下之意了"。"象"與"象下之意"的統一正是作者的"意"和客觀的"象"的統一,也即是作者的情、思和客觀世界的景、境的統一,即所謂情景交融、思與境偕的"意象"的鑄成。這個統一過程中詩人融注進了他對這個"意象"的本質的認識和主觀的評判,這個"意象"便携帶有作者的主觀強烈的思想感情並具備了把這個思想感情傳達給讀者(即興會標舉)的審美條件,所謂"興"的感奮志意的藝術感染力量即指此。無疑,皎然的這個"興"對嚴羽的興趣說的形成是有很大影響的。

司空圖的詩論核心只在一個"象外之象"上,他的《詩品二十四》的審美意識也正落在對這個"象外之象"的追求上。"象外之象"又具體體現在所謂"味外之旨""韻外之致"(見《與李生論詩書》)。他對詩歌的審美要求是"近而不浮、遠而不盡",得其溫雅淳蓄之美。則立足於詩歌藝術形象的本身,又注意到這個藝術形象的象徵,既不脫離這個藝術形象,又不執著這個藝術形象,既重視美感產生的基礎,又擴大了審美的領域。從這層意義上來說司空圖的"象外之象"又正是主觀的"意"(即作者的思想感情)與客觀的"象"的完美統一,或者說"象"的具體性與典型性的完美統一。所謂"意象欲出,造化已奇"(《詩品·縝密》)正顯示了取象與造意、擬容和取心的密切融合的審美範疇。——司空圖把"象外之象"的最高極詣歸到"不著一字,盡得風流",於是和皎然"興"的最高極詣"但見性情,不睹文字"拍合了——這便是嚴羽"羚羊挂角,無迹可求"的源頭,嚴羽正是在這裏傍著前人的籬壁打出他的興趣說的。當然這個"興趣"已被他賦予了嶄新的意義和更豐實的內涵。

　　皎然說他的"興"："可以意冥，難以言狀"，"虛實難明，可睹而不可取"（《詩議》），司空圖對他的"象外之象"傷嘆："豈容易可譚哉"（《與極浦書》）。"神而不知，知而難狀"（《詩賦贊》）。而嚴羽的"興趣"却用了洗煉的文字，精譬而形象性的比喻成功地把藝術意境和美感特徵相湊泊的全部奧秘展示出來了。他的興趣說把皎然的"興"和司空圖的"象外之象"的理論精核創造性地發揮得生氣翕翕、煥然一新，我們不能說嚴羽比皎然、司空圖都前進了一步。

　　這裏我想費點筆墨講一講包恢。宋末黃公紹（直翁）的《滄浪詩集序》說嚴羽"嘗問學於克堂包公"，包恢即是"克堂包公"包揚的兒子。包恢是南宋名儒，治術尊陸疑朱，"儒"雖是他的身世家族，但他於詩却很是留意。他的詩論撇開正統儒家的言志說不談，有許多見解却是很耐人尋味的。他的《答傅當可論詩》云：

　　詩家者流，以汪洋澹泊為高。其體有似造化之未發者，有似造化之已發者，而皆歸於自然，不知所以然而然也。所謂造化之未發者，則沖漠有際，宴會無迹，空中之音，相中之色，欲有執著，曾不可得，而自有尸居而龍見，淵黙而雷聲者焉。……然此唯天才生知，不假作為，可以與此，其餘皆須以學而入。學則須習，恐未易遽造也。所以前輩嘗有"學詩渾似學參禪"之語。彼參禪固有頓悟，亦須有

漸修始得。頓悟如初生孩子，一日而肢體已成，漸修如長
養成人，歲久而志氣方立。此雖是異端語，亦有理，可施
之於詩也。

　　　　　　　　——《 敝帚稿略 》卷二

包恢這裏說的“冲漠有際，宴會無迹，空中之音，相中之色，欲
有執著，曾不可得”（所謂“造化之未發者”之體）不正是嚴羽
“羚羊挂角，無迹可求”，“透徹玲瓏，不可湊泊”的翻版麼？
何其相似乃爾。他的這段描繪正可算是嚴羽“惟在興趣”的詮釋。
又《書徐致遠無弦稿後》：“若其意味風韻，含蓄蘊藉，隱然潛
寓於裏而其表淡然若無外飾者，深也。”《答曾子華論詩》：
“一詩之出，必極天下之至精，狀理則理趣渾然，狀事則事理昭然，
狀物則物態宛然，有窮智極力之所不能到者，猶造化自然之聲也。”
都可佐作“惟在興趣”的注脚。再，包恢亦持“學詩渾似學參
禪”之論，並且同嚴羽一樣，從漸修一義：“彼參禪固有頓悟，
亦有漸修始得”。點出了下學漸修而通於悟的學詩正道。身爲一
個名儒而說“此雖是異端語，亦有理，可施之於詩也”，不能不
說是很有見地的。

　　但包恢這套議論是源有所自的。他自己說：“某素不能詩，
何能知詩？但嘗得於所聞”（《答傅當可論詩》）。《邵武府志》
（弘治殘本）：“恢少爲諸父門人”。我想會不會得聞於他的
父親“克堂包公”。我又想，嚴羽的詩論會不會在直接師承上也
有個“嘗得於所聞”的問題。不然，師兄弟間的議論又爲何如斯
之似。

　　包恢的八卷《敝帚稿略》中沒有答嚴羽的論詩書，也不見與
嚴羽的唱酬。克堂包公雖活了很高年歲（包恢《壽家君克堂先生》
"今年七十二，浩然元不衰"。）但不見有專門論詩的文字
留下來——包氏父子與嚴羽論詩的關係只能說到這裏了。

　　然而我們不能不說嚴羽和他的《滄浪詩話》多年來受到的一
些批評和貶抑是非歷史的、非美學的，因而是不符合嚴羽詩歌理
論的客觀實際的。指責主要集中在二點：一是主觀唯心主義（甚
而神秘主義），一是形式主義——純藝術論。主觀唯心主義、神
秘主義的問題我前面闡述《詩辨》和興趣說的理論體系時已多有
觸及，並作了盡可能詳備的辨析。這裏我主要想對形式主義——
純藝術論的指責談些粗淺的、可能被認會是片面的看法。

　　我們知道，《滄浪詩話》的核心理論是興趣說，興趣說的旨
歸在"學盛唐"，通過"學盛唐"，針砭宋詩之弊，一掃詩界狂
魔，歸諸光明正覺。嚴羽開藥方教人"學盛唐"並非把盛唐當作
學詩取材的淵藪，唆使人去搯撱、漁獵，一規一劃摹其皮相上的
形似，而是要人學到盛唐詩的好處，熟參這些好處以便悟出盛唐諸人之所
以能寫出這些好處的秘密來。這個秘密便是詩歌藝術的特殊規律和自覺，
掌握了這些規律而施展出來的藝術手段。弄通了這些規律、掌握了這些藝
術手段，也就是說學到了一套盛唐人善於用形象思維寫詩的本領，一套在
詩中用情與標舉、含蓄吞吐的藝術意境啓發美感、移人情性的本領，那
麼自己便能寫出與盛唐詩歌藝術水平相彷彿的、具有"別趣"的
詩歌來，而自己也便成了具有"別才"的詩人了。"別才"、
"別趣"一湊泊，或也許有重見"盛唐諸公大乘正法眼"的一天。

　　指責《滄浪詩話》是純藝術論的人問道：現實生活不是詩歌

的唯一的源泉嗎？嚴羽這裏口口聲聲學盛唐，學盛唐詩的好處，學盛唐人如何寫出這些好處的本領，却從不叫人去喝這“唯一的源泉”的水，整部《滄浪詩話》絲毫不提詩歌與現實生活的源流關係，從純藝術論出發，以一種新的形式主義來治江西詩病以至宋一代詩病多種舊形式主義，這豈不是以水濟水，“可憐無補費精神”嗎？

　　這話本來問得很中滄浪病根，但斷定嚴羽的興趣說爲一種新的形式主義，其治江西詩病以至宋一代詩病爲“以水濟水”便很可商榷。我們知道嚴羽指出宋詩的弊病和盛唐的好處的樞機便是宋人多數不懂詩要用形象思維而唐人恰恰可以說多數是懂得詩要用形象思維的，所謂“本朝人尙理而病於意興，唐人尙意興而理在其中”（《詩評》）。當時沒有形象思維這個名稱，但“詩有別趣，非關理也”、“不涉理路”、“尙意興而理在其中”正是嚴羽那個時代“詩要用形象思維”的說法。嚴羽千言萬語，反覆譬說也無非強調了詩歌的基本藝術規律和美感特徵。

　　現實生活無疑是一切文學藝術的唯一的源泉，自然亦是詩歌創作的唯一的源泉。問題是嚴羽根本沒有拿盛唐詩當作詩歌創作的唯一源泉而只是較過分地重視了盛唐詩的形象思維和形象美感的典範作用。他認爲從書本子上的盛唐詩悟出寫詩的本領是一個詩人成功的關鍵，比從任何途徑摸索詩法技巧直截得多、有效得多，因而也重要得多。正因爲嚴羽對藝術審美的認識中含有這種錯誤的成份。他對盛唐詩形象思維和形象美感的強調往往被人誤解爲走到了絕對化、陷入了純藝術論。嚴羽雖沒有把盛唐詩當作詩歌創作的唯一源泉，但也沒有意識到應把現實生活看作詩歌創作的唯一源泉——《滄浪詩話》似乎沒有涉及詩歌源泉的探討而主要偏重在詩歌藝術本質的闡發和美感特徵的辨析。

但嚴羽又不是不懂和不講現實生活與詩歌創作的血緣關係。他在《詩評》裏說："唐人好詩多是征戌、遷謫、行旅、離別之作，往往能感動激發人意。"所謂好詩，當然就是有興趣的詩。"征戌、遷謫、行旅、離別"就是現實生活中最感人的情節，來自這些最感人的情節的詩正是喝了"唯一的源泉"的水後創作出來的詩。這些詩之所以好，並且又是佔了唐人好詩的多數，正可看出嚴羽對現實生活的正視態度。這樣一類的話在《滄浪詩話》裏雖屬偶見，但話的意思那麼明晰，說的語氣又那麼斬截，我們很難相信嚴羽對現實生活與詩歌創作的關係會有短視的可能。

嚴羽不僅對現實生活與詩歌創作的血緣關係有所認識，而且還相當正視詩歌的思想內容。盛唐詩之所以好，好在"尚意興而理在其中"，宋人詩之所以不好，不好在"尚理而病於意興"。這正是他金剛眼睛觀照出的"眞是非"。一味尚理、竟涉論宗便落"以議論爲詩"之厄境，強調"惟在興趣"而不忘"理在其中"，正是他對詩歌的思想內容與藝術形式的關係有正確認識的明證，只不過嚴羽要求這個"理"要飽孕感情，要附著形象，要融化在詩中、消納在詩中而做到"無迹可求"罷了。"尚意興而理在其中"——"詞理意興，無迹可求"是"不涉理路，不落言筌"最精確的注脚，是嚴羽美學思想的根本核心，是他的興趣說的靈魂。嚴羽《滄浪詩話》所要求於學詩者的就只是這麼一句話，這句話對江西詩病以至於有宋一代詩病正所謂"眞取心肝劊子手"，而絕不是"可憐無補費精神"。

嚴羽說：“天下有可廢之人，無可廢之言。詩道如是也。”

《滄浪詩話・詩辨》弸中彪外，自成體系，當然是“不可廢之言”了。

言不可廢並不意味正確無誤，更不能被理解爲要兼收並蓄，在引作我們今天的借鑒時必須受到應有的檢驗和評判。

嚴羽的詩論或以興趣稱，或以禪悟稱，其旨歸都落到“學盛唐”這個根本問題上。嚴羽所謂救一時之弊，挽詩道之重不幸，其成功與失敗，也正係命於“學盛唐”這個藥方的靈驗不靈驗上。

那麼這個藥方究竟對不對病症呢？

嚴羽自己詩歌創作上的現身說法已很說明問題。他一心慕盛唐、學盛唐，自己最識得盛唐的蹊徑。又最悟得盛唐詩精妙入微的種種好處，於詩家三味的認識有過一番甘苦。且立志又高，入門又正，結果却是“徒得唐人體面”，所謂“志在天寶以前而格實不能超大歷之上”（《四庫總目提要》）。——“詩有別才”固然是一個重要原因，他自己也承認“仆於作詩，未敢自負”，胡應麟捧他最高，却不止一次地爲他的“識”有餘而“才”不足嘆惜：“惟自運不稱”、“第自運未逮”、“故其自運，不啻天壤”（《詩藪》外編・卷四）。“詩有別才”恐怕眞是“唐虞精一”之語了 ❿。

然而更重要的還有一個決定性的、普遍規律意義上的原因，那就是沒有把現實生活當作詩歌創作的唯一的源泉。

嚴羽看見了宋詩的病症却沒有診出病根，所以不知道從根本上去醫治。他開的藥方“學盛唐”依然是把呢死書本（盛唐人的集子）當作掘活詩源，結果自然是沒摸進盛唐的門。他自己嘗試就不見效驗，後來明人大量服用結果更糟。

然而盛唐就不需學了。

也不是。盛唐詩的種種妙處精微大可用作我們自己創造時的借鑒，但決不能當成模仿、依榜的樣本。盛唐的"惟在興趣"固然要參、要悟，但學詩者更應跳入到現實生活這個唯一的源泉裏去游泳、去搏擊、去感受、去發現，進而去創造——嚴格來說這才是眞正的盛唐精神，盛唐正法眼——盛唐靈魂只有在現實生活裏才可攫獲。

嚴羽自以爲指給了人一條坦蕩的可行的大道，一個"的然使人知所趨向處"（《答吳景仙書》），然而詩歌歷史的實踐檢驗却證實了這條大道、這個"趨向處"是看得到但行不通的。嚴羽開出的藥方從這個意義上來說是沒有效驗的。這是暗澹《滄浪詩話》光芒的最大一塊陰雲，也是嚴羽論詩的根本缺陷所在。嚴羽自謂"參詩精子"，事實上他確實辨析毫芒，剔到了詩的骨髓心肝。他說："吾論詩，若哪吒太子析骨還父，析肉還母"（《答吳景仙書》），惟獨最要緊的"靈魂"沒有析出來還給世人、後人。嚴羽千言萬語，諄諄告誡世人、後人學盛唐，只恐怕世人、後人始終只捧著盛唐的"骨"、盛唐的"肉"，尋不著一個最要緊的"盛唐靈魂"。

但是，嚴羽解釋他的藥方說的一點藥理：詩要用形象思維，詩必須具備形象美感力量，却不得不說是"千古詞場大關鍵"，"至當歸一"、"驚世絕俗"、"斷千百年公案"。——就憑他這一點"自家實證實悟"而偏偏"他人得之蓋寡也"的貢獻，嚴羽和他的《滄浪詩話》，尤其是《詩辨》篇不能不在我國詩歌理論發展史上佔有相當重要的一頁。

〖註釋〗

❶ 按《詩人玉屑》引文次序，即郭紹虞校釋本次序。以下凡《詩辨》篇
　引文，均不標注。

❷ 胡應麟《詩藪》內編卷二・" 宋末嚴儀卿識最高卓。"

❸ 見劉熙載：《藝概・詩概》。

❹ 陸機：《文賦》。

❺ 《唐音發籤・法微》卷二引王昌齡語。

❻ 見《古今詩話》。

❼ 見《鶴林玉露・詩興》。

❽ 《滄浪詩話》的一些版本" 非關書也"作" 非關學也"。這裏" 學"
　與" 書"沒有本質上的區別。

❾ 張際亮《答朱秦洲書》：" 別才別趣之說，歸於讀書窮理，本無所偏。"
　很代表這一批人的意見。

❿ 《詩藪》內編卷五：" 嚴羽卿云：詩有別才，……即唐虞精一語不過。"

試論嚴羽的詩歌

　　嚴羽傳世的《滄浪嚴先生吟卷》實際上是《滄浪詩話》、《滄浪集》兩部書的合刊，一部是理論批評專著，一部是詩歌創作集子。《滄浪詩話》被推爲宋代詩話的翹秀，在中國文學理論批評史上享有盛名，影響巨大，七百多年來對它的研究和爭論幾乎未曾間斷。它從《滄浪嚴先生吟卷》中分離出來，獨立刊行於《四庫全書》及《百川學海》、《津逮秘書》、《說郛》、《詩法萃編》、《歷代詩話》等叢書，近人還有專門的"注"、"補注"、"箋注"和"校釋"。而《滄浪集》——他的詩歌却被冷落了七百餘年，絕少有人對它作過全面的研究和認眞的評價。

　　《滄浪集》二卷，收詩一百四十五首，詞兩首，在宋人的集子中固然很顯單薄，尤其與《滄浪詩話》的聲名相比更覺寒傖。但它的內容却是相當廣泛的，細細研讀後不僅對嚴羽其人可有一個清晰明了的大概認識，而且對加深理解他的詩歌理論不無裨益。

　　嚴羽自稱"幾代詩名不乏人"（《送主簿兄之德化任》），他在世時邵武樵川諸嚴的詩歌是很熱鬧過一陣的。黃公紹（直翁）《滄浪詩集序》中提到三嚴：嚴羽、嚴參、嚴仁，所謂"江湖詩友目爲三嚴"。朱霞《嚴羽傳》則列出九嚴；"群從九人俱能詩，時稱九嚴，先生（嚴羽）其一也。"。九嚴爲嚴肅、嚴參、嚴岳、嚴必振、嚴必大、嚴奇、嚴子野、嚴仁、嚴羽。戴復古《祝二嚴》詩中又提到嚴粲："前年得嚴粲，今年得嚴羽。"嚴粲也是邵武樵川人，《邵武府志》（光緒廿四年重纂本）卷廿一云：
"嚴粲，善爲詩，淸逈絕俗，與羽爲群從兄弟而異曲同工。"——
加上他，可稱十嚴。不過到黃公紹"搜存稿，序而傳之"之時
（元至元年間），諸嚴的詩已散佚殆盡，"《滄浪吟卷》蓋僅有
之者。"他感嘆地說："得其一於千百不已幸乎，後之覽者，其
永寶之哉。"明人何望海也說："儀卿一族，所稱有嚴氏九人，
俱逸弗傳"（《紋樵川兩家詩》）。——除了嚴羽《滄浪集》
（收入《樵川兩家詩》），其餘諸嚴，"俱逸弗傳"。嚴羽的詩惟
獨能傳世，固不無僥倖的因素，但多少亦有自然淘汰的"必然"
在。淸周亮工《滄浪集序》云："當（宋）咸淳之時，去逋客
（嚴羽之號）未遠，而三嚴之集已漸零落。"嚴羽的詩挺了過來，
也庶幾說明它有一定的生命力。——嚴羽的詩不僅爲三嚴、九嚴
的佼佼者，而且據說還開啓了"詩派"。明萬曆本《邵武府志》
已提及上官偉長、吳夢易等人的詩"派出滄浪"，明人林俊的
《滄浪詩話序》更明確說，嚴羽爲首，其餘上官偉長、吳夢易、朱
力菴、黃則山、吳半山等人（當然更包括群從諸嚴）"盛傳宗派，
殆與山谷之江右詩派無異。"《福建通志》的《嚴羽傳》也說到
"邑人……盛傳宗派，幾與黃魯直江西派並行"。可見嚴羽的詩在當
時當地是很出過風頭的。然而正面盛詞稱揚的不多，如毛晉《滄
浪詩話跋》云："《吟卷》百餘章，如鏡中花影，林外鶯聲，言
有盡而意無窮。"相反貶仰指責者却不少，如李東陽說他"徒得唐
人體面而亦少超拔警策之處"，王世貞貶得更低："徒具聲響，
全乏才情"。——現在看來譽者太過也不確，毀者則大多偏激。
本文擬結合嚴羽的人品身世來議論、評析他的詩歌，並就環繞嚴
羽的審美理想和創作實踐關係爭論未休的問題談談個人的看法。

一

　　戴復古《祝二嚴》詩云：

　　　羽也天資高，不肯事科舉。風雅與騷些，歷歷在肺腑。
　　　持論傷太高，與世或齟齬。長風激古風，自立一門戶。

　　戴復古是嚴羽的江湖深交，曾任邵武軍的儒學教授，兩人過往甚
密，唱酬頗多。從他這幾句詩裏我們知道嚴羽沒有應過科舉，而
他的詩論與詩歌都是自立門戶，高出塵世的。嚴羽自己也說：
"少小尙奇節，無意縛珪組"（《夢中作》）。——正因爲從小就
懷有壯烈抱負，無意孜孜求官謀祿，故天資雖高，却"不肯事科
舉"。他有他自己的人生理想和仰慕的英雄人物，他嚮往的是大
丈夫赫赫震世，流播永遠的功名勛業。他崇拜劉備，做夢都與劉
備作英雄豪談，《夢中作》云："將軍（劉備）策單馬，談笑有
荆楚。高視蔑袁曹，氣已蓋寰宇。"又嘆惜他的壯圖未成身先卒：
"天未豁壯圖，人空坐崩殂。丈夫生一世，成敗固有主。"嚴羽
尤傾慕那些出身卑微，"徒步取勛業"的經濟名臣："向來經濟
士，本是碌碌人。蕭曹刀筆吏，樊灌屠販臣。徒步取勛業，漢道
爲光新"（《登豫章城感懷》）。

　　然而他所生活的南宋末年是一個充滿悲劇的時代，國勢風雨
飄搖，人民苦難深重。北方強大的蒙古滅了金國後便起了吞併南
宋之意，屢屢發兵進犯南宋的北部邊境川襄淮南一帶。嚴羽在
《送吳會卿再往淮南》一詩中抒發了他效命疆場的報國熱懷和志在

恢復的理想抱負：

> 十年鞍馬邊城道，又是邊城見春草。
> 春草萋萋路入秦，長安北望空愁人。
> 荊楚奇材多劍客，感慨相逢思報國。
> 男兒事業早致身，青鬢須防霜雪迫。

——"長安北望空愁人"，"感慨相逢思報國"表達了他對淪陷的故土的拳拳戀懷和思起奮發、收復兩京的雄志壯圖。他的詩每每念及"長安"，寓托深重。如《關山月》："黃河三萬里，何處是長安？"《北伐行》、《四方行》更直接對"東西京"、"舊京闕"的"淪失"表示了巨大的悲憤和恥辱，但猶存收復之信心："幾時群盜滅，匹馬會神京"（《逢戴式之往南方》）。有時這種沈摯深切之愛國之情表達得很含蓄委婉：

> 山川遙滿目，何處是吳京？
> 飲罷北風起，蕭蕭胡雁聲。
>
> 　　　　　　——《送張季遠入京》

送朋友入"吳京"——南宋的京城——却遙念起故國山川。北風飆起，胡雁蕭蕭，"何處是吳京"。——"東西京"又浮起在眼前心上，無計可消除，眞是另一個角度的"直把杭州作汴州"！最著名的《有感六首》更是一組飽浸進步民族意識、閃耀出咄咄逼人光芒的詩篇。其一云：

　　誤喜殘胡滅，那知患更長。黃雲新戰路，白骨舊沙場。
　　巴蜀連年哭，江淮幾郡瘡。襄陽根本地，回首一悲傷。

　　按，南宋理宗端平元年（公元一二三四年）宋師配合蒙古師滅了
完顏氏的金國，誰知端平二年蒙古便撕毀盟約，發兵攻宋，故云
"誤喜殘胡滅，那知患更長"。巴蜀、江淮、襄陽等地正當前線，
宋師節節敗退，降將爲虎作倀，權相賈似道向蒙古約盟媾和，
"納币稱臣"。"媾和"後，南宋朝廷上下衿衿自喜，以爲外患已
弭，又可縱逸耽樂，文恬武嬉。嚴羽針對這種局面意切詞婉地提
出了保持警惕、積極防禦的忠告：

　　　　聞道單于使，年來入國頻。聖朝思息戰，異城請和親。
　　　　今日唐虞際，群公社稷臣。不防盟墨詐，須戒覆車新。

　　　　　　　　　　　　　　　　　　　　——其三

　　果然，度宗咸淳三年（公元一二六七年）蒙古師又發兵圍襄陽，
咸淳九年襄陽守將呂文煥獻城出降。"傳聞降北將"，"忍召豺
狼入"，嚴羽憤慨地指責降將："聖朝何負汝"。盡管當時國勢
日寢微，神州幾陸沈，他還對聖朝必勝抱著堅定的信念："天意
必亡胡"（其六）。《邵武府志》（光緒廿四年重纂本）說：
"羽既不仕，其憂國憂民之意，每見於詩。……元人約宋同滅金，
已而敗盟，連歲構兵，江淮塗炭。羽身居草野，未嘗不三致意焉。"
——正指此。
　　尤其值得我們重視的是嚴羽的許多仿古摹唐之作。如《從軍

行》、《塞下曲》、《出塞行》、《關山月》、《羽林郎》、
《閨中詞》等也都寄託了他關心時局、志圖恢復的滿腔熱忱。像
"彎弓隨漢月，拂劍倚胡天。說與單于道，今秋莫近邊"（《從軍
行》），像"連營當太白，吹角動胡天。何日匈奴滅，中原得晏
然"（《出塞行》）這樣的詩句都從他所身處的特定的時代"拋
錨下碇"，寓意深切，熱氣滂沛，具有強烈的現實感，與一般的
描寫邊塞軍旅的假古董不可同年而語。

　　這裏我們當然亦須指出嚴羽的歷史和階級的局限。《平寇上
王使君》，《庚寅紀事》等詩中他咒罵污蔑窮苦農民的暴動和少
數民族的"反叛"，流露出封建文人階級偏見。《平寇上王使君》
讚揚邵武地方官王野鎮壓農民暴動的"業績"。《庚寅紀事》
本事見《邵武府志》：理宗紹定三年（庚寅）"建昌蠻獠作亂犯
邵武，主帥畏賊移營，賊大熾，井里蕭然。（羽）因感憤為紀亂
詩。"《有感六首》中亦有"試看山東寇，如今更有無"的詩句
──毋庸諱言，其消極性是明顯的。盡管如此，有一點却十分
清楚：嚴羽雖身居草野，却無時不關心時事、關心現實，與懷賦
詩，"未嘗不三致意焉"。

二

　　嚴羽一生沒有赴過試，沒有做過官。他早年在江西、吳中等
地羈旅、飄泊，或當幕僚，後歸隱故里，除了一本《滄浪詩話》
在"文苑"裏留下了大名外，再也沒有做出什麼令人艷稱的事功
勛業。他的歸隱與他的想做英雄的初衷，尤其是與他的憂國憂民的
情懷並不矛盾，又不妨可以說是那個混亂時代的必然。權奸當道，

賢良無路，"世情行若此，悠悠復何托"（《游仙》），嚴羽政
治熱忱漸次灰滅，他唱出了無可奈何的歸隱曲：

> 我與世途何所屑，亂世茫茫飛蠛蠓。
> 囊中別有金膏訣……共向丹崖臥松雪。
> ——《夢游廬山謠示同志》
> 惆悵孤舟從此去，江湖未敢定前期。
> ——《客中別表叔吳季高》

曲中又不無樂天知命的意氣：

> 我今疏闊更何爲，心事惟將海岳期。
> ——《送主簿兄之德化任》
> 拂衣便欲滄海去，但許明月隨吾身。
> ——《寄贈張南卿》

但心底英雄烈士的火星時時復燃，有時他會唱出高亢激越而又滿
含聲淚的悲歌。請聽《促刺行》：

> 促刺復促刺，男兒蹭蹬眞可惜。三年走南復走北，歲
> 暮歸來空四壁，鄰翁爲我長嘆息。人生四十未爲老，我已
> 白頭色枯槁。海內伶俜獨一身，羸馬摧藏愁欲倒。今日飲
> 君數杯酒，座間頗覺顏色好。忽憶當年快意時，與君笑傲
> 長相期。大杯倒瓮作牛飲，脫巾袒跣惟嫌遲。卽今多病筋

力弱，壯心猶存興寂寞。君不見昨夜誰為烈士歌，聽罷仰
空淚零落。

請聽《劍歌行》裏的浩歌：

我亦摧藏江海客，重氣輕生無所惜。關河漂蕩一身存，宇
宙茫茫雙鬢白。到處猶吟然諾心，平時錯負縱橫策。

懷才不遇，報國無門的心情在他的詩歌中時時流露：

奈何平生志，鬱抑江湖間。……
長憂生白髮，沉想忘朝飯。
                            ——《登豫章城感懷》
我有三尺劍，懸膽光陸離。……
惜哉挂壁無所施，使之補履不如錐。
                            ——《古劍行》
報國憐他日，為儒愧此生。
                            ——《張奕見訪逆旅》
空將百年意，泣向寶刀環。
                            ——《有懷閩鳳山人》

——嚴羽究竟不是超凡脫俗、忘懷世事的高人隱士。
　　然而問題又有另外一面。“蕭條遺世心，江海坐來深”
(《閒居寄友》)，宦游無成，蓬飄萍寄，長期的江湖生涯使他的壯

心漸漸澹泊。他開始與林下的“同志”、山中的高僧一起尋覓
“高臥”的樂趣，在藤夢葛巾、林泉松雪中討生活了。這一類詩數
量甚夥，情味真切，使他不自覺地走進了江湖派的行列：

> 獨尋青蓮宇，行過白沙灘。一徑入松雪，數峰生暮寒。
> 山僧喜客至，林閣借人看。吟罷拂衣去，鐘聲雲外殘。
> 　　　　　　　　──《訪益上人蘭若》
> 幽人以道隱，結室岩之東。余亦避世客，逢君於此中。
> 馬因留食至，泉爲煉丹紅。向晚下山去，月高秋色空。
> 　　　　　　　　──《尋寧山人所居》

這時他是那樣細膩地感覺到世態物色的美：

> 江花兩岸白，烟樹一行青。雲學山舒態，天隨水賦形。
> 　　　　　　　　──《豫章城》
> 松聲入天盡，岩花落地閒。憑君一問訊，沿月上潺湲。
> 　　　　　　　　──《寄山中同志》
> 杯行江色裏，棹進月明中。樓笛吹晴雪，菱歌漾晚風。
> 　　　　　　　　──《懷南昌舊遊》

有時兩筆一勾勒，便是一幅疏穠有間、秀色撲人的畫面：

> 晴江木落長疑雨，暗浦風生欲上潮。
> 　　　　　　　　──《和上官偉長蕪城晚眺》

　　　梧桐院落秋聲裏，橘柚人家晚照中。

　　　　　　　　——《舟中寄漢陽故人》

　　　蟬老樹深音響別，滿天風雨帶斜陽。

　　　　　　　　——《秋　日》

　　表現江山攬勝、賦閒得趣的詩在《滄浪集》中佔的比例不小。大
多風姿淡雅，清光照人。如《望西山》、《江行》、《登天皇山》、
《游紫芝岩》、《紫霞樓夜飲》、《舟中示同志》、《過逍
遙山》等等都是這一類的詩。——讀了這些詩再與前面的抒發政
治熱忱、英雄意氣的詩一參照，我們不難看出嚴羽人生哲學的矛
盾性和思想性格的複雜性，同時也約略發現他審美趣味的不同傾向
和詩歌創作的不同風格。

三

　　　現在回到我們最關心——理論上也是相當重要的問題上來：
嚴羽的詩歌到底是學了誰的？嚴羽在《滄浪詩話》中明白無疑地
宣佈了自己最高審美理想的代表人物：李白和杜甫。最可說明問
題的一段話便是："詩之極致有一，曰入神。詩而入神，至矣，
盡矣，蔑以加矣。惟李杜得之，他人得之蓋寡也"（《詩辨》）。
又說："論詩以李杜為準，挾天子以令諸侯也"（《詩評》）。
他甚而要求學詩者將李杜的詩當作"經"來讀、來治，"謂之向
上一路，謂之直截根源"（《詩辨》）。——嚴羽詩歌學誰原應
不成問題。事實上從宋到明似乎也沒有人提出這個問題。但到了
清代便有人提出了嚴羽的所謂"王孟家數"問題。黃宗羲《張心

友詩序》云：

> 滄浪論詩雖歸宗李杜，乃其禪喩……亦是王孟家數，與李
> 杜之海涵地負無與。

許印芳《滄浪詩話跋》云：

> （羽）名爲學盛唐，準李杜，實則偏嗜王孟沖淡空靈一
> 派。

這兩段話無疑是針對嚴羽的詩論說的，但長期以來也被人認作是
對他的詩歌的評價。《四庫全書總目提要》評《滄浪集》中的兩
句話更易啓人誤解：

> 止能摹王孟之餘響，不能追李杜之巨觀也。

盡管小心的館臣只說“止能摹”沒說“止摹”。只說“不能追”
沒說“不追”，但人們的理解卻大多是嚴羽做詩“止摹王孟之餘
響，不追李杜之巨觀”。何況《總目提要》中還有更明確的一段
話以爲補證：

> 故其（嚴羽）所自爲詩，獨任性靈，掃除美刺，清音獨遠，
> 切響遂稀。

"獨任性靈" 云云正所謂 "王孟家數" 的典型表徵。

　　筆者認爲，嚴羽論詩主觀上歸宗李杜應該說是沒有問題的，只是歸宗李杜的哪一方面即從哪一角度歸宗李杜和客觀上是否落"王孟家數"可有討論餘地。至於嚴羽自己的詩歌創作學誰，似乎也不存在一個名學李杜、陰崇王孟的問題，即是說：嚴羽在創作上首先是心悅誠服而虔誠地以李杜爲準的，可以討論的同樣是一個角度問題。

　　不錯，嚴羽的詩歌確實有學王維、孟浩然、韋應物等人風格的一面，前面介紹過的《訪益人上蘭若》、《尋寧山人所居》、《寄山中同志》、《豫章城》、《望西山》等詩（五律）空靈沖淡，明顯有落 "王孟家數" 的痕迹。尤其是嚴羽還有兩首詩題目上就標著學的是韋應物：《喜友人相訪擬韋蘇州作》、《送友歸山效韋應物體》。——但是我們應該看到嚴羽詩學李白、學杜甫的痕迹更深，故筆者強調一個 "首先"。嚴羽的古體歌行如《相逢行》、《送戴式之歸天台歌》、《錢塘潮歌送吳子才赴禮部》、《夢遊廬山謠示同志》、《劍歌行》等刻意摹仿李白豪放雄奇、飛揚跋扈的風格，如《相逢行》處處學著李白意氣高邁的風神格調：

> 百年飄忽或須臾，萬里青霄一飛翼。
>
> 且將耕釣任吾身，君亦床頭有《周易》。
>
> 馮夫子，我欲勸君飲，君當爲我歌。
>
> 眼前萬事莫可理，紛紛黃葉掃更多。
>
> 長風吹天送落日，秋江日夜揚洪波。
>
> 只今留君不盡醉，別後相思知奈何。

《送戴式之歸天台歌》、《錢塘潮歌送吳子才赴禮部》、《夢游廬山謠示同志》裏的一些句子撏撦李白的痕跡尤深。總的說來由於才力不足，顯得筋骨太露，氣神不完。（順便說一句，他的兩首詞《滿江紅·送廖叔仁赴闕》、《沁園春·爲董叔宏賦溪莊》更是明顯的蘇辛派，毛病同樣是才力不足，氣神不完。）清人賀裳說他"古詩亦用功於太白，但力不逮耳"(見吳喬《圍爐詩話》)。錢鐘書先生說：他（嚴羽）那些師法李白的七古,力竭聲嘶，使讀者想到一個嗓子不好的人學唱歌。也許調門沒弄錯，可是聲音又啞又毛"（《宋詩選注》）。嚴羽學杜甫也很認眞，不但用心於杜甫的那種憂國憂民筆底波瀾的形態氣勢，甚而他的好些詩——例如《有感六首》、《避亂途中》、《舟中苦熱》等——從思想內容到詩的題目都與杜甫一樣。嚴羽名爲"興趣"的藝術境界的實質固然不能概括李杜的那種所謂"鯨魚碧海"、"巨刄摩天"式具有強烈激情和巨大社會意義的詩歌，但他的創作實踐却已走入了這一步，只是囿於才力沒有達到可觀的高度。其實在嚴羽的心目中王維、孟浩然、韋應物固然有"興趣"，李白、杜甫則更有"興趣"。（而且"入神"！）嚴羽以"興趣"論詩，他明白說過"盛唐諸人，惟在興趣"。——整個盛唐都是他標榜的樣板，因而他的詩歌實踐並不存在名爲準李杜，實則崇王孟的問題。

那麼爲什麼會產生這樣的認識呢？無外乎有兩個方面的原因。一，毛病出在王士禎身上。王士禎自稱最崇拜嚴羽，又被人視爲嚴羽的嫡傳，他的推揚王韋、陰抑李杜之志被誤解爲源自嚴羽。錢鐘書先生《談藝錄》中說得好："滄浪獨以神韻許李杜，漁洋

號爲師法滄浪，乃僅知有王韋，撰《唐賢三昧集》不取李杜，蓋
盡失滄浪之意矣。"二，黃宗羲、許印芳等人看重了嚴羽詩中仿
王孟的痕跡而疏忽了他學李杜的大節。（這或許與他們看重《滄
浪詩話》、忽略《滄浪集》出於相同的心理原因）——他們的這
種觀點實際上影響了編纂《四庫全書》的館臣，《四庫全書總目
提要》所謂"羽則專主妙遠"以及"獨任性靈，掃除美刺，清音
獨遠，切響遂稀"這一番話的準確性很可斟酌。竊以爲嚴羽的
"所自爲詩"並沒有"獨任性靈"，更沒有"掃除美刺"，相反，
美刺的味道很重。"清音"雖時妙遠，但"切響"實乃未稀。嚴
羽詩歌明明白白又脚踏實地學李杜的不乏其例，盡管他沒能達到李
杜的高度，甚至也沒達到盛唐其餘諸大家如王孟的高度。所謂
"止能摹王孟之餘響；不能追李杜之大觀也"。《總目提要》有
一句批評嚴羽詩歌的話倒是客觀公允而又符合歷史實際的：

　　　志在天寶以前而格不能超大歷之上。

後人大多（包括筆者）都基本贊同。明一代最崇拜嚴羽詩論的胡
應麟正爲此深感惋惜："第自運未逮"、"惟自運不稱"（《詩
藪·外編》）。但這句話也無論如何抽繹不出嚴羽詩歌不學李
杜而偏嗜王孟的結論。

　　有宋一代做詩最講究的一個"學"字，前人的集子幾乎成了
宋人做詩的主要依傍。"王黃州學白樂天，楊文公、劉中山學李
商隱，盛文肅學韋蘇州，歐陽公學韓退之古詩，梅聖兪學唐人平
澹處。至東坡、山谷始自出己意以爲詩，唐人之風變矣。山谷用工

尤爲深刻，其後法席盛行，海內稱爲江西詩派"（《詩辨》）。
"江西詩派"法席一開，"學"詩的人只是角度一變，變成了學
黃山谷、學陳師道。——"學"的根本方法未變。"至近世趙紫
芝、翁靈舒輩,獨喜賈島、姚合之詩"，"江湖詩人多效其體"。
——"獨喜"且"效",又正是"學"。嚴羽看出了宋人病症，却
沒有診出病源，只開出一張"絕然謂當以盛唐爲法"的藥方，依
然把啃死書本當作掘活詩源，並未改變"學"即模仿和依傍的態
度，只是模仿了另一個樣板，依傍了另一家門牆。嚴羽的詩盡管
孜孜學盛唐，規規準李杜却沒摸著"盛唐"的門徑，更不用說登
堂入室，尾驥李杜了。《滄浪集》的最大局限正在這裏，從這層
意義上不妨說它"單薄"和"寒傖"。原因不在其數量少，部頭
小，而是其精神氣象未能鑄成大家或名家的特立風範。

關於劉克莊的詩論

　　劉克莊，南宋後期最大的詩人，名重朝野。他不僅是詩人，他的詞是南宋繼辛棄疾後成就最大、地位最高的；他的古文典則清麗，文體雅潔，被譽爲文章圭臬，其中題跋序紋諸篇尤爲獨擅；他的賦和騈文也負一代盛名。林希逸撰寫他的行狀中稱："言詩者宗焉，言文者宗焉，言四六者宗焉"，宛然一代文學宗師。當然他最看重的、日夜縈繞於心頭腦際而又時時要發表見解的却還是詩歌一門，故清≪四庫全書總目≫稱他"於詩爲專門"，我們也稱他爲南宋大詩人。那麼，這位南宋大詩人的詩歌見解或者說詩歌主張如何呢？他對他那個時代的詩歌有些什麼意見、作何等評價呢？後一個問題似乎容易系實，透過劉克莊對"當代詩歌"的具體批評和議論，我們不難勾勒出他的整體的詩歌見解和理論主張，至少可探明這個整體理論最主要的審美特徵或者說最偏重的建設宗旨。

　　劉克莊對"當代詩歌"是意見很大的，他有一段相當有名的話：

　　迨本朝則文人多，詩人少。三百年間，雖人各有集，集各有詩，詩各自爲體，或尚理致，或負材力，或逞辯博。少者千篇，多至萬首。要皆經義策論之有韵者爾，非詩也。自二三巨儒及十數大作家俱末免此病

（≪竹溪詩序≫）

這是對"三百年間"宋一代詩的宏觀批評，看上去大有一筆抹倒
之勢。再看看他稍稍微觀一點的批評吧，批評的對象縮小到他本
人主要生活的南宋中後期的詩壇：

> 余嘗病世之爲唐律者，膠攣淺易，窘局才思，千篇一體；而爲宗派
> 者，則又馳騖廣遠，蕩棄幅尺，一嗅味盡。
>
> （《劉圻父詩序》）

這裏的"爲唐律者"指的是"四靈"開其端、"江湖"繼其後的
晚唐派；"爲宗派者"即是黃山谷、陳後山爲首領的所謂江西宗
派。江西宗派的毛病大抵同似前面說的宋詩的毛病，關鍵的一點
便是"多務使事，不問興致"，以書本子爲詩，刻求廣博深遠。
晚唐派是矯糾江西詩病而崛起的，未免要旗幟鮮明一些，對著幹
的意氣重一些。他們的第一條鬥爭方略即是"捐書以爲詩"，所
謂"刬去繁縟，超於切近"，以不用事爲第一格，結果卻墮入"
膠攣淺易，窘局才思"的可悲境地。按，南宋中期後，詩壇形成
江西與晚唐對峙的局面，勢如水火。天下詩人不歸楊則入墨，兩
派各自的毛病也日益彰顯。劉克莊《韓隱君詩集序》裏說的"資
書以爲詩失之腐，捐書以爲詩失之野"兩句話正可用來概括江西、
晚唐二派之詩病，當然也明確表示了劉克莊自己的厭惡態度。
　　說到這裏不能不想到南宋的詩歌理論批評大家嚴羽，無論是
劉克莊對宋詩的宏觀批評還是對江西、晚唐的具體指責都與嚴羽
的一些言論十分相似。嚴羽用"以文字爲詩，以才學爲詩，以議

論爲詩”三句話總括宋詩之病，與劉克莊對宋詩的宏觀批評如出
一轍；嚴羽將“江西宗派”與“趙紫芝、翁靈舒輩”以及“多效
其體”的“江湖詩人”一併歸入“聲聞辟支之果”，這個“聲聞
辟支之果”按嚴羽以禪喻詩之義來譯釋即是佛門小乘、詩道小家
數、未入正宗大雅之門之意，這也恰恰與劉克莊的看法相同。——

　　劉克莊與嚴羽同時略後，現存史料似沒有發現他兩個有過什麼
人事接觸和學術聯繫。他們各自以目光識力測出的批評意見，正
所謂是“自家閉門鑿破此片田地”得來的，英雄不約，所見略同。

　　但這個“略”同之外却有一個重要的不同。劉克莊將宋人以
文字、才學、議論爲詩與杜甫詩風的淵源關係點明了：“古詩出
於情性發必善，今詩出於記問博而已，自杜子美未免此病”
(《韓隱君詩集序》)。這句話的份量極重，見地極深，江西派以杜
甫爲老祖宗的秘密被揭穿了。江西末流的詩病連累了老祖宗也好，
老祖宗的詩風開了江西詩病的濫觴也好，總之兩者的關係被揭示
出來了，而且是以批評的口氣揭示出來的。這句話比後來方回從
排牌位、編俎豆的祭祀上正面地列出杜甫與江西的血緣關係不知
高明幾何矣，當然比起在杜甫這個問題上陷入矛盾而不能自拔的
嚴羽來也深辟得多了。

　　這裏有必要說清楚劉克莊本人在南宋詩壇上的身份、地位——
如果他也陷入派別、歸入陣營的話，則還有：派性、立場。

　　劉克莊早獲才名，他作爲青年詩人的處女集《南岳稿》在詩
壇頗具影響，蜚聲鵲起。又因咏落梅詩被罪，廢黜達十年，知名
度更高。方回《瀛奎律髓》云：史彌遠廢立之際，陳起宗之能詩，
凡江湖詩人皆與之善，宗之刊《江湖集》售之，《南岳稿》與焉[8]

可見劉克莊很早就被拉入"江湖詩人"的行列，也即是說加入
了江湖派。今傳本≪江湖小集≫九十五卷、≪江湖後集≫二十四
卷均不載≪南岳稿≫，當是清四庫館臣重新整理時遺漏。方回大
半生生活在南宋，時間上緊挨陳起，不會弄錯。有兩條劉克莊本
人說的話更可以說明問題：

> 余少嗜章句，格調卑下，故不能高。既老遂廢而不為，然江湖社
> 友猶以疇昔虛名相推讓，雖屏居田里，載贄而來者常堆案盈几，
> 不能遍閱。
>
> （≪送謝昉序≫）
>
> 最交式之（戴復古），余年甫三十一，同期社友如趙紫芝、仲白、
> 翁靈舒……皆與式之化為飛仙。余雖後死，然無與共談舊事者矣。
>
> （≪二戴詩卷序≫）

很說明問題了。他三十一歲之前便加入了江湖派，與戴復古、趙
師秀、翁卷等人互稱"江湖社友"，一直到老年"屏居田里"時，
一些"江湖社友"還纏扯住他不放，要他相幫看詩稿、提意見、
寫序跋，稱譽推荐。他與"江湖社友"的關係在≪趙崇安詩卷序≫、
≪林子彬詩序≫、≪贈翁卷≫等詩文裏也都有明確的證據。
——由於劉克莊詩名日隆，當四靈凋零之際，他又被推出來當了
江湖派扛大旗的領袖。這個動議還是四靈的祖師爺、大顧問葉適
提出來的：

四靈時劉潛夫（克莊）年甚少，刻琢精麗，語特驚俗，不甘為雁
行比也。今四靈喪其三矣，而潛夫思愈新，句愈工，歷涉老練，
布置閎遠，建大旗鼓，非子孰當？

（《題劉潛夫南岳詩稿》）

劉克莊當領袖後，江湖派進入了全盛時期：

江湖末派，以趙紫芝為矩矱，以高菊為羽翼，以陳起為聲氣之連
絡，以劉克莊為領袖。終南宋之世，不出此派。

（《四庫全書總目》）

劉克莊自己也說："自四靈以後，天下皆詩人也"（《題何謙師》），
這個"四靈以後"，當指四靈凋零，劉克莊挂帥以後。按
南宋初年是江西派的鼎盛時期，寫成於高宗紹興年間的《苕溪漁
隱叢話》已說："近時學詩者率宗江西"。光宗紹熙，寧宗慶元
之後，四靈崛起，兩派勢相頡頏，江西末流由於弊端百出已露退
落之勢。理宗淳祐至度宗咸淳年間，江西益呈衰頹寢微，漸被江
湖壓倒，隨即出現了所謂"天下皆詩人"的局面。

　　不過到了"天下皆詩人"時，江湖派的弊病也暴露無遺，率
易淺陋，蕩而不返，其壞影響甚至超過江西末流。劉克莊看出了
這一點，為之痛心疾首。他晚年厭惡江湖尤甚，終於扔掉了手中
的江湖大旗，以脫干係。——逃離了陣營，消除了派性，調整了
立場，說話就比較自由，批評的態度也就比較客觀了，對詩壇的
看法和議論從此可文責自負。這個變化表現在二個方面，首先，

對江西派表示了一定的好感，比如為江西派作小序，不在其位，好謀其政，在呂本中的《宗派圖》上做了許多文章。同時對江西盟主黃山谷的詩也恢復了較為公正的評價，《後村詩話》後集卷二說："大抵魯直文不如詩，詩，律不如古，古不如樂府。魯直自以為出於《詩》與《楚辭》，過矣。蓋規模漢魏以下者也，佳處往往與《古樂府》、《玉台新咏》中諸人所作合。其古律詩酷學少陵，雄健太過，遂流而入於險怪。要其病在太著意，欲道古今人所未道語。"又鄭重引同時張巨山的話說："譽者或過其實，毀者或損其真，皆非真知魯直者，或有所愛憎而然。"點出了問題本質。此是其一。其二，又企圖在四靈與江湖末流間劃清界限，即對四靈（及前期江湖派）表示一定讚賞（當然亦含批評），而重點斥責江湖末流。如《林子顯序》："近世理學興而詩律壞，唯永嘉四靈復為苦吟，過於郊島。篇幅少而警策多，今皆亡矣。"對四靈當日的功勞表示欣賞的同時，又感傷眼下詩道之淪落。《後村詩話》前集卷一中列舉唐人詩可學者，"最後有姚、賈諸人"，并說"學者學此足矣"，對四靈的學姚、賈也間接表示了贊同，聯繫到前面說的"過於郊島"的話，更可說明問題了。

　　話再回到原來的題目上。宋詩的毛病揭示出來了，針對江西、江湖（即晚唐）的病症，劉克莊與嚴羽都開出了自己的藥方。

　　先說嚴羽的。嚴羽的藥方是："截然謂當以盛唐為法"，即是說學詩者應以盛唐詩為唯一的楷模。所謂"向上一路"，所謂"直截根源"，所謂"頓門"，所謂"單刀直入"，無非是說藥理最對路，效用最直捷。為什麼要學盛唐呢？因為"盛唐諸人，唯在興趣，羚羊挂角，無迹可求。"又列舉了一串"透徹玲瓏，

不可湊泊"的妙處，所謂"空中之音，相中之色，水中之月、鏡
中之像"等等。嚴羽還解釋了這個藥方的藥理："夫詩有別材，
非關書也；詩有別趣，非關理也"（以上均見《滄浪詩話·詩辨》)。
——嚴羽從詩本體的角度抽繹出的詩的藝術審美特徵和形
象思維規律正是從這二句話生發的。這個藥方及其藥理後來被證
明是在一般意義上對詩歌有扶正養榮的功效而不能祛除宋詩根本
的病症，即不具備正面抗擊這個病症病理機制的抑殺力量。這是
嚴羽詩論的根本弱點，而這個弱點在劉克莊手裡可以說是得到了
克服，即是說劉克莊開的藥方同時具備扶正祛邪、辯證施治的有
效功用。

　　請先看劉克莊《題何謙詩》中一段話：

> 余嘗謂以情性禮義為本，以鳥歌草木為料，風人之詩也。以書為
> 本，以事為料，文人之詩也。世有幽人羈士，飢餓而鳴，語出妙
> 一世。亦有碩師鴻儒，宗主斯文，而於詩無分者。

這話與嚴羽"詩有別材，非關書也"相彷彿。他又進一步設問答
：

> 或曰：子評碩師鴻儒也甚嚴，取羈人幽士也太寬，可乎哉？余曰
> ：子論人，余論詩，奚為不可？

　　他強調詩有特殊的理論法則和內部規律。"資書以為詩失之
腐，捐書以為詩失之野"正是"非關書也"的具體注腳；而指出

詩不是"經義策論之有韻者"、"語錄講義之押韻者"便又是
"詩有別趣，非關理也"的相同意思了。其他，如"高處往往無蹊
徑可尋，不繩削而自合"（《題仲弟詩》），與嚴羽"羚羊挂角，
無迹可求"，"透徹玲瓏"寓義何異？——以上即是劉克莊藥方
中養榮扶正的效用，與嚴羽同心同轍，功力彷彿。

　　那麼，"祛邪"的藥理又在哪裡呢？

　　說"祛邪"的藥理之前，我們不妨先說一說："以禪喻詩"
的問題。這個問題歷來很有些似是而非的議論，說清楚這個問題，
劉克莊開的那個藥方的藥理、功效、服法、禁忌也一一明白可指
了。

　　一些年來強調嚴羽"以禪喻詩"之謬的論者大多要引用劉克
莊《跋何秀才詩禪方丈》裡一節話：

> 詩家以少陵為祖，其說曰："語不驚人死不休。"禪家以達摩為
> 祖，其說："不立文字"。詩之不可為禪，猶禪之不可為詩也。
> 何君合二為一，余所不曉。

　　其實這節話裡劉克莊只強調了"詩之不可為禪"而非論證了
"禪之不可喻詩"。"以禪喻詩"，要害在一個"喻"字，以禪
道來比喻詩道，只是一種闡述詩道的方式方法。因為禪道在兩宋
非常發達，佛門外的知識份子都略知二三，故討論詩道的人援用
一些禪道的術語和套話來解釋詩歌藝術的內部規律和外部聯繫，
原是十分平常的事，其作用在使人易懂易理解（那時，禪道之濫
套幾為常識而詩道之機理却有如一門新學科），故劉克莊這節話

不說明什麼問題。細尋一下，劉克莊自己也有不少 “以禪喻詩”
的例子，典型的如《序二林詩後》：“子眞詩如靈芝醴泉，天地
精英之氣融結而成，如德山趙州機鋒，如寒山梵志詩偈，不涉秀
才家筆墨蹊徑，非頂門上具一只眼，未易觀。” 又如：“豈余老
古錐如新戒縛律，君大自在如散聖安禪” 等等。這個問題本來很
清楚，然則劉克莊贊同 “以禪喻詩”，又爲什麼亟亟反對 “以禪
喻詩” 或者說 “以詩爲禪” 呢？這乃是問題的關鍵。適才引《跋
何秀才詩禪方丈》一節話後緊接著是這麼一節話：

> 夫至言妙義固不在於語言文字，然捨眞實而求虛幻，厭切近而慕
> 闊遠，久而忘返，愚恐君之禪進而詩退矣，何君其思之。

——語深意長，全節要緊的話即是 “捨眞實而求虛幻，厭切近而
慕闊遠” 兩句。於此劉克莊對 “禪之不可爲詩” 已經說到了點子
上，而劉克莊論詩的最切要而須臾不可或忘的根本主張已露出頭
緒。

我們再看劉克莊另外兩段 “語錄”：

> 文字不可過清也……不可過峻也……清峻不已，其幽必至於絕物，
> 其遠必至於遁世。
>
> （《張季文卷序》）
>
> 詩貴輕清，惡重濁。王君詩如人煉形，跳出頂門，極天下之輕；
> 如人絕粒，不食烟火，極天下之清，殆欲遺萬事而求其內，離一
> 世而立於獨矣。雖然，古詩如人倫刑政之大，鳥獸草木之微，莫

不該備，非必遺事也；《考槃》於君，《小弁》於親，惓惓而不
忍舍，非必離世也。

　　　　　　　　　　　　　　　　　　（《王元度詩序》）

　　於此我們乃可以清楚看出劉克莊論詩文講求切世落實，規範人事，
反對故作清高、絕物遁世，他對那些“跳出頂門”，不食人間烟
火，“離一世而立於獨”的作品明確表示厭惡。劉克莊反對“以
禪爲詩”根本立足點就在這裡。主張詩應切世務實，力戒虛浮空
渺、遺事離世，用現在的話來說便是作詩應該把現實的社會作用
和切實的思想內容放在首位。這是劉克莊詩論之安身立命所在，
也是他開出的藥方上最倚重的藥理。這個藥理正是以“袪邪”爲
主要功效的，劉克莊治病藥世，補偏救失的看家本領便押在這一
招上。

　　劉克莊在詩歌領域治病藥世、補偏救失的一個法寶便是將古
人的正面榜樣祭起。“古詩皆切於世教”，他在《王子文詩序》
裡舉了一堆《詩經》裡“切於世教”的範例。《韓隱君詩集序》
中他說：“古人不及見，後世於其偶然比興諷刺之作，至列於經。
後人盡誦讀古人書，而下語終不能彷彿風人之萬一”，他爲之感
到迷惑不解。《跋方俊甫小稿》中他又強調：“余觀古詩以六義
爲主，而不肯於片言隻字求工。”讚賞“六義爲主”正是強調比
興怨刺、益世存雅的古義。他讚美“亡友翁應叟”（翁定）詩：
“觀其送人去國之章，有山人處士疏直之氣；傷時聞警之作，有
忠臣孝子微婉之義；感知懷友之什，有俠客節士死不相背之意，
處窮而恥勢利之合，無責而任善類之憂。其言多有益世教，凡傲

慢、褻狎、閨情、春思之類，無一字一句及之"（《瓜圃集序》）
——這一節話似可看出劉克莊對六義風雅、有益世敎的詩歌
內容的具體認識，這個認識與道學家的文學思想有點淵源但却潛
在著深刻的差異。

這裡不妨贅引劉克莊爲眞德秀（西山）編纂《文章正宗》中
"詩歌一門"那個有名的例子，《後村詩話》前集卷一：

> 《文章正宗》初萌芽，西山先生以詩歌一門屬余編類，且約以世
> 敎民彝爲主，如仙釋、閨情、宮怨之類皆勿取。余取漢武帝《秋
> 風詞》，西山曰："文中子亦以此詞爲悔心之萌，豈其然乎。"
> 意不欲收，其嚴如此。……凡余所取而西山去之者大半，又增入
> 陶詩甚多，如三謝之類，多不入。

同樣是"世敎民彝爲主"，劉克莊與眞德秀的見解差距如此之大，
以至他所收取的竟有大半被眞德秀刪汰。"其嚴如此"適正說明
道學的迂腐和固陋。淸四庫館臣肯定了劉克莊，指出眞德秀"於
詩則未能深解"。按，劉克莊是眞德秀的學生，史載劉克莊嘉定
間官建陽令，眞德秀方里居，克莊師事之，講學問政，一變至道。
劉克莊晚年背叛眞德秀，投靠權相賈似道，所謂晚節不終。但他
的詩學主張，尤其是詩歌有益世敎這一點明顯地是受了眞德秀的
影響，並服膺終身，盡管兩人在理解程度甚而認識本質上都很不
同。

《後村詩話》前集卷一云："徐陵所序《玉台新咏》十卷，
皆《文選》所棄余也。六朝人少全集，雖賴此書略見一二，然賞

好不出月露，氣骨不脫脂粉，雅人莊士見之廢卷。"這批評的基
調與前面他對翁定詩的讚美"其言多有益世教，凡傲慢、褻狎、
閨情、春思之類，無一字一句及之"是一脈相通的。然而又正是
由於他"於詩為專門"，他對詩的審美規律和藝術法則畢竟有深
刻的理解，以藝術公心冷靜地品評詩歌時，他對≪玉台新咏≫不
僅未採取全盤否定的態度，相反還表示了一定的欣賞。≪後村詩
話≫續集卷一中他舉例道："≪玉台新咏≫如'是妾愁成瘦，非
君重細腰'，如'弦斷猶可續，心去最難留'，如'城中皆半額，
非妾畫眉長'，如'怨黛舒還斂，啼妝試更垂'，有唐人精思所
不能及者。"——這種看似自相矛盾的評論只能說明劉克莊畢竟
是個有性情、懂詩歌的詩人而不是昧著心靈、板著面孔、裝假正
經、說違心話的"雅人莊士"，更不是崇隆天理、全棄人欲的道
學家。——他在原則上雖不反對道學，他自己也曾設壇講學（且
不管動機如何），但一遇上道學與詩歌發生矛盾或衝突，他的立
場便十分鮮明，親疏向背一語道破，如"近世理學興而詩律壞"
（≪林子顯序≫），如"近世貴理學而賤詩，間有篇咏，率是語
錄講義之押韻者耳"（≪吳恕齋詩稿跋≫）——在公開的文章題
跋中他從不掩飾這個觀點。

　　細按脈息，劉克莊的六義風雅、切世務實的詩歌主張多半還
是受了另兩個光輝形象的啓發和鼓舞。一個是梅堯臣：

　　　　本朝詩，惟宛陵為開山祖師。宛陵出，然後桑濮之淫哇稍息，風
　　　雅之氣脈復續。

　　　　　　　　　　　　　　　　　　　　　（≪後村詩話≫前集卷二）

另一個是陸游：

> 近歲詩人，雜博者堆隊仗，空疏者窘材料，出奇者費搜索，縛律者少變化。唯放翁記問足以貫通，力量足以驅使，才思足以發越，氣魄足以陵暴。
>
> （《後村詩話》前集卷二）

梅堯臣以袪淫哇、續風雅爲主，陸游則空疏、鶩奇、雜博、迂拘等一抹兒治療，功能更大。劉克莊還說：“放翁學力也似杜甫”，則更是有意強調切切實實的學力、記問來克服空疏、膚廓、浮幻、絕世獨立的毛病。劉克莊《跋李賈縣尉詩卷》云：“李杜，唐之集大成者也，梅陸，本朝之集大成者也。”——梅陸之所以能像唐之李杜那樣被稱爲宋朝之“集大成者”，其最大的功勛貢獻和創作特色便在現實主義的復歸和發揚光大（陸游還由之派生出強烈的愛國主義和鮮明的鬥爭精神），劉克莊的詩歌理論正是以承續並拓展梅堯臣、陸游的現實主義創作道路爲己任的。現實主義乃至愛國主義也正是劉克莊詩歌的主旋律之一，抗御強虜、諷咏時政、鞭撻黑暗、爲民歌哭的佳作在劉克莊的四十八卷詩歌裡俯拾即是：《揚州作》、《冶城》、《淮捷》、《北來人》、《聞城中募兵有感》、《夢賞心亭》、《讀崇寧後長編》、《端嘉雜詩》、《苦寒行》、《國殤行》、《軍中樂》、《寄衣曲》、《大梁老人行》、《運糧行》、《開壕行》、《破陣曲》、《朝陵行》、《築城行》等等，等等，不勝枚舉。——劉克莊的詩歌創作這裡不擬多談，筆者只一筆點明他的理論主張與創作實踐是精神一貫，若合契符的。

劉克莊的現實主義創作理論還有兩個特色。

一，強調學識的厚積和人功的鍛煉。這一點與他的切世務實的詩論主張的基本精神是一致的。≪題趙孟侒詩≫云："（詩）必思索始高深，必鍛煉始精粹……然有天資欠學力，一聯半句偶合則有之，至於貫穿千古，包括萬象，則非學有所不能。"≪題林合詩卷≫云："古之善鳴者，必養其聲之所自出……養之厚然後鳴。"≪題蔣廣詩卷≫云："余聞詩人警句皆句鍛月煉，嘔心搜腸而成，蓋有逾歲始補足一聯者也。"≪跋章仲山詩≫又說："（詩人）必空乏拂亂，必流離顚沛，然後有感觸，又必與其類鍛煉追璞，然後工。"——然而他又反對學詩者刻意求工，刻意雕琢，"唯不求工而自工者，爲不可及"，"不求工而自工者，非有大氣魄大力量不能"（≪回信菴書≫）。這個"大氣魄大力量"除了胸襟、識力等因素外，仍須回到鍛煉深刻，學力厚積的基點上來——這一點對醫治江西，尤其是江湖詩病有特殊療效。

二，突出詩人的情性。反對刻意求工，刻意雕琢，其用心在生怕詩人活脫脫的情性被繁鎖機械的形式干擾乃至汩沒，強調詩人的情性便是劉克莊現實主義創作理論第二個特色。"古詩出於情性發必善"，則是這個情性理論的基調。古詩出於情性，又以六義爲準的，後世詩人則往往忽視了自己的情性，一味在字句韻律上討生活、謀施展。劉克莊對此的論斷是："雖守詩家之句律嚴，然去風人之情性遠"（≪跋方俊甫小稿≫）。

《題何謙詩》云："夫自國風騷選玉台胡部，至於唐宋，其變多矣。然變者，詩之體制也，歷千年萬世而不變者，人之情性也。"《宋希仁詩序》又云："詩之體格有古律之變，人之情性無今昔之異。選詩有蕪拙於唐者，唐詩有佳於選者……晚見宋君希仁詩……皆油然發於情性，蓋四靈抉露無遺巧，君含蓄有餘味，余不辨其爲選爲唐，要是世間好詩也。"——意思很清楚，只要是"油然發於情性"，便不必計較它是什麼時代的產物，是什麼形式的詩歌，情性眞摯，吐言芬芳，婉而有餘味，便是"世間好詩"。由之得出的結論是唐詩不必不如選詩、宋詩也不必不如唐詩。劉克莊《本朝五七言絕句序》裏說的"（宋詩）其能言者；豈唯不愧於唐，蓋過之矣"，正是基於這樣的理論認識。所謂"能言"，便是詩人自己獨個的情性抒發得巧好、自然、眞切。

具備了"風人之情性"，在詩歌風格上劉克莊則設格甚寬，不主一體。《劉圻父詩序》稱劉圻父"融液衆格，自爲一家"，《陳敬叟集序》稱陳敬叟"各極其態，不主一體。"——這都可看出劉克莊於詩的各種形態風格能兼容並蓄，沒有褊狹之見。《題林瀬翁詩》中他對詩美的兩種存在形態有一段議論：

> 夫詩如花卉然，清絕者莫如梅，穠豔者莫如海棠。取次軒檻之一枝半朵，固足以傾城而絕代矣。頃余嘗游於儀眞之梅園，極目如瑤林琪樹照映十餘里；又嘗飲於豫章某家海棠洞，老樹虯結，不知其數，其開也，日光花色如卿雲瑞錦；其落也，萬點糝地如紅雨絳雲，二者皆極天下巨麗之觀，與軒檻所見者異矣。

——"軒檻之一枝半朵"，如一首意味雋永的短詩、一個啓人深思的獨幕劇、一段風格完整的電影小品、一幀構思精巧光色和諧的藝術小照；"天下巨麗之觀"，則如一部史詩般豐厚凝重的長篇小說，一台轟轟烈烈、聲震九天的交響樂，一套體制龐大而又光芒四射的系列電視連續劇。前者屬於美的袖珍造型，其貴在質感之精約；後者展示美的集合群體，其貴在氣象之宏大。兩者均能打動游觀者的心，引起無限美的感思，劉克莊對這兩種不同形態的美都十分讚賞，顯示了一個大詩人藝術審美的慧眼和胸懷。

當然，設格寬、不主一體並不意味著劉克莊本人對詩沒有一己的審美嗜尚和鑒賞趣味，他在《跋眞仁夫詩卷》中曾直率地表示："繁濃不如簡淡，直肆不如微婉，重而濁不如輕而淸，實而晦不如虛而明。"我們如果細讀劉克莊的詩歌，似不難看出這幾句話又正是劉克莊詩歌創作的主要風格傾向。這種風格傾向的產生與從道學先生眞德秀那裏接受的平實、輕簡、淡瘦的文風不無關係，而與他本人參與並領導對江西派詩風的鬥爭實踐更是肇因直接。然而過份強調這幾條而又近於偏執，則又會走向反面，歷來批評劉克莊詩"詞病質俚，意傷淺露"（《四庫全書總目》）恐怕也正是肇由於此吧！

劉克莊的詩論還有兩點似乎也需簡略地說一說。一、詩必窮而後工。這也是老生常談，當然算不得他的發明，但這與他一貫的詩論主張有些關係。《題趙孟侒詩》中"詩必窮始工，必老始就"就是與"必思索始高深，必鍛煉始精粹"聯在一起說的；而《跋章仲山詩》中的"必空乏拂亂，必流連顚沛，然後有感觸"又是與"必與其類鍛煉追璞，然後工"聯在一起說的，這又正是

他在《跋黃憕詩》中說的 "詩比他文最難工，非功專氣全者，不
能名家" 的話精神一貫。——劉克莊對詩歌的一往情深的痴心是
值得讚賞的，他對詩歌嚴肅認眞的態度更是值得敬佩的。

　　二、提倡內行批評。劉克莊在給一個名叫劉瀾的人的詩集、
樂府題跋中一再強調 "詩必與詩人評之"、"詩當與詩人評之"。
他之所以這樣強調，固然是因爲內行審閱、內行批評能抓著癢處，
使人心悅誠服，更要緊的是這個內行是一種秉具特殊才能的內行。
《題劉瀾詩集》云："今世言某人貴名揭日月，直聲塞窮壤，是
名節人也；某人性理際天淵，源派傳濂洛，是學問人也；某人窺
姚姒，逮莊騷，摘屈宋，薰班馬，是文章人也；某人萬里外建侯，
某人立談取卿相，是功名人也。此數項人者，其門揮汗成雨、士
群趨焉。詩人亦携詩往焉，然主人不習爲詩，於詩家高下深淺，
未嘗涉其藩牆津涯，雖強評，要未抓著癢處。" 很清楚，這正是
"詩有別材" 衍申出來的論調。細味這話，劉克莊珍惜詩人（風
人）的頭銜並引以爲榮的心態昭然可見。在他心目中眞正合格的
詩人世間並不多，他自稱 "有詩傳世天機淺"（《初秋感事三首》）
——能湊合軋進 "詩人" 的行列，已算僥倖。

　　"天機淺" 也是 "於詩道不甚了了" 的自謙，劉克莊曾喟嘆：
"詩道不勝玄，難於問性天"（《敖茂才論詩》），等我們這裏
把他的詩道抽繹出來羅列展示時，似乎可以看到劉克莊對詩確有
自己一套道道的，這套道道並不 "玄"，也不 "難"，它們不僅
於晚宋詩壇有著扶正去邪、救失補偏的功效，而且在整個中國詩
歌理論批評史上也是屬於積極進步、嚴肅負責的潮流一邊的。

論劉克莊的詩

　　"詩人安得有青衫？今歲和戎百萬縑！"——這是南宋詩人劉克莊《戊辰即事》詩的開頭兩句，衰颯之音中縈回著一股既怨且怒的不平之氣。詩人當時二十一歲，剛剛踏上詩壇，由自己的"青衫"連想到南宋半壁江山的命運，胸襟可見。這之後六十餘年，他幾乎天天吟唱，無論是廟堂挺身，諷刺時局，還是澹泊野處，潛伏江湖，他的歌聲與塵世的現實生活息息相關，流蕩著清新質樸的郁郁生氣。

　　劉克庄詩歌存世四十八卷，二千五百五十二題，四千三百八十五首（殘篇不算），可以說他是南宋楊萬里、陸游之後最大的詩人。當然他不僅是詩人，他的古文典則清麗，文體雅潔；他的詞健拔壯邁，風格豪邁，辛稼軒後可稱第一；他的賦和駢文也負一代盛名，林希逸在給他撰寫的行狀中稱"言詩者宗焉，宗文者宗焉，言四六者宗焉"，宛然一代文學宗師。然而他畢竟"於詩為專門"（《四庫全書總目》），他說："詩比他文最難工，非功專氣全者不能名家。余觀他人詩及以身驗之，艮然"（《跋黃㦂詩》）。我們可以說，劉克莊於詩用功最專，體驗最深，成就亦最大——寫詩是他的當行，詩人是他的本色。

　　劉克莊少獲才名，他作為青年詩人的處女集《南岳詩稿》被江湖派發起人陳起收入《江湖集》，一時蜚聲鵲起，知名度甚高。
江湖派的祖師爺葉適稱他的作品“歷涉老練，布置闊遠”（《題
劉潛夫南岳詩稿》），最後將他推上江湖派“領袖”的位置。但
是劉克莊不是一個圖虛名、慕頭銜的詩人，他堅認要在詩壇有眞
正的影響和地位，必須使自己的詩句深入人心，讓天下人心悅而
後誠服。他在《題何統制詩》中說：“使人稱詩名不若使人誦詩
句。蓋詩名在人頰舌，可以游談致；詩句入人肝脾，不可以虛譽
傳也。”——下面我們就來看看劉克莊的詩名是游談致的虛譽呢
抑或是其詩句入人肝脾、上人口舌，乃流傳了近八百年的。

　　《朝陵行》云：

　　　　國家諸陵陷河北，盜發寶衣斧陵木。
　　　　或言陵下往來人，夜聞翁仲草間哭。
　　　　何年卻遣朝陵官，含桃璀璨登金盤。
　　　　悲哉人間墳墓各有主，誰修永昌一抔土！

《大梁老人行》：

　　　　大梁宮中設氈屋，大梁少年胡結束。
　　　　少年嬉笑老人悲，尚記兩帝蒙塵時。
　　　　烏虖，國君之讎通百世，無人按劍決大議。
　　　　何當偏師縛頡利，一驢馱載送都市。

——詩人憤國恥、悲金甌、思恢復的心境昭昭然，盡管他誕生時

北宋已亡了六十年，"兩帝蒙塵"的恥辱、"國家諸陵陷河北"
的悲痛他沒有直接的感受。他作爲一個愛國的士大夫知識份子對
故國深沉的懷念和驅除強虜、光復河山的壯志乃是傳統的民族精
神與文化哺育的結果。每當淮河一線宋金的戰爭傳來捷報，他就
抑止不住內心的喜悅，放聲吟唱；而失敗、媾和和賠款他則痛心
疾首，幾至大哭。其實南宋政權大舉北伐也有過多次，但均因政
府和軍隊的腐敗，文恬武嬉，屢屢失利。劉克莊的≪築城行≫、
≪開壕行≫、≪運糧行≫、≪苦寒行≫等詩歌以深沉透剔的筆力
寫出了政府和軍隊在築城、開壕、運糧、軍需等軍事準備工作上
的弊病以及各級官僚的奢靡腐化、貪酷殘忍，讀來令人憤慨驟生。
尤有甚者，請聽：

> 行營面面設刁斗，帳門深深萬人守。
> 將軍貴重不據鞍，夜夜發兵防隘口。
> 自言虜畏不敢犯，射麋捕鹿來行酒。
> 更闌酒醒山月落，綵縑百段支女樂。
> 誰知營中血戰人，無錢得合金瘡藥！
>
> ——≪軍中樂≫

真是尖銳而令人心酸的對比！士兵受傷的還算是幸運，"血戰"
死了的則下場更慘：

> 官軍半夜血戰來，平明軍中收遺骸。
> 埋時先剝身上甲，標成衆冢高崔巍。

姓名空挂陣亡籍，家寒無俸孤無澤。

烏虖諸將官日穿，豈知萬鬼號陰風！

　　　　　　　　——《國殤行》

詩人的筆何等犀利，詩人的心在暗暗流血。

　　與其說詩人的喉舌正面謳歌前線的戰爭，毋寧說詩人的眼睛
更多地注意到下層軍士的悲慘苦痛和不公平的命運。要指望這樣
的軍隊去戰勝北方的強虜，詩人不由得感到悲哀，唱出了一支又
一支清壯淒涼的歌：

征夫去時衣紵葛，征夫未回天雨雪。

夜呵刀尺制寒衣，兒小卻倩人封題。

上有淚痕不教洗，征夫見時認針指。

殷勤著向邊城裏，莫遣寒風吹膝理。

江南江北一水間，古人萬里戍玉關！

　　　　　　　　——《寄衣曲》

昨日人回問塞垣，陣前多有未招魂。

營司不許分明哭，寒月夜夜照淚痕。

　　　　　　　　——《戍婦詞》之二

詩人人道主義的靈魂在謀動，筆力益臻凝練：

身屬嫖姚性命輕，君看一蟻尚貪生。

無因喚取談兵者，來向橋邊聽哭聲。

　　　　　　　　　　　　——《贈防江卒》之四

戰地春來血尚流，殘峰缺堠滿淮頭。

明時頗牧居深禁，若見關山也自愁！

　　　　　　　　　　——《贈防江卒》之五

《端嘉雜詩二十首》更可看出劉克莊與國家命運共休戚的心迹，
前線有了轉機，詩人熱血潛湧，歌聲激揚：

　　幅裂常包割地羞，掃平忽雪戴天仇。

　　穹廬已喋完顏血，露布新函守緒頭。

　　　　　　　　　　　　　——之一

　　不及生前見虜亡，放翁易簀憤堂堂。

　　遙知小陸羞時荐，定告王師入洛陽。

　　　　　　　　　　　　　——之四

　　少年意氣慕橫行，不覺蹉跎過一生。

　　便脱深衣籠窄袖，去參留守看東京。

　　　　　　　　　　　　　——之五

當然這種樂觀之後往往是更深切的悲哀，“小陸”們未能見著九
州同一，河山光復，劉克莊自己死後十年，南宋也滅亡了。

　　劉克莊對國家前途、人民命運的關心注目是由來一貫的，在
他青年時代的詩歌作品中便明顯地可看出他的創作宗旨。《北來
人》之一云：

　　試說東都事，添人白髮多。

　　寢園殘石馬，廢殿泣銅駝。

　　胡運占難久，邊情聽易訛。

　　凄涼舊京女，妝髻尚宣和。

　　故國黍離，人民播遷，詩人的心魂動蕩不已，尤其是"妝髻尚宣
和"一句透露出的那麼一絲對故國前朝的眷戀和民族傳統的操守，
讀來令人更起一種鬱悒凄涼之感。他的"惆悵兩淮蠶織地，春風
不復長桑芽"（《揚州作》）、"神州只在闌干北，幾度來時怕
上樓（《冶城》）等詩句裏也同樣可聽到詩人悲天憫人的唱嘆和
渴思恢復的心聲。篇首的《戊辰即事》也是同時的作品，民窮財
盡，國土的完整，人民的安居又能苟延幾日？——詩人少作有詩
幾千首，嘉定十二年"盡發笥焚之"，僅存百餘首，編爲《南岳
詩稿》，僅從這百餘首少作舊稿便可看到劉克莊現實主義詩歌的
堅實基礎。

　　靖康之變後，悲憤的聲音幾乎成爲南宋一百五十年詩歌的基
調；這反映了當時的尖銳的民族矛盾；表達了愛國志士們恢復失
地、洗雪國恥的雄心弘願。其中數陸游的聲音最宏亮，劉克莊的
詩歌也是這悲憤聲音的重要組成部分。它們雖不及陸游之金剛怒
目、慷慨激昂，但深切含蓄似有過之，尤其是劉克莊諷刺時政、
鞭撻黑暗、關心民瘼的主題內容具有更爲可觀的認識價值。劉克
莊對陸游是深深敬佩的，他的《題放翁像》（之一）云："三百
篇寂寂久，九千首句句新。譬宗門中初祖，自過江後一人"。他
學詩伊始便是從陸游入手的（《刻楮集序》："初余由放翁入"），

《跋李賈縣尉詩卷》中又稱陸游、梅堯臣兩人爲＂本朝之集
大成者＂。按，劉克莊也十分欽佩梅堯臣，《後村詩話》前集卷
二云：＂本朝詩，唯宛陵爲開山祖師。宛陵出，然後桑濮之淫哇
稍息，風雅之氣脈復續。＂所謂＂開山祖師＂指的是梅堯臣的詩
開闢了宋詩現實主義的道路，而陸游的詩則將現實主義、愛國主
義推上了高峰。梅、陸兩人之所以能稱爲是宋詩之＂集大成者＂，
便在他們的作品反映出現實主義的復歸和發揚光大，劉克莊本人
的詩歌主張正是以承續和拓展梅堯臣、陸游的現實主義創作道路
爲己任的，而他的創作又正是他的正確的理念主張指導下的產物，
兩者若合契符。

　　劉克莊反覆強調詩須＂有益世敎＂，以六義風雅爲準的，
《瓜圃集序》、《王子文詩序》、《跋方俊甫小稿》等文章中都有
明確的言論。在這個審美原則的指導下，他要求詩做到切世務實
而不可遺事離世，用現在的語言來說便是做詩應該把現實的社會
作用和切實的思想內容放在首位。這是劉克莊詩論安身立命之所
在，也是他創作的核心旨意之所在。他亟亟反對＂捨眞實而求虛
幻，厭切近而慕闊遠＂（《跋何秀才詩禪方丈》）的詩風，《張
季文卷序》中所謂＂幽而至於絕物，遠而至於遁世＂、《王元度
詩序》中所謂＂跳出頂門＂、＂不食煙火＂，所謂＂遺萬事而求
其內，離一世而立於獨＂等等，他都有明確透徹的批判口詞。──
　　劉克莊不僅在他的理論主張中正面闡發了現實主義的創作觀點，
而且以他的詩歌創作實踐雄辯地爲自己的理論主張作了例證，按了
注腳，他的現身說法對當時衰靡卑弱的詩風確實起到了補偏救失
的巨大作用。

　　劉克莊詩歌的另一重要內容便是描繪野趣無窮的江湖生活，
唱頌澹泊自守的江湖風骨。劉克莊作爲江湖派的領袖人物，這也
是"本色當行"的事。同時在詩歌風格上又必須與當時他們所竭
力反對的江西詩風處於對立的審美立場。江西派"資書以爲詩"，
以獺祭典故爲能事，詩風不免顯得冗繁、重濁、晦厚、澀滯；江
湖派與之對著幹便需"捐書以爲詩"，以不用事爲第一格，力求
收到瘦勁、簡澹、輕清、明快的審美效果。劉克莊在《跋眞仁夫
詩卷》中說："繁濃不如簡澹，直肆不如微婉，重而濁不如輕而
清，實而晦不如虛而明，不易之論也。"劉克莊本人詩歌的很大
一個多數是貫徹這個審美方針的，他在具體的實踐中還注意繼承
和吸收陶淵明、柳宗元、梅堯臣等人的詩風之長而加以融冶，故
產生了不少清新獨到、靈活流動的佳作，這些佳作的內容多以江
湖生涯的生動描繪和由衷眷戀爲主：

　　　　日日抄書懶出門，小窗弄筆到黃昏。
　　　　丫頭婢子忙勻粉，不管先生硯水渾。
　　　　　　　——《歲晚書事十首》之二
　　　　細君炊稫婢繅絲，綵勝酥花總不知。
　　　　窗下老儒衣露肘，挑燈自揀一年詩。
　　　　　　　——《歲晚書事十首》之六
　　　　丏客鶉衣立戶前，豈知儂自窘殘年。
　　　　染人酒媼逋猶緩，且送添丁上學錢。
　　　　　　　——《歲晚書事十首》之十

詩人的窮窘之態可見，但心境却是淡然寧靜的。

> 磐石時時垂釣，茅簷旦旦負暄。
> 小枋行魚羹飯，長竿晒憤鼻褌。
> 　　——《村居即事六言十首》之一
> 風窗有竹相敲，地爐無葉可燒。
> 亂書翻復未了，一燈明火頻挑。
> 　　——《村居即事六言十首》之六

有的詩不一定是江湖潛伏時寫的，但江湖風味十足。如：

> 了卻文書上馬遲，白蘋州畔有心期。
> 斜陽忽到傳觴處，落盡梨花啼子規。
> 　　——《碧波亭》
> 溝水冷冷草樹香，獨穿支徑入垂楊。
> 蓍花滿地無人見，唯有山蜂度短墻。
> 　　——《豫章溝二首》之一

《田舍即事十首》更是這一類詩的典型作品，詩人眼中的人世間充滿了靜謐的田園風味，渾一派寧穆和順的氣象：

> 去年贏粟尚儲瓶，又見新秧蘸水青。
> 野老逢人說慚愧，長官清白社公靈。
> 　　——之一

村落爭看烏角巾，略談北事向南人。
百年只有中州樂，世世無為塞下民。
　　　　　　　　　　——之二
條桑女子兩鬢垂，東馬過門未省窺。
生長茅簷蓬戶里，安知世有二南詩。
　　　　　　　　　　——之七
兒女相攜看市優，縱談楚漢割鴻溝。
山河不暇為渠惜，聽到虞姬直是愁。
　　　　　　　　　　——之九

這些短章絕句清新明媚，淡雅工秀，是劉克莊詩歌美學風格的一個重要側面。再看兩首律詩，《栽竹》云：

借居未定先栽竹，為愛珠聲與薄蔭。
一日暫無能鄙吝，數竿雖少亦蕭森。
窗間對去添詩興，郭外移來費俸金。
自笑明年在何處，虛簷風至且披襟。

《崇化麻沙道中》：

經行愛此人煙好，面俯清溪背負山。
半艇何妨呼渡去，小橋不礙負薪還。
遠聞清磬來林杪，忽有朱欄出竹間。
此處安知無隱者，卜鄰容我設柴關。

七言律詩能寫得如此靈動流暢、明麗淸潔，多半應是心胸透徹、
塵汚難到的緣故吧。

　　劉克莊的江湖詩還有一個重要特點就是感情眞摯、胸懷眞切，
這在他與江湖朋友的應酬詩中更爲突出，如《月下聽孫季藩吹
笛》：

　　　孫郎痛飲橫長笛，玉樹胸襟鐵石顏。
　　　解噴淸霜飛座上，能呼涼月出雲間。
　　　病創凍馬嘶荒塞，失侶窮猿叫亂山。
　　　可惜調高無聽者，鬢髫白盡鬢毛斑。

又如《別敖器之》：

　　　舊說閩人苦節稀，先生獨抱歲寒姿。
　　　老年絳帳聊開講，當日烏台要勘詩。
　　　東閣不游緣有氣，草堂未架爲無資。
　　　輕煙小雪孤山路，折剩梅花寄一枝。

兩詩隱寄知音之旨，融入了詩人自己深切的感懷，故顯得氣酣神
至，風骨劌切。孫季藩是位羈士幽人，爲人豪爽洒脫，有奇氣，
“短劍易錢平近債，長瓶傾酒話余悲”（《送孫季藩》），“常
過茶邸租船出，或在禪林借枕欹”（《戲孫季藩》），可見兩人
友情深篤，志趣相投。詩人對孫季藩胸懷奇才而不遇坐老深爲惋
惜，字裏行間又不無自傷之意。敖器之即敖陶孫，是江湖派中福

建籍的重要詩人。他與劉克莊除了"鄉誼"、"社友"外更有一層深的關係：兩人都因寫詩忤權臣、觸時忌，撞上過文字獄。陳起曾有兩句詩："秋雨梧桐皇子府，春風楊柳相公橋"，有人告發說攻擊丞相史彌遠。這兩句詩本脫胎於劉子翬《汴京記事》"夜月池台王傅宅，春風楊柳太師橋"句，竟有人出來說這詩出於敖陶孫之手，結果也一併獲罪。——敖陶孫當太學生時曾因《題三元樓壁》詩攻擊韓侂冑廣獲盛名，故十分容易被人挂鉤。這裏說的"當日烏台要勘詩"，殆指此。劉克莊自己的遭遇與敖陶孫相彷彿，他因詠落梅詩被罪，廢黜達十年，他的一首叫《黃巢戰場》的詩也被誣爲"誘訕"。——江湖社友的詩不少是頗具風骨的，而劉克莊、敖陶孫之間志同道合、惺惺相惜，更令人嘆賞。其餘他的《贈翁定》、《哭趙紫芝》、《挽方岳倅》、《送戴復古謁陳延平》等詩也都表現了江湖朋友間眞摯的感情，詩中誠懇、坦白的風懷非常感人。

　　"野性無羈束，人間毀譽輕"（《野性》）。劉克莊潛伏江湖的生活思想言行上是充分放鬆的，胸襟豁達，心志恬澹。《宿山中十首》可見一斑，之八云：

　　　　山中無價寶，月色與泉聲。
　　　　莫向貴人說，將爲有力爭。

之十云：

> 凄風轉林杪，露坐感衣單。
>
> 不道山中冷，翻忧世上寒。

最能體現詩人澹泊自守的恐怕要算≪貧居自警三首≫了。
之一云：

> 昨者匆匆擲印歸，六年岑寂閉柴扉。
>
> 歲荒奴僅拾殘穗，日晏婢方羹苦薇。
>
> 寧渴莫睎鄰近酒，盡寒不著借來衣。
>
> 中年但祝身強健，要臥風松坐釣磯。

之二云：

> 赤粟黃齏味最深，此生不恨老雲林。
>
> 鬼神每瞰高明室，天地皆知暮夜金。
>
> 夸士燃臍猶狗貨，先賢覆首或無衾。
>
> 一瓢千駟同歸盡，莫為浮雲錯動心。

“擲印歸”後，種種狼狽，終不肯“為浮雲錯動心”，其江湖骨
趣可謂根深柢固。——朝綱不振，政治腐敗固然是重要的原因，
而劉克莊厭嫌廟堂、心懷江湖似乎與他個人帶有傳奇性
卻又有典型性的坎坷仕歷關係更直接。按，劉克莊二十
三歲（宋寧宗嘉定二年）以蔭功補官，知建陽縣時為賦
落梅詩和“朱三鄭五”之句被言官李知孝、梁成大揭發上綱，

第一次罷官。宋理宗端平二年，四十八歲入朝爲樞密院編修官，旋被人疏劾，第二次罷官。嘉熙元年五十一歲時起知袁州，又因"言濟王事"，被御史蔣峴所劾，第三次罷官。淳祐六年六十歲時乃得理宗賞識，特賜了一個"同進士出身"，提爲祕書少監兼中書舍人。不料又因彈劾權相史嵩之被殿中侍御史章琰奏了一本，第四次罷官。——縱觀劉克莊一生仕途，四起四落，備歷滄桑，難免要生起"變幻無常"的感會，對齷齪官場產生厭倦的同時他也體味到了退隱江湖的樂趣。江湖志向日益堅定當然亦與他所謂"一瓢千駟同歸盡"的精神哲學的支撐有關。

江湖派在聲勢上壓倒了江西末流後，其自身的弊病也暴露無遺，率易淺陋，拘攣窘局，流而爲格卑氣弱，尖纖薄碎，其壞影響尤甚於江西末流。劉克莊也看出了"江湖"的病症（≪劉圻父詩序≫裏他對江湖派有明確的批評），並斷爲"不治"，心中不由悲觀厭倦，有意逃脫"江湖"的陣營。但他自己的詩也早已經染上了"江湖"的通病，所謂"詞病質俚，意傷淺露"（≪四庫全書總目≫）。他曾自誓"欲息唐律（晚唐體——即江湖體），專造古體"（≪瓜圃集序≫），結果却是"唐律"並未全息，"古體"亦未多造，却轉而學起了陸游好奇對，工駢儷的功夫，一面加緊泡製體制龐大的系列詩。捐棄的書本子又拾了起來，走到了另一個極端。≪熊主簿示梅花十絕詩至梅花已過因觀海棠輒次其韵≫詩，本已十首，尚算可讀，又再和十首，便費搜索，情不勝文。≪次韵實之春日二首≫詩"再和二首"至"六和二首"；≪太守林太博贈瑞香花≫至"七和"；≪甲辰書事二首≫至"十和"，他的左眼發病疼痛，遂寫了≪左目痛六言九首≫，又續

後九首≫；一個月未癒，又自和≪前九首≫、又和≪後九首≫，
爲一隻眼睛痛便寫了三十六首詩，旨趣無聊可見。"性情"可以
批量生產，可以大宗批發，爲作詩而造情，爲疊韵而賡句，連篇
累牘，疊床架屋，確實令人生厭，即使是平素珍愛他的詩的人這
時也不敢再贊一詞。

　　請再看他的對仗功夫：

　　　角巾久巳尋初服，錦帳何須戀舊窩。
　　　能讀書人天下少，不如意事古來多。
　　　　　　　　——≪次韵實之春日二首≫之二
　　　爾輩眞堪畏豺虎，君王安用猎熊羆。
　　　人言李白文如錦，誰信盧能命若絲。
　　　　　　　　——≪甲辰書事二首再和≫
　　　小亭自課童鋤草，空室俄驚女散花。
　　　便嘗麝裳無遠韵，頻挑蠶蠹有新芽。
　　　　　　　　——≪太守林太博贈瑞香花再和≫

正如錢鍾書先生所說的那樣，"滑溜得有點機械，現成得似乎店
底的宿貨"（≪宋詩選注≫）。原來他下了比江西派還要碎密的
"餖飣"工夫，事先把搜集的典故事類成語套語作了好些對偶
（七和、八和、十和的尤須早做、多做），題目一到手就馬上拼湊
成篇，甚而敷衍成又臭又長的連續係列詩。≪後村詩話≫前集卷
二有一條很說明問題："古人好對偶，被放翁用盡：箝紙尾，摸
床稜；烈士壯心，狂奴故態；生希李廣名飛將，死慕劉伶贈醉侯；

下澤乘車，上方請劍……”竟一口氣舉了五十個例子，不厭其詳地排列展覽，心中好之，筆下仿之，本是十分自然的事。

好奇對，工駢儷的功夫在詩家本不算是末枝，但也絕不是長處，放翁的詩病主要也是從這裏暴露。劉克莊曾有一段稱譽放翁的話：“近歲詩人，雜博者堆隊仗，空疏者窘材料，出奇者費搜索，縛律者少變化。唯放翁記問足以貫通，力量足以驅使，才思足以發越，氣魄足以陵暴。”劉克莊恰恰正是在記問、力量、才思、氣魄上差了放翁一籌，故皮相上刻意學放翁，結果却暴露了更大的缺陷。這應是他始料未及的，恐怕又還是詩歌審美見解上尚欠火候的緣故吧。然而這裏我們似也不能否定劉克莊自我鍛鍊的意識，在晚唐體那種輕快簡淡的詩裏掉書袋、塡典故，劉克莊本人或許還以爲是自己深刻鍛鍊的結果呢！他在≪題趙孟俴詩≫、≪題林合詩卷≫、≪題蔣廣詩卷≫和≪跋章仲山詩≫等題跋文章中一再強調學識的厚積和人功的鍛鍊。這在理論上對江湖詩病固然不無補救之功，但一旦誤入刻意雕琢求工，敷衍求博，便又走到了反面，盡管他在口頭上是反對這樣做的。劉克莊的詩歌成就爲之大打了折扣，這在詩歌審美的領域似乎也應是一個深刻的教訓。

≪四庫全書總目≫稱：“克莊晚節頹唐，詩亦漸趨潦倒。”二百年來這句話似乎已成了劉克莊的晚歲定論。所謂“晚節頹唐”當指他晚歲失身奸相賈似道一事。按，劉克莊初受業於眞德秀，也頗以人品道學自負。誰知晚節不終，他的≪賀賈相啓≫、≪賀賈太師復相啓≫、≪再賀平章啓≫等文章諛詞諂語比比，成爲他一生品節之最大污點。正由於此，不僅他以前義正詞嚴正面

批判揚雄、蔡邕、阮籍等人政治動亂中品節操守的言論成了嘲笑
的談資，連他早年設壇講學的目的動機也被人懷疑甚而歪曲了，
詩品的“漸趨潦倒”與人品的頹唐苟且固然很有關係，但我們細
讀他晚歲的詩，却又留有不少情性眞率甚而憨態可掬的實迹，
“七十翁如小兒”（《村居即事》），似也不全是故作稚氣的情僞
口吻。甚者，《淮捷》、《凱歌十首呈賈樞使》等詩不僅不見頹
唐潦倒之迹，相反倒可體感到詩人熱血的澎湃和夢寐的追求。再
他晚歲的一些歌頌前賢先烈的詩篇，豪言壯韵，似乎更應令我們
矚目。這裏我們只須錄《錄顏魯公事》一詩——甚而其中二句：
“世亂朝危節少全，魯公大義薄雲天”——便可見一斑。筆者這
裏無意爲他的“晚節不終”開脫，只是想說“潦倒頹唐”似不能
完全概括劉克莊晚歲的詩品風貌。

　　劉克莊晚歲的全部心力似乎都用在詩歌上。《題近稿二首》
其一云：“吾年開八秩，形槁更心灰。禪縛病居士，詩殃凍秀才。
無功上麟閣，有案在烏台，攻苦三千首，誰曾著價來。“寫這詩
時詩人七十歲，“無功”、“有案”兩句已將一生功過攤了底牌，
身後褒貶、後人評價的依據便在自己的詩歌裏。同年除夕，他有
《歲除二首》，先云：“兒童燒爆竹，婦女治椒花。獨有龍鍾叟，
凄渡感歲華。”倒有幾分頹唐潦倒之態，但轉而又有喜色：“一
事差堪喜，多詩似去年”——年紀雖大了一歲，“雪鬢轉皤然”，
存詩總算又增添了不少。產量與去年差不多，即維持了高產，這
是唯一可以聊爲安慰的、對得起自己的地方。八十歲那年他寫了
《八十吟十絕》。其八云：

> 誠翁僅有四千首，唯放翁幾滿萬篇。
> 老子胸中有殘錦，問天乞與放翁年。

追求存世詩歌數量的心情更迫切了。誠齋、放翁都活到八十以上，詩的數量在南宋是屈指一二的，劉克莊自信“老子胸中有殘錦”，天假以年，必定能在詩數量上趕上甚至超過放翁。詩的第二句幾乎是散文句法，可見“殘錦”可沒有什麼花頭亮色，胸中詩的泉源已近枯竭，徒然在數量上窮追，本身或是理智昏瞀的一種表現。早知如此，少時焚去的幾千首詩真太可惜了！

其實劉克莊也未嘗真不明白這一點。他曾寫過一首《題方元吉詩卷》的詩：“古來名世者，一字費吟哦，物貴常因少，詩傳不在多。”那時（寶祐元年）他六十六歲，頭腦很清楚，當然又作別論。寶祐五年他寫的《初秋感事三首》其中有一句頗可見出他的自知之明：“有詩傳世天機淺。”這固然是自謙，但恐怕也是他企圖在數量上拚命追趕的心理原因吧。天機淺，入人肝脾難，只能求量變達到質變——這又是老年頹唐、氣血衰弱的表現了。劉克莊沒有活到陸游的高壽，詩的數量只及陸游的一半（與楊萬里差不多）——詩的成就顯然也比陸游低，這當然已是定論。

劉克莊生前亦還是有些自信的：“今無鮑叔誰知我，後有揚雄必好之”（《改詩》）。後世總有知音吧，不知怎麼，後世的知音們稱賞的往往是吟誦“詩人安得有青衫”的劉克莊，那個時候的詩人似乎更有令人“知之”、“好之”的魅力。六十年後當劉克莊自報“老子胸中有殘錦”時，世上真有“鮑叔、揚雄”，恐怕誰也不敢貿然出來表示欣賞了。

文天祥詩歌散論

　　文天祥作爲忠臣烈士、民族英雄，他的聲譽在中國歷史上是赫赫隆盛的。他以南宋宰相的身份被元代統治者殺害，但元代統治者又允許他的塑像與牌位奉入學宮。明清兩代更是封諡不斷，名望劇升。五四以來的新時代裏他依然巍峨特立，身上的金彩毫不褪色。"四人幫"在"忠"字概念上敢批岳飛，敢批史可法，敢批李秀成，似乎也不敢搖撼文天祥在觀念形態上的地位。今天人們談到文天祥便肅然起敬地想到他的《正氣歌》，想到"人生自古誰無死，留取丹心照汗青"的名句。——文天祥的詩歌風貌與他的行爲形象是統一的。《四庫全書總目提要》稱：

> 天祥平生大節照耀今古，而著作亦極雄贍。如長江大河浩瀚無際。……宋南渡後，文體破碎，詩體卑弱，唯范石湖、陸放翁爲平正。……及文天祥留意杜詩，所作頓去當時之凡陋。觀《指南前後錄》可見不獨忠義貫於一時，亦斯文間氣之發見也。

這段話對文天祥詩歌尤其是他的《指南錄》與《指南後錄》評價甚高，大有杜詩復歸，斯文振起之意——這實際上也正是文天祥在詩歌創作中孜孜追求的。

　　文天祥的詩歌見解或者說是理論主張與他那個時代的一般士
大夫知識份子大同小異，並沒有什麼精深的卓見和特殊的建樹。
他的“詩所以發性情之和也”的觀點也是前人的老套：“性情未
發，詩爲無聲；性情既發，詩爲有聲。閟於無聲，詩之精；宣於
有聲，詩之跡”（《羅主簿一鶚詩序》）。他對“性情”的解釋
和要求也是傳統的，甚而很有些刻板固執。《題勿齋曾魯詩稿》：
“詩三百，一言以蔽之，曰詩無邪。詩固然出於性情之正而後可。”
這個“性情之正”在文天祥的認識中無外乎忠孝仁義那一套綱
常倫理的感情模式。他的《忠孝提綱序》有兩節話很可注意：一、
“爲臣忠、爲子孝，出於夫人之內心，有不待學而知”；二、
“士君子之於天下，固不必食君之祿而後爲忠，親存而後爲孝也。
……人人知忠孝之爲切己事，常也由其道，變也不失其節，則於
世教豈曰小補之哉。”——這裏他將忠孝之義與人之性情溝通起
來，甚而等同起來。故爾他認爲做詩要緊的是將這些洋溢著忠孝
（當然亦包含了仁義、道德等）的“性情”宣瀉出來，表現出來，
而不必孜孜於詩的形式上多動腦筋、多費心思，即是說詩不必弄
得太複雜、太花俏、太“玄”、太“神”。他有時又換個說法：
“文章一小伎，詩又小伎之游戲者。”他認爲詩只不過是類同累
丸承蜩、運斤成風那樣的技巧或游戲，本身決不構成目的。“昔
人謂杜子美讀書破萬卷，止用資下筆如有神耳。讀書固有爲，而
詩不必甚神”。他否認杜甫“讀書破萬卷”的目的是爲了做詩時
“下筆如有神”，讀書有更重要的目的，而做詩却“不必費神”
——以上這些話出自他爲一個叫做蕭敬夫的人的詩稿寫的跋。他
最後告誡那個蕭敬夫：“予聞君之爲學，沈潛堅忍，其自得者深，

充而至之，有耿耿詩之上者。"──於是還是那個主旨：一個人做詩著文在思維準則與意識規範上必須"於世敎有補。"後來的人爲文天祥的詩文集寫序（如韓雍、王守仁、鄒懋卿等人）也正著眼在"其於世敎重有補焉"、"有益於臣道豈小小哉"上。

　　文天祥的詩歌中"人間信有綱常在"、"君臣義重與天期"、"丹心不改君臣誼"之類的話可稱比比，從這層意義上說他是"孔孟的信徒"一點不錯。有人指出把文天祥這樣一個民族英雄說成是"孔孟的信徒"是對他的"侮辱"。其實與孔孟的精神聯繫並不玷辱民族英雄的名聲，歷史地看恐怕中國封建時代的民族英雄都與孔孟的哺育分不開。文天祥自奉爲絕命詞的"衣帶贊"便很說明問題："孔曰成仁，孟云取義，唯其義盡，所以仁至。讀聖賢書，所學何事？而今而後，庶幾無愧。"──他後來的崇高氣節也是迎合了孔孟"殺身成仁"、"捨生取義"的敎條，"求仁得仁尙何語"，《言志》詩中他的自白便是如此。《集杜詩》他列《社稷》爲首而《理宗‧度宗》次之，除了忽略了"民爲貴"外"社稷"與"君"的次序正合孟子的思想。細究起來，文天祥的全部忠義氣節正體現了孔子的不惑不憂不懼、孟子的不淫不移不屈的根本信條，這裏無論如何也看不出對他的"侮辱"來。──話再說回到他的詩論上，照理說抱著這樣詩論見解的一個封建時代的狀元，他的詩的成就注定是極其有限的。然而文天祥很有點"幸運"，他的一生正趕上外族侵入，戰火彌漫，社稷阽危，人民倒懸的歷史時期，國家與時代的嚴峻的大矛盾賦予了他的"性情"特殊的內含和外延。他的"性情"、他的詩與國家存亡、民族生死的命運緊緊綁在了一起，從而折射出神聖壯麗的奪目光彩。

　　南宋恭帝（趙㬎）德祐元年正月，文天祥擁兵"勤王赴闕"，從此跳上南宋皇朝的中央政治舞台。二年正月他銜國命出使北營，走上對敵外交鬥爭第一線，這不僅使他個人的命運與國家興亡維繫在一起，也使他的詩性情發生深邃的變革，浸潤了嶄新的內容。我們先來看他《東海集序》中的一節話：

> 《東海集》者，友人客海南以來詩也。海南詩而曰東海集者何？魯仲連，天下士，友人之志也。友人自爲擧子時已大肆力於詩，於諸大家皆嘗登其門而涉其流。其本贍，其養銳，故所詣特深到。余嘗評其詩：渾涵有英氣，鍛煉如自然，美則美矣，猶未免有意於爲詩也。自喪亂後，友人挈其家避地遊宦嶺海，而全家熸於盜。孤窮流落，困頓萬狀……會南風不竟，御舟漂散，友人倉卒蹈海，再爲北軍所鉤致。遂不獲死，以至於今，凡十數年間可驚可愕可悲可憤可痛可悶之事，友人備嘗，無所不至。其慘戚感慨之氣，結而不信，皆於詩乎發之。蓋至是動乎情性，自不能不詩，杜子美夔州、柳子厚柳州以後文字也。

　　——這位友人的詩喪亂前後斷爲兩截，文天祥的評價判詞昭然。前者盡管大肆其力，本贍養銳，"渾涵有英氣"、"鍛煉如自然"，但結論是"美則美矣，猶未免有意於爲詩也。"後者則備嘗了"可驚可愕可悲可憤可痛可悶之事"，慘戚感慨之氣結而不伸，皆於詩發之。文天祥這裏特地點出"蓋至是動乎情性，自不能不

詩"與前者之"有意於爲詩"嚴正分割。——"性情"這裏再次
冒出,已經是嶄新的含義了,這個嶄新的"性情"使這部《東海
集》可比埒於"杜子美夔州、柳子厚柳州以後文字。"——這段
話確是動了感情的,也許正是巧合,這篇《東海集序》很可看作
他自己全部詩歌的總序。他自己的詩歌亦有個"喪亂前"與"喪
亂後"的鴻溝,幾乎雷同這位友人,連尊仰魯仲連都出於同樣的
心理機制。故文天祥明白在序末表示:"後之覽者因詩以見吾二
人之志,其必有感慨於斯。"——《東海集序》收在《指南後錄
》卷一中,與他的詩而不是與他的文排列在一起,性質頗有點特
殊,庶幾也可窺見文天祥後期心目中對詩性情的理解。

　　《集杜詩序》對"性情"的解釋又有更耐人尋味的擴展:

> 余坐幽燕獄中,無所爲誦杜詩……凡吾意所欲言者,子美先
> 爲代言之。日玩之不置,但覺爲吾詩,忘其爲子美詩也。
> 乃知子美非能自爲詩,詩句自是人情性中語,煩子美道耳。
> 子美於吾隔數百年,而其言語爲吾用,非情性同哉?

——他自認爲他的"情性"與杜甫的相同,故爾他之"所欲言者,
子美先爲代言之。"而他又能用子美的現成詩句來宣示他的"情
性",即用子美的"情性"來替代他的"情性"。由"情性"的
媒介,他與隔了數百年的杜甫在詩歌的領域合而爲一了。這不能
不說是他的詩性情的一個大擴展,我們不妨回頭來看看這個問題
上他以前的觀點。《跋周汝明自鳴集》:

> 天下之鳴多矣⋯⋯而彼此不能相爲，各一其性也。其於詩
> 亦然，鮑謝自鮑謝，李杜自李杜，歐蘇自歐蘇，陳黃自陳
> 黃。鮑謝之不能爲李杜，猶歐蘇之不能為陳黃也。吾鄉周君
> 性初善爲詩，署其集曰《自鳴》。⋯⋯吾亦好吟者，然予
> 能爲予之言，使予彷彿性初一語不可得也。予以予鳴，性
> 初以性初鳴，此之謂自鳴。

這裏文天祥強調“各一其性”，強調“自鳴”之絕不混同。“予
以予鳴，性初以性初鳴”，彼此不得以彷彿。然而到集杜詩時他
却與杜甫“共鳴”了起來，“情性”竟合而爲一。不但兩人的鳴
聲相彷彿，文天祥已不覺把杜甫的詩渾然當作自己的詩了：“但
覺爲吾詩，忘其爲子美詩也。”——這種“情性”的深化以與杜
甫的同化爲極致。文天祥德祐後的詩歌創作實踐實證了這種高度
深化了的性情說，他的全部詩歌成就也正是在這一點上奠下了堅
實的基礎。舉個例子：他有《題蘇武忠節圖》詩三首，詩序有云:
“苗守袖出李龍眠畫《漢蘇武忠節圖》求余詠題。撫卷淒涼，浩
氣憤發，使人慷慨激烈，有去國思君之念矣，遂賦三詩。”這裏
的“撫卷淒涼，浩氣憤發，使人慷慨激烈”云云不僅點明文天祥
的“情性”爲忠臣節烈的模範而掀撼震盪，更強調說明他後期的
大量壯烈詩歌都是從這一層“情性”中噴瀉奔湧出來的。更有意
思的變化則是後期他已經把詩歌看成了他手中唯一有戰鬥力的武
器，不再是“小伎之游戲者”而是精神殺敵的巨斧大鉞！他對詩
歌創作的現實態度，也由“非有意於爲詩”變而爲“有意於爲詩”
了。他自己在《指南後錄》卷一的跋中坦白承認：“一聯半句,

使天下見之，識其爲人，即吾死無憾矣。”——他非常明白“留
取丹心照汗青”的一半功效還得靠他的《指南前後錄》的大量詩
歌來實現。

　　以德祐前後爲界文天祥的詩歌截然分爲兩段。前段詩二卷共
二百四十五首。論者對這一段也即前期的詩歌評價甚低，有的說
是“無以別於一般調弄筆墨的文人之所爲”（黃蘭波《文天祥詩
選前言》），有的則稱“可以說全部都草率平庸”（錢鍾書《宋
詩選註》）。細讀這二百四十五首詩，其實倒不難判出：這些詩
正是典型的南宋詩人的常規作品，他早年那種大而無當的正統儒
家詩教實際上對他的這些作品並沒有發生過什麼明顯的指導作用。
他同當時大多數的士大夫知識份子一樣沈潛在“選體”的形式上
玩弄一些跡近游戲的“小伎”，生產一些精緻的假古董。理論上
他也是這麼認識的，《張宗甫木雞集序》：“三百五篇，優柔而
篤厚。選出焉。故極其平易而極不易學……選實出於詩。特從魏
而下多作五言耳。故嘗謂學選而以選爲法，則選爲吾祖宗。”
《蕭燾夫采若集序》又云：“選詩以十九首爲正體。晉宋間雖通曰
選，而藻麗之習，蓋日以新。……（蕭）自從予游，又學選，今則
駸駸顏謝間風致。唯十九首悠遠慷慨，一唱三嘆而有遺音。更數
年雲屋（蕭）進又未可量也。”可見他自勉與勸人的都是“選”，
而又以古詩十九首爲正鵠，不步晉宋藻麗後塵。他的前期作品中
可以找出許多模仿選體——十九首的作品來，如《山中感興三首》、
《送吉州陳守解任》、《題周山甫綿繡段》等等。如《題周
山甫錦繡段》：

客從西北來，　　　遺我錦繡段。

上有雙鳳凰，　　　文彩何燦燦。

置之篋笥中，　　　歲中亦已晏。

天孫顧七襄，　　　雷電下河漢。

鳳凰忽飛去，　　　遽然失把玩。

貧家機杼寒，　　　秋蟲助予嘆。

全詩立意不錯，其中“鳳凰忽飛去，遽然失把玩”確真有一層“游戲之小伎”，顯出文天祥詩才上的一點靈氣。

前期詩在內容上雖顯龐雜，但大致上亦有三類可分：一、言志，二、閒適，三、應酬。下面稍稍作些述評。文天祥二十一歲中狀元，可謂少年得志。那時的南宋偏安朝廷已經日落西山，內政腐敗，邊釁屢起，文天祥從釋褐那一天起便懷有一腔熱血，欲支大廈於將傾，挽狂瀾於既倒。這從他的御前策試的那篇著名的《御試策第一道》中便可以看出。這篇策試從皇帝的厚積私藏、營建宮苑一直罵到毫富巨室、貪官暴吏和一大批不識廉恥與氣節為何物的知識份子，所謂“奔竟於勢要之路”、“牛維馬縶”、“狗苟蠅營”。在他眼中南宋政治一片黑暗，人民處於水火之間。偏偏主考官王應麟十分欣賞，批曰：“古誼若龜鑑，忠肝如鐵石”，更有意思的是宋理宗比王應麟還有肚量和遠見，衝著這一篇筆鋒尖銳揭露陰暗面的文章，欽點他為一科一甲狀元。文天祥參加政權後立即表現出不畏強暴、敢與惡勢力鬥爭的凜然正氣，上書乞斬董宋臣，制誥裁責賈似道。盡管中箭落馬的還是他自己，但這些行為膽氣，對於我們理解他早年的言志詩是大有幫助的。他

同許多南宋愛國憂民的士大夫知識份子一樣時刻惦記著已經淪喪
了一百多年的中原故國，極望收復失土，統一山河："何日洗兵
馬，車書四海同"（《題黃崗寺次吳履齋韻》）、"贏得年年淸
賞處，山河全影入金甌"（《和蕭秋屋韻》）、"修復盡還今宇
宙，感傷猶記舊江山"（《題碧落堂》）。他還對當時邊防形勢
愈益危急憂心忡忡："近來又報秋風緊，頗覺憂時鬢欲斑"
（《題碧落堂》）、"故人書問至，爲言北風急"（《山中感興三首》）。
少年意氣，熱血激昂："終有劍心在，聞雞坐欲馳"（《夜坐》），
《生日和謝愛山長句》更有代表性，開頭就吐出心中塊壘：
"寓形落落大塊間，噓吸一氣自往還。桑弧未了男子事，
何能局促甘囚山"。末尾高唱"丈夫壯氣須沖斗，夜闌拂劍碧光
寒，握手相期出雲表。"豪情壯志，氣吞雲天，大有躍躍欲試，
上馬殺賊上前線的氣魄。

　　在建功立業的愛國情緒激勵下，文天祥的身心彌漫著一團亢
奮向上的豪情："共作千年計，身謀政自輕"（《生日和聶吉甫》）、
"文章會有用，意氣輕身謀"（《題羅次說竹岩摘稿》）。
然而個人的出處進退自己是不能主宰的，文天祥剛中狀元他父親
便死了，丁憂三年，開慶元年九月才入京做官。以後直至德祐元
年前的十五年間他曾二次罷官歸里，在家鄉共待了五年，其餘十
餘年則放外任爲州縣一級地方官。"囚山"的歲月往往銷磨英雄
壯志，《病中作》很可看出他當時的心境："歲月侵尋見二毛，
劍花冷落鵬鶄膏。睡餘吸海龍身瘦，渴里奔雲馬骨高。……"——
歲月漸侵，劍花冷落，英雄多病，豪氣消滅，"睡餘吸海龍身
瘦，渴里奔雲馬骨高"活畫出病瘦英雄的嶙峋意氣。《又用早起

偶成韻》："江山如有意，天地可無秋。夜月馮驢鋏，西風王粲
樓。露蛩令我喜，煙草爲誰愁。且醉杯中物，相看尙黑頭！"——
這種情景心境把他一步步逼進"詩"、"酒"的老格局中，他
以"醉"字入詩的便可羅列一堆："一醉棹滄浪"(《文山即事》)、
"携壺藉草醉斜陽"（《山中即事》）、"二三輩行唯須
醉"（《山中漫成束劉方齋》）、"一年三百餘番醉"(《出山》)
等等。這種情緒極容易與老莊掛上鈎，看穿派的口吻也時常
出現在他的詩中："我方簑笠立釣磯，萬事浮雲都勘破"（《贈
林碧鑑相士》）。《浩浩歌》最集中反映出他這種貌似放曠的矛
盾心態，其中一段云："浩浩歌，人生如寄可奈何。不能高飛與
遠擧，天荒地老懸網羅。到頭北邙一抔土，萬事碌碌空奔波"。
不過這種心態在文天祥的思維領域裏眞可謂是白駒過隙，爲時甚
短，即便是"到頭北邙一抔土"的心理下他還堅認"乃知世間爲
長物，唯有眞我難滅磨"。——這一時期他寫過一些很典型的閒
適詩，如《周蒼厓入吾山作圖詩贈之》、《山中謾成束劉方齋》、
《別謝愛山二首》、《山中泛舟觸客》、《白髭行》等。《周蒼
厓入吾山作圖詩贈之》云：

> 三生石上結因緣，袍笏橫斜爲米顚。
> 漁父幾忘山下路，仙人時訪嶺頭船。
> 烏猿白鶴無根樹，淡月疎星一線天。
> 爲我醉呼添潒澒，倦來平臥看雲煙。

這些流露士大夫知識份子閒情逸趣的贈答之作，往往寫得情密意

遠，耐人尋味。再如《和胡琴窗》：

> 買得青山貴似金，瘦筇上下費沉吟。
> 花開花落相關意，雲去雲來自在心。
> 夜雨一江漁唱小，秋風兩袖客愁深。
> 夾堤密與栽楊柳，剩有行人待綠蔭。

但同時他又譜出一曲曲意氣沉雄、清絕壯逸的浩然心聲，如《題郁孤台》、《題楚觀樓》、《挽劉知縣》、《塵外》等，可見心志未滅：

> 城郭春聲闊，　　樓台畫影遲。
> 併天浮雪界，　　蓋海出雲旗。
> 風雨十年夢，　　江湖萬里思。
> 倚欄時北顧，　　空翠溫朝曦。
> 　　　　——《題郁孤台》
> 西風吹感慨，　　曉氣薄登臨。
> 半壁楚雲立，　　一川湘雨深。
> 乾坤橫笛影，　　江海倚樓心。
> 遺恨飛鴻外，　　南來訪遠音。
> 　　　　——《題楚觀樓》

前詩中的“依欄時北顧，空翠濕朝曦”，後詩中的“遺恨飛鴻外，南來訪遠音”以及《挽劉知縣》中的“天馬含風骨，秋鷹折羽毛。

相逢俱白髮，流涕濕征袍"等等詩句含蘊寄託又何等堅厚遙深。

最後來看看他的應酬詩。他的應酬詩在前期詩歌總數中佔的比例甚高，除了依例的賀吊送別、題贈、賡和等老套外，相士、談命、拆字、嗅衣、太極數、銀河數、丹士、和尚爲主題的詩數目多得有點觸目。有的論者歸因於相面、算命、卜卦的往往欲求得一紙狀元詩爲他們做廣告，有的論者則推測文天祥要應酬這麼多的相面、算命、卜卦的不免心煩叫苦。其實以文天祥的文才撰寫這一類應酬的贈詩太輕巧容易了，一日寫他二三十首決不會叫苦。如書畫匠塗墨作書一般，信手便可弄出一堆，絕不傷殫心智。何況這一類詩裏眞不乏隨意嬉調揶揄者，如《贈鏡湖相士》："五月五日揚子江心水，鑄作道人雙瞳子。吾面碟子大，安用鏡照二百里。"這裏我們應該意識到的似乎是文天祥本來便喜歡與這一類人物打交道、交朋友。我們不必諱言文天祥相信命、相、占卜、箸龜、靈異那一套套迷信玩意，他給這麼多的相士贈過詩，這麼多的相士無疑也都給他相過命。他的詩歌裏也不時流露出種種天命意志：如"成功事則天"（《吊五水》）、"功名自有機"（《鎮江》），他寫過有《卜神》一類的詩，也乞求"神明爲國扶"，保祐南宋朝廷的命運。他第一次被俘逃脫虎口也歸因於神明的照拂："不是神明扶正直，淮頭何處可安身"（《聞謀》）。他更相信靈異，《指南錄》中有一首《天下趙》詩，序載："近有樵人破一樹，樹中有生成三字，曰'天下趙'……三字瞭然，不可磨也。以此知我朝中興，天必將全復故疆……非在天之靈所爲乎？"讀之固覺可愛可敬，但這位狀元出身的大知識份子對此所謂靈異竟篤信到如此程度也確實有點迂了。到了南宋亡後他被俘北行經過滹沱河時又吟出了"世間興廢不由人"——神明在天之靈終於拋棄了他和他孜孜効命的南宋皇朝。

　　通過以上纏述，我們可以看出文天祥早期的詩從題材內容到形式風格乃未脫南宋一般士大夫知識份子詩人的常規表現，而從我們"研究"的角度來看這二百四十五首詩都稱不上是"文天祥詩歌"——眞正的"文天祥詩歌"的出現則是德祐以後的事，其代表作便是《指南錄》與《指南後錄》。《指南前後錄》內三百七十多首詩乃是我們特定涵義的"文天祥詩歌"這些詩有其獨特的面貌、氣韻、和精神風骨，不僅在南宋即便在全部中國古典詩歌史上也是絕無僅有的，它們是南宋詩歌最後却也是最耀眼的一束閃光。

　　南宋恭宗德祐元年起文天祥的詩歌出現了與前期截然不同的面貌。文天祥的前期詩是封建士大夫知識份子的典型吟唱；他的後期詩則是一個身負軍國大任的政治家的從容自敍。後期詩中如果說《指南錄》是文天祥無畏奮鬥的抗爭紀事，遇難歷險的逃亡實錄，那麼《指南後錄》則是他國破家亡、身入囹圄後的壯烈誓言和內心獨白。兩者皆直抒胸臆，不事雕飾，却沸騰著愛國的熱血，湧瀉出純潔、光明和赤誠，震撼著一代又一代讀者的心靈。

　　我們先來看《前錄》。這一時期文天祥對國家命運尚充滿樂觀，在與敵人殊死的搏鬥中盡管經歷千難萬險，遭遇種種挫折，却始終不屈不撓，生死與之。聽他的歌聲："但願扶桑紅日上，江南死士死猶榮"（《唆都》）；"乘潮一到中川來，暗讀中興第二碑"（《至溫州》）；"臣心一片磁針石，不指南方不肯休"

（《揚子江》）。——德祐二年正月十九日以謝太后爲首的南宋朝廷任命文天祥爲右丞相兼樞密使、都督諸路軍馬，出使北營（前一日即正月十八日元軍統帥伯顏兵進皋亭山，距南宋都城臨安僅三十里）。這一出使的任務其實是議降，一般史籍作“議事”。文天祥也不是不知道此行任務的性質，但他還是抱著與敵酋當面鬥爭的心理接受了這一尷尬的任務，他想通過自己英勇無畏的形象使北軍看到南宋尙有人物在，收斂其併吞江南的野心。他有一首《紀事》詩詞氣酣漓，肝膽可見：“三宮九廟事方危，狼子心腸未可知。若使無人折狂虜，東南那個是男兒？”——大有天降大任、責無旁貸的氣概。他的出使表現確也出色：“單騎堂堂詣虜營”，“舌在縱橫擊可汗”，雖博得了敵人“相顧稱男子”、江南尙有人”的驚呼與喝采，結果還是被朝廷出賣，那邊背後兩下早做完了投降手腳。於是“兩宮棄紫微”，他也被伯顏扣留押解北方。——對於這一件事，一般史家都百般爲文天祥解釋，唯清王夫之很發了一通微詞。他直言文天祥“聽女主乞活之謀，銜稱臣納貢之命”，又針對文天祥當時的心理指出：“信國（文天祥）之爲此也，搖惑於婦人之柔靡，震動於通國之狂迷，欲以曲遂其成仁取義之心。而擇之不精，執之不固，故曰：忠而過也。”（《讀通鑒論》卷十五）。王夫之的意思很明白，文天祥之“忠”實際上只是一種愚忠，不分辨忠於國家社稷和忠於一姓之主的原則差別，結果終不能使他的忠“純白而無疵”。用現在的話說白了，等於指責：“皇帝叫你文天祥去投降賣國，你也答應去嗎？”——事實上文天祥對此擧以後也一直很後悔，他的《愧故人》詩便由此而發：“九門一夜漲風塵，何事痴兒竟誤身。子產片言圖救鄭，仲連本志爲排秦。但知慷慨稱男子，不料蹉跎愧故人……”詩中“子產片言”、“仲連本志”云云固在表白初衷，但鑄成了此大錯，他心中的愧疚仍是十分深巨。《鐵錯》一詩中“老馬翻迷路，羝羊竟觸藩”的浩嘆，恐也是緣此而生。

　　《前錄》的大部份篇章是敍述他被俘北行，途中逃脫，經歷千難萬險的紀事詩，其體制形式很有點像“日記”。畫家以漫畫爲日記，音樂家以曲譜爲日記，詩人以詩爲日記應是很自然的現象。在這些詩中文天祥還對世情人心的澆薄表示了鄙夷和痛恨：“死生蘇子節，貴賤翟公門”（《和言字韻》）、“世態炎涼甚，交情貴賤分”（《杜架閣之二》）、“人情輕似土，進路險於山”（《紀閒》）　同時又對先烈前脩如魯仲連、申包胥、程嬰、祖逖、張巡、許遠等的高風亮節則讚仰膜拜，借以激揚自己的鬥志和剖白自己的肝腸。《眞州雜賦》之七他一面蔑視那些投降的皇室公卿，一面又誓志剖丹：

　　公卿北去共低眉，世事興亡付不知。
　　不是謀歸全趙璧，東南那個是男兒。

——“東南那個是男兒”已是說第二遍了，正因爲念念在“男兒生作事，豪傑死留名”（《題得魚集史評》），他下定了決心“折節從今交國士，死生一片歲寒心”（《至揚州》）。《高沙道中》是此期十分重要的一篇長詩，五言八十六韻，一韻截底，才力雄贍，氣勢昂藏，渾灝流轉，波瀾突兀。貫穿全詩一條主旋律便是“自古皆有死，義不汚腥羶。求仁而得仁，寧怨溝壑塡”。

——"夫人生於世，致命各有權。慷慨爲烈士，從容爲聖賢"四
句提絜了文天祥自己人生的綱：倘生於國泰民安的治世，他無疑
會以當個聖賢爲奮鬥目標，步跡丘軻，建樹儒業。如今國難當頭，
江山社稷危如累卵。他從贛州起兵勤王那一天起便誓志"慷慨爲
烈士"了，這一誓言實際上便開了《後錄》的先聲。《前錄》的
最末一詩《題蘇武忠節圖》有句："忠眞已向生前定，老節須從
死後休"——文天祥早已從容選定了自己該走的道路。《後錄》
所有的壯烈誓言和內心獨白都緣於這一"忠"一"節"上生發。

　　《後錄》中的詩極其精彩，是文天祥詩歌中最光華璀璨、遺
芳千秋之部份。亢奮的情志交織模糊的血淚，升騰起一片華夏正
氣，名篇薈萃，珠玉滿眼，正所謂"紙上飛蛇噴香汁"（汪元量
《浮丘道人招魂歌》），令人扼腕太息，又令人振奮高蹈。《後
錄》中的部份詩歌被編入《吟嘯集》，所謂《吟嘯集》實係當時流傳民間
的前後《指南錄》中的部分詩歌，被人輯抄整理較早由書肆刊行。（時間
上緊挨著文天祥的汪元量，他的《浮丘道人招魂歌》即有句"有
詩有詩《吟嘯集》"）故爾《吟嘯集》的詩與前後《指南錄》
"頗相復出"，如《吟嘯集》也有《高沙道中》詩，但整首詩則是
《前錄》中那首《高沙道中》的一段："不見道傍骨，委積有萬
千"至"彼人莫我知，此恨付重泉。"內裏字句間有顛倒錯訛，
如這開頭結尾《吟嘯集》中作："道逢死人骨，委積萬有千"和
"伊人莫知我，此恨付重泉"。故筆者這裏把編入《吟嘯集》的
詩篇放在《後錄》中來談（時間上也主要屬於《後錄》）。
　　"忠節風流落塵土，英雄遺恨滿滄浪"（《蒼然亭》）兩句

詩可以說是全部《後錄》的總綱。沿著這一總綱展開，《過零丁洋》、《二月六日海上大戰國事不濟孤臣天祥坐北舟中向南慟哭爲之詩》、《言志》、《發吉州》、《金陵驛》、《中秋》、《平原》、《發陵州》、《白溝河》、《自述》、《正氣歌》、《己卯十月一日至燕越五日罹狴犴有感而賦》等等，光色奕奕，詞氣銶銶，眞是名篇如林。

　　　己卯六月初一日，蒼然亭下楚囚立。
　　　山河顚倒紛雨泣，己亥七夕此何夕。
　　　煌煌斗牛劍先濕，戈鋋慧雲雷電擊。
　　　三百餘年火爲德，須臾風雨天地黑。
　　　皇綱解紐地維折，妾婦偷生自爲賊。
　　　英雄扼腕怒鬢赤，貫日血忠死窮北。
　　　首陽風流落南國，正氣未亡人未息。
　　　青原萬丈光赫赫，大江東去日夜白。
　　　　　　　　　　　　　　——《發吉州》

——既淒厲又高亢，亡國的苦痛像灼熱的火燒著了文天祥的周身五內，他被迫從心底掙扎發出慷慨悲越的歌聲。再看《發陵州》：

　　　中原似滄海，　　　萬頃與雲連。
　　　大明朝東出，　　　皓月正在天。
　　　遠樹亂如點，　　　桑麻鬱蒼煙。
　　　一雁入高空，　　　千鴉落平田。

我行天地中，　　　如蟻磨上旋。
雨痕留故衣，　　　霜氣襲重氈。
健馬嘶北風，　　　潛魚樂深淵。
噫哉南方人，　　　回首空自憐。

文天祥以囚徒的身份踏上了北上的行程，滿眼殘山敗水，氣象蕭
殺，他確曾懷藏過悲哀和惘然。《又呈中齋二首》：“禾黍西京
夢，川原落日悲”；《南安軍》：“山河千古在，城郭一時非。”
《自嘆》：“天意重蕭殺，造物無不銷。”但是“求仁得仁”
的夙志很快使他的心態恢復了平衡，他的胸懷漸次拓展寬弛，漸
次充滿光明，放眼去不覺風光頓異。《發陵州》前半首正是這種
心理與目光變幻出的綺麗景色，而他自己也如吟嘶北風的“健馬”、
沈入深淵的“潛魚”，心寬目遠滋生了一種超脫忘機之情。
《中秋》後半道：“客程恰與秋天半，人影如何月倍圓？猶是江
南佳麗地，徘徊把酒看蒼天”——神情又何等灑脫。《己卯十月
一日至燕越五日罹狴犴有感而賦》之十六：“久矣忘榮辱，今茲
一死生。理明心自裕，神定氣還清。欲了男兒事，幾無妻子情。
出門天宇潤，一笑暮雲橫。”則更是充溢“得其所哉”的快感了。
　　文天祥從五坡嶺被俘的一刻起便懷藏了必死之心，以爲成仁
取義的時候到了。所謂“求仁得仁尚何語”，《言志》便立定了
誓言：“仁人志士所植立，橫絕地維屹天柱。以身殉道不苟生，
道在光明照千古。”《感興》也云：“朝聞夕死吾何恨，坐把
《春秋》仔細論。”——以身殉道的話在他後期的詩中俯拾即是：

自憐今死晚， 何復望生還。

——《高郵懷舊》

男兒欲了事， 長虹射寒泉。

——《汶陽道中》

我死還在燕， 烈烈同肝腸。

——《白溝河》

我欲從靈均， 三湘隔遼海。

——《端午即事》

《己卯十月一日至燕越五日罹狴犴有感而賦》（十七首）更可見：
“國破家亡雙淚暗，天荒地老一身輕”（之二）；“不應留滯久，
何日裹簞簾”（之十）。——“慷慨爲烈士”、“烈士死如歸”
的誓言立了又立，“衣帶贊”早已擬就隨時準備拿出來當作“絕
命詞”，但他的死刑執行命令却遲遲沒有下達。元世祖忽必烈
“既壯其節，又惜其才”，一直猶豫不決。《宋史·文天祥傳》載：
“留之數年，如虎兒在柙。百計訓之，終不可得。”到“終不可
得”時忽必烈才無可奈何下了成全他的決心。“虎兒在柙”的數
年中文天祥因不得遂其求仁得仁之願而頻生悔意，《去年十月九
日余至燕城今周星不報爲賦長句》云：“君不見常山太守罵羯奴，
天津橋上舌盡剮。又不見睢陽將軍怒切齒，三十六人同日死。去
冬長至前一日，朔庭呼我弗爲屈。丈夫開口即見膽，意謂生死在
頃刻。赭衣冉冉生蒼苔，書云時節忽復來。鬼影青燈照孤坐，夢
啼死血丹心破。只今便作渭水囚，食粟已是西山羞。悔不當年跳
東海，空有魯連心獨在！”——既然自己學不成魯仲連排難救

"趙"，眞還不如當年在過零丁洋前後便跳了東海。如今一味拖延著，蹉跎中已食了一年"周粟"·，心中實在不好受。

　　文天祥在燕獄關押了近四年，這期間他除了慷慨求死之外，日夜情懷所繫的則是對故國的思念：

　　　衣冠懷故國，　　鼓角泣離人。
　　　　　　　　　——《元日》
　　　乾坤遺恨知多少，前日龍山如夢中。
　　　　　　　　　——《重陽》
　　　故家不可復，　　故國已成邱。
　　　　　　　　　——《重陽》
　　　對此重回首，　　汪然涕泗流。
　　　　　　　　　——《還獄》
　　　秋光連夜色，　　萬里客淒淒。
　　　　　　　　　——《還獄》
　　　落木空山杳，　　孤雲故國迷。
　　　　　　　　　——《夜》

可謂字字泣血，句句飲淚。這裏也須提一提文天祥的親親之情。文天祥有其濃厚淳正的親親之情，我們讀讀他的《六歌》、《集杜詩》第一三九至一五五首便可強烈地感受到。他的《自嘆三首》之一云："猛思身世事，四十七年無。鶴髮俄然在，鶯飛久已狙。二兒化成土，六女掠爲奴。只有南冠在，何妨是丈夫！"親親之情何等眞切厚重。只是這種親親之情與人臣忠節、社稷大義不能兼容並立時才被毅然拋之一邊，《過淮河宿闞石有感》判得明白："我爲綱常謀，身有不得顧。妻兮莫望夫。子兮莫望父，

天長與地久，此恨極千古。來生業緣在，骨肉當如故。"眞所謂
"人誰無骨肉，恨與海俱深"（《感傷》）。《得兒女消息》末
二句道："痴兒莫問今生計，還種來生未了因"，父子父女的親
親關係只能待來生再說了。——元世祖至元十九年十二月初九日
文天祥終於盼來了死刑的執行命令，欣然授首。交割完人世間一
切綱常倫理，忠節大義的債務，獲得了最後的解脫。他一生的唯
一遺憾是："有心扶日月，無力報乾坤。""千年滄海上，精衛
是吾魂"——多麼愴涼悲咽的遺音啊！

　　順便也提一下，元人趙弼《效顰集》載有文天祥《出獄臨刑詩歌》一
首（《文信國公集》卷十八"拾遺"收錄），趙氏《文信公傳》又錄文天祥柴
市就僇前"索紙筆"寫下的兩首七律。有的論者竟據此將這三首詩斷爲
文天祥的絕筆。其實這三首詩是別人僞託的（很可能便是出自這
位趙弼的手筆），從"今朝此地喪元領，英魄直上升天衢。神光
皎赫明金鳥，遺骸不惜棄草蕪。誰人酹奠致青龜，仰天長恨伸嗚
呼"、"天荒地老英雄喪，國破家亡事業休"、"萬死逃生輔宋
皇"、"邦家無主失忠良"等等詩句來看，明顯是後人憑吊酹奠、
頌功德、發感慨的口氣，無需多加考析便可辨僞。

　　《後錄》有一個極明顯的特點：文天祥有意借詩歌爲自己鑄
塑形象。他在理論上主張詩以非有意爲之爲高，但到了他生命後
期，在借助詩歌發抒懷抱、寄託哀衷的同時他已是有意識地、有
目的地利用詩歌來爲自己"樹碑立傳"；爲自己的"忠"與"節"
留下一片光明赫赫的證詞。他毫不隱瞞要名垂青史的最後目的，
所謂"人生自古誰無死，留取丹心照汗青"（《過零丁洋》），
所謂"千年成敗俱塵土，消得人間說丈夫"（《金陵驛》之二），

功業成敗，終歸塵土，而墨香丹心，却永照靑史。他咏歌心目中
的歷史英雄的著眼點很集中：

> 公死百世名，　　　天下分南北。
> 　　　　　　　　　——《劉琨》
>
> 睢陽水東流，　　　雙廟垂百世。
> 　　　　　　　　　——《許遠》
>
> 人世誰不死，　　　公死千萬年。
> 　　　　　　　　　——《顏杲卿》
>
> 公死於今六百年，忠精赫赫雷行天。
> 　　　　　　　　　——《平原》

《正氣歌》裏那一堆天地"正氣"的代表人物、凤昔的英雄"典
型"，哪一個不是"凜烈萬古存"的？前面我們曾引述過他"一
聯半句，使天下見之，識其爲人，即吾死無憾矣"的自嘆自期，
這節話後面還有一句："況篇帙之多乎"——文天祥生命後期偏
偏正是對這個"篇帙之多"抱著多多益善的態度，深恐後世漠
視或者誤解了他。"亡國大夫誰爲傳，只饒野史與人看"（《己
卯十月一日至燕城越五日罹狴犴有感而賦》之五），這是他最覺
不堪的結局。歷史終於成就了他的凤願，"贏得千年在，丹心射
碧空"（《自嘆》）。作爲一個忠臣烈士，民族英雄，他稱得上
是名垂百世、魂貫日月，盛名氣候幾乎超過《正氣歌》裏的所有
人物。文天祥曾在《白溝河》一詩中唱道："天地垂日月，斯人
未云亡。文武道不墜，我輩終堂堂"——恐怕還眞是有點預感。

　　文天祥留給後人的主要精神品質在氣節一點，至於他的事業或者說功業說到底一介書生、狀元宰相對南宋的潰滅之勢是絕無起死還生之術的。"精衛是吾魂"、"壯心欲塡海"很形象地斷定他的奔走國事必是悲劇的結局。對氣節的高度重視倒可說是文天祥一以貫之的立世意識，我們來讀讀他早年的咏梅諸詩句，庶幾也可以看出文天祥日後的歷史必然：

　　　我有天者在，　　一白自不易。
　　　　　　　　　　　——《梅》
　　　花有歲寒心，　　清貞堅百煉。
　　　　　　　　　　　——《贈梅谷相士》
　　　惟渠不變凌霜操，千古風標只自知。
　　　　　　　　　　　——《題陳正獻公六梅亭》

——正所謂"滿天風雪得梅心"，南宋末年國勢之崩壞，皇綱之斷絕，這"滿天風雪"正好成就了他梅守堅白的初心。
　　最後想談談文天祥詩與杜甫的關係。文天祥集杜詩句有五言絕二百首和擬杜的《胡笳曲》十八拍，這是一種特殊的創作。他的《集杜詩序》云：

　　　余坐幽燕獄中無所爲誦杜詩，稍習諸所感興，因其五言集爲絕句。久之得二百首。凡吾意所欲言者，子美先爲代言之。日玩之不置，但覺爲吾詩，忘其爲子美詩也。……昔人評杜詩爲"詩史"，蓋其以咏歌之辭，寓紀載之實，而

抑揚褒貶之意燦然於其中，雖謂之史可也。予所集杜詩，
自余顛沛以來，世變人事，概見於此矣，是非有意於爲詩
者也。後之良史，尚庶幾有考焉。

這篇序裏文天祥在和盤托出他集杜詩的本來緣由和奇妙感受的同
時也隱隱約約表露了自己比附少陵"詩史"之心。──文天祥一
生極崇拜杜甫，這與兩宋對杜甫的普遍尊仰固有關係，但他個人
還有一層更親切的特殊緣由，那便是身世經歷的相似：世事劇變，
社稷崩壞、顛沛流離相似；懷瑾握瑜，節義凜烈，極思報効又相
似。文天祥《讀杜詩》有兩句云：

　　　耳想杜鵑心事苦，眼看胡馬淚痕多。

"杜鵑"是君，"胡馬"是賊，感傷時事，思君愛國的心態是一
致的，所謂"非千載心不足以語此"。他論詩稱"杜太苦"
(《跋王道州仙麓詩卷》殆也指這種思君愛國的苦味吧。正因爲如此
《四庫全書總目提要》稱《集杜詩》（四卷）道："詩凡二百篇，
皆五言二韻，專集杜句而成。每篇之首悉有標目次第。而題下敍
次時事，於國家淪喪之由。生平閱歷之境及忠臣義士之周旋患難
者，一一詳志其實，顛末燦然，不愧詩史之目──故又稱之爲
《文山詩史》"。四庫館臣的著眼點無疑在意識形態的需要，在
政治倫理大節的引導和規範。這番評價實際上滿足了文天祥的遺
願，爲文天祥的詩歌貼上了最璀璨的金飾，"杜陵寶唾"成了
"文山詩史"，成了文天祥的"繡口錦心"或者說"血淚珠璣。"

文天祥曾寫過一篇《新淦曾季輔杜詩句外序》，文中假借曾季輔
的杜詩註本《少陵句外》發揮過一番言論："虛其心以觀天下之
善，凡爲吾用皆吾物也。"這兒他用意在讚美曾氏釋杜"自以意
爲去取"，誰知無意中竟爲他日後據杜詩爲"吾物"造了個輿論
準備。他說曾季輔"平生嗜好於少陵最篤"恐也不無夫子自道之
意。

　　文天祥尊仰杜甫可謂終身不渝，他德祐前的前期詩中隨手亦
可拈出許多標揚讚美的例句如"憂國杜少陵"（《題梅尉詩軸》）
如"細味詩工部"（《生日和聶吉甫》），如"風吹詩史落
西川"（《送人往湖南》）等。歷代千秋被杜甫感染振起的又何
止文天祥一人？不過文天祥後期傾倒老杜的似不在"平淡奇崛，
無所不有"的藝術成就或風格特徵，而主要是在現實主義、愛
國主義詩歌傳統的觀念形態上，詩歌的歷史意識和鼓舞感興的典
範作用上。這是文天祥的才具稟賦、胸襟識力與他那個時代的政
治風雲、現實生活結合的必然，文天祥把杜詩的現實主義、愛國
主義傳統推進到了一個嶄新的層次，他的創作實踐所代表的詩論
主張和審美理想翻開了杜詩傳統燦爛輝煌的新的一頁。從某種意
義上來說，文天祥比杜甫還"杜甫"，在和杜甫的"共鳴"中他
的聲調尖厲銳急得多，他把杜甫精神挾持昇華到一個令人目眩的
高度後再與自己的實踐合而爲一，這在規規學杜的芸芸衆子中恐
怕是只此一家，故在中國詩歌史上閃耀出特別的光輝。

國立中央圖書館出版品預行編目資料

南宋詩人論 / 胡明著 -- 初版 -- 臺北市：臺灣學生，民
79 印刷
6,341 面；21 公分 --（中國文學研究叢刊；26 ）
ISBN 957-15-0103-4（精裝）-- ISBN 957-15-
0104-2（平裝）

1.中國詩 - 歷史與批評 - 南宋（ 1127-1279 ）
821.85

南 宋 詩 人 論（全一冊）

著作者：胡　　　　　明

出版者：臺 灣 學 生 書 局

本書局登記證字號：行政院新聞局局版臺業字第一一〇〇號

發行人：丁　　文　　治

發行所：臺 灣 學 生 書 局

臺北市和平東路一段一九八號
郵政劃撥帳號　〇〇〇二四六六八號
電 話：3 6 3 4 1 5 6
FAX:(02)3636334

印刷所：淵 明 印 刷 廠

地　址：永和市成功路一段43巷五號
電　話：9 2 8 7 1 4 5

香港總經銷：藝 文 圖 書 公 司

地址：九龍又一村達之路三十號 地下
後座 電話： 3 8 0 5 8 0 7

定價 精裝新台幣二七〇元
平裝新台幣二二〇元

中 華 民 國 七 十 九 年 六 月 初 版

82111　版權所有・翻印必究
ISBN 957-15-0103-4（精裝）
ISBN 957-15-0104-2（平裝）

中國文學研究叢刊

① 詩經比較研究與欣賞　　裴普賢　著
② 中國古典文學論叢　　　薛順雄　著
③ 詩經名著評介　　　　　趙制陽　著
④ 詩經評釋　　　　　　　朱守亮　著
⑤ 中國文學論著譯叢　　　王秋桂　著
⑥ 宋南渡詞人　　　　　　黃文吉　著
⑦ 范成大研究　　　　　　張劍霞　著
⑧ 文學批評論集　　　　　張　健　著
⑨ 詞曲選注　　　　　　　王熙元　等編著
⑩ 敦煌兒童文學　　　　　雷僑雲　著
⑪ 清代詩學初探　　　　　吳宏一　著
⑫ 陶謝詩之比較　　　　　沈振奇　著
⑬ 文氣論研究　　　　　　朱榮智　著
⑭ 詩史・本色與妙悟　　　龔鵬程　著
⑮ 明代傳奇之劇場及藝術　王安祈　著
⑯ 漢魏六朝賦家論略　　　何沛雄　著
⑰ 古典文學散論　　　　　王熙元　著
⑱ 晚清古典戲劇的歷史意義　陳　芳　著
⑲ 趙甌北研究　　　　　　王建生　著
⑳ 中國兒童文學研究　　　雷僑雲　著
㉑ 中國文學的本源　　　　王更生　著
㉒ 中國文學的世界　　　　前野直彬　著　龔霓馨　譯
㉓ 唐末五代散文研究　　　呂武志　著
㉔ 元白新樂府研究　　　　廖美雲　著
㉕ 五四文學與文化變遷　　中國古典文學研究會　主編
㉖ 南宋詩人論　　　　　　胡　明　著